佐藤春夫与中国古典诗歌研究

以《车尘集》为研究视角

张剑／著

中国社会科学出版社

图书在版编目（CIP）数据

佐藤春夫与中国古典诗歌研究：以《车尘集》为研究视角/张剑著.
—北京：中国社会科学出版社，2017.10
ISBN 978-7-5203-1108-3

Ⅰ.①佐…　Ⅱ.①张…　Ⅲ.①古典诗歌—日语—文学翻译—研究—中国
②佐藤春夫(1892-1964)—古典诗歌—文学翻译—研究　Ⅳ.①I207.2
②H365.9

中国版本图书馆CIP数据核字(2017)第236598号

出 版 人　赵剑英
责任编辑　郭晓鸿
特约编辑　席建海
责任校对　韩海超
责任印制　戴　宽

出　　版　中国社会科学出版社
社　　址　北京鼓楼西大街甲158号
邮　　编　100720
网　　址　http://www.csspw.cn
发 行 部　010-84083685
门 市 部　010-84029450
经　　销　新华书店及其他书店

印　　刷　北京明恒达印务有限公司
装　　订　廊坊市广阳区广增装订厂
版　　次　2017年10月第1版
印　　次　2017年10月第1次印刷

开　　本　710×1000　1/16
印　　张　18.5
插　　页　2
字　　数　213千字
定　　价　78.00元

凡购买中国社会科学出版社图书，如有质量问题请与本社营销中心联系调换
电话：010-84083683

序

佐藤春夫与中国文学有多重关系：一方面他的文学深受中国古典文学的滋润，《聊斋志异》《今古奇观》及汉诗是他翻译和翻案的对象、创作的源泉；另一方面他又致力于在日本介绍鲁迅的作品，与中国现代作家郁达夫、田汉等人交往，并对他们的创作产生影响。但他还有一个面相，即在第二次世界大战期间赶赴前线慰问日本军队，创作美化战争的作品。面对如此“复杂”的佐藤文学，侧重研究他的不同面相，对其文学的总体评价会出现很大差别。尽管任何研究都只能就某个专题展开讨论，但所讨论的问题哪怕非常细小，只要视野开阔一些，所得出的结论也不会太过偏狭。可以说，张剑的这本著作在这方面做了一个有益的尝试。

该著在第一章就明确提出研究目标：“希望将佐藤春夫与中国古典诗歌的关系置放于美学性、政治性、文学性的整合面上进行综合探讨，以此来还原一个真实的、全面的佐藤春夫。”这是因为在著者看来，佐藤春夫中国观的生成和发展有着必然的连续性，故单纯以“文化日本”面相框定佐藤春夫，而无视隐藏其后的“武化日本”的真容，则势必会导致对他认识的局限性。

但该著没有从抽象的思想分析展开讨论，而是从具体分析佐藤春夫的《车尘集》这个文本入手。《车尘集》有一个副标题“中国历朝名媛诗抄”，清楚地标明作品内容。佐藤春夫在翻译这些中国古典诗歌时没有采用传统的汉文训读方式，而是使用和语，采用传统和歌的七五节拍翻译，并尽力突出“韵律之美”。于此该著发现了一个问题。该著认为，佐藤春夫采用了归化策略，即追求和歌的“韵律之美”要优于以“创译”去达成与原诗神韵上的契合，使得部分诗在音律、内容、结构、形态、意蕴等方面失掉原作的特征，将其重塑成了具有日本传统诗学之美的和歌。并进而指出，佐藤春夫采用这种归化的翻译策略，是为了抵抗日本当时的西化潮流，同时为了排斥日本的汉文化传统，从而推进“日本传统文化”的回归。对于佐藤春夫而言，和歌是日本大和民族传统诗学的象征。该著由此得出结论，这种归化的策略是佐藤春夫“文化民族主义”的体现。这个“文化民族主义”是该著抓住的佐藤春夫的文学思想的核心，并以此解释佐藤春夫文学的不同面相的内在关联。

这一研究不仅有助于深刻理解佐藤春夫的文学，对于思考大正末期至昭和初期日本社会上流行的“中国情趣”也提供了新材料。按日本学者西原大辅的观点，该时期的“中国情趣”是汉学传统、东方主义和浪漫主义的混合体。侧重汉学传统，便是“怀着一种桃源乡的憧憬面对中国”；如果侧重东方主义，则是投以充满好奇目光的同时又以歧视的眼光打量中国。[①] 在此意义上，可以说佐藤春夫的

① ［日］西原大辅：《谷崎润一郎与东方主义：大正日本的中国幻想》，赵怡译，中华书局2005年版。

《车尘集》既是这种“中国情趣”流行的一个产物，其漫长的发表过程（正好是大正末期至昭和初期）也表明该诗集本身是催生“中国情趣”的因素之一。

该著另一个浓墨重彩之处，是花了相当大的篇幅考证“中国历朝名媛诗抄”的出典问题。尽管学术界此前已经有较多的相关研究，但该著在此基础之上，广泛涉猎考证数十种典籍，最后确认《车尘集》诗文正文的原典底本为明代女性诗歌总集《名媛诗归》《青楼韵语》《众香词》以及个人诗集《断肠集》。这一结论与吉川发辉的先行研究相比较，去掉了《古今名媛汇诗》和《古今女史》两部著作，新添了《众香词》和《断肠集》两部著作。这一删一增看似简单，其实花费大力气，显示出著者踏实的治学态度。

我不是佐藤春夫文学的研究专家，本来没有资格评论该著，不过承蒙作者的信任有幸先睹为快，有了一些零星感想，写下来权且作序。

王志松

2017 年 5 月 9 日

目　　录

绪　论

我的作品大概有三分之一甚至一半都在描述和中国唐朝有关的东西……①

——佐藤春夫

佐藤春夫（1892—1964）作为著名诗人、作家、评论家和翻译家，在日本大正时期（1912—1926）创作了为数众多、涵盖多种文学体裁的经典作品，并对日本近代文学的发展产生了深远影响，与中国古典文化之间缔结了一生未了的不解之缘。据日本学者须田千里对日本京都临川书店出版的《佐藤春夫全集（校定本）》（1998）第28—34卷整理的结果显示，其中日本文学关系类作品占两成，西欧文学关系类作品不到三成，而中国文学关系类作品竟超过了五成，这可以说在日本近代文学史上是绝无仅有的，同时也显示出对中国古典文学的翻译及改编在佐藤春夫文学中所占据的异乎寻常的地位。② 也正由于此，在西学盛行的近代日本，佐藤春夫之于中日文化

---

① ［日］佐藤春夫：「唐物因縁」，『定本佐藤春夫全集』（第22卷），臨川書店1999年版，第179頁。

② ［日］须田千里：『佐藤春夫と中国文学（上）』，岩波書店2001年版，第176頁。

关系的作用无疑是相当重要的。正如日本著名学者竹内好先生在其《佐藤春夫先生与北京》一文中所指出的："佐藤先生的文学对我国近代文学运动来说是一个指南针。可以说中国文学的翻译和传播是自先生而开始的。"①

江村北海曾在其《日本诗史》一书中专门阐述了中日诗歌的关系，他说："夫诗，汉土声音也，我邦人不学诗则已苟学之也，不能不承顺汉土也……"② 同样，探讨佐藤春夫与中国古典文化之间的关系，汉诗亦是一个无法绕开的关键节点。究其原因有三：第一，佐藤春夫创作了大量的与中国古典文化有关的作品，并不遗余力地从事汉诗的翻译，译诗数量多达约 200 首。第二，他突破了日本传统的汉诗翻译模式"训读法"③，以古典的文雅定型句式进行翻译，为日本近代读者接受汉诗开辟出一方崭新的天地，更成功扭转了汉诗在近代日本的颓败之势，甚至重新点燃了日本文坛翻译汉诗的热情；第三，他对汉诗的偏爱超越了其他中国古典文化形式，在他所有的作品中，我们几乎都可以看到他对中国古典诗歌诗句的借鉴和引用，如在他的成名作《田园的忧郁》中，便出现了陶渊明的《归去来兮辞》、裴说的《蔷薇诗》、杨万里的《和张功父送黄蔷薇并酒之韵》、储光羲的《蔷薇篇》、谢朓的《蔷薇诗》等诸多著名诗作中的诗句。此外，他还发表过很多有关汉诗的评论性文章，对汉诗的

---

① ［日］竹内好：「佐藤春夫先生と北京」，『竹内好全集』（第 14 卷），筑摩書房 1981 年版，第 5 頁。

② 孙立：《面向中国的日本诗话》，《学术研究》2012 年第 1 期，第 144 页。

③ "训读法"是日本传统汉诗日译方法，即在保留汉诗汉字的基础上，在汉字旁加上假名，标出日语语音，再通过在汉诗原文上加上"一、二、上下、甲乙丙丁"等先读、后读等符号，使之顺应日语语言习惯。

行文特点及内蕴等进行了探讨，如《汉诗的翻译》（1936）、《美的世界》（1920）等。他本人更是从不避讳自己对汉诗的喜爱，承认自己是汉诗的忠实拥趸，在其《支那杂记》的序言《唐物因缘》一文中，他说："……我很早之前就喜欢读李太白的诗，但即使找到了注释本，我自己也无法写出这样优美的诗句，甚至直到现在也没有达到充分地理解它。因此，我坚信唐诗比古今东西的任何诗词都要完美，并且为之倾倒着迷。"① 由此不难看出，汉诗在佐藤春夫与中国古典文化的交际中俨然发挥着"中心纽带"的作用。正是由于这个原因，对佐藤春夫汉诗翻译的研究在一定程度上成了中日两国后学在探寻佐藤春夫与中国古典文化关系时高度关注的一个侧重点。但虽同为侧重，两国研究方向却既有差异又有类似。

首先，日本对佐藤春夫汉诗译作的专门研究要早于我国，大约是始于由浦池欢一写作的《佐藤春夫与中国诗》（1961）一文。之后直到20世纪80年代，才开始出现一个研究的小高潮，主要有吉田精一的《日本近代诗鉴赏》（1980）；日南田一男的《埃兹拉庞德与佐藤春夫——以中国古典诗的翻译为中心》（1984）；吉川发辉的《佐藤春夫的〈车尘集〉中国历代名媛诗的比较研究》（1989）；原田新贞的《中国文学与佐藤春夫——以汉诗为中心》（1970）；小林彻行的《〈车尘集〉原典考》（1995）；中岛洋一的《日本近代诗对中国文学的接受》（1997）；半田美永的《佐藤春夫研究》（2002）；远藤郁子的《佐藤春夫作品研究——以大正时期为中心》（2004）；

① ［日］佐藤春夫：「唐物因縁」，『定本佐藤春夫全集』（第22卷），臨川書店1999年版，第181頁。

高田瑞穗的《佐藤春夫——大正后半期文学的标示》（1964）等等。从研究角度来看，日本学者的侧重点有两个：其一是以考据或者对勘等手段对其译介汉诗的出典、底本进行考察；其二是从翻译手法、翻译策略及译诗形式等入手，对佐藤春夫汉诗译作在日本汉诗日译领域中的影响和得失进行分析。我国相关研究则始于20世纪90年代，也可分为两个研究方向。第一个方向基本与日本方面角度相同，如江新凤的《佐藤春夫与中国古典诗歌——论〈车尘集〉》（1991）；张文宏的《佐藤春夫与中国古典——美意识的受容与展开》（2014）；朱卫红的《佐藤春夫〈车尘集〉与古典和歌的交涉》（2001）；张竞的《大正文学与中国：以佐藤春夫〈车尘集〉的〈秋之泷〉为中心》（2002）；沈琳的《佐藤春夫〈车尘集〉的翻译研究》（2011）；齐珮的《佐藤春夫与中国古典闺秀诗——以〈车尘集〉的编选为视点》（2014）；等等。第二个方向则主要是针对佐藤春夫"中国古典诗歌偏好"（亦可称为"支那趣味""中国趣味"）成因的研究。包括李雁南的《大正日本文学中的"支那趣味"》（2005）；严绍璗的《日本中国学史稿》（2009）；叶渭渠的《日本小说史》（2009）；王书玮的《大正作家的"支那趣味"——以佐藤春夫和芥川为中心》（2011）；丁孟莉的《佐藤春夫游记中的中国趣味》（2012）；王广生的《再读〈车尘集〉——从日本近代中国古典诗歌的翻译谈起》（2012）等等。

其次，从对上述文献的梳理可以看出，虽然看似我国对佐藤春夫的"中国古典诗歌偏好"成因之研究较日本深入，但实际上在上述日方的文献资料中对这方面内容均有所分析，即使存在一定的切入角度的差异，但其深度和广度并不亚于中方的研究。因此，可以说，我国的研究视域基本是与日本相接近的，若在此基础上考虑时间因素，事实上是中国在这一方面一直在借鉴、追随日本的研究。而就方法论而言，着眼于纯学术层面进行探索则成了当前中、日两国之于佐藤春夫与汉诗关系研究的一个共同标识。然而，事实上佐藤春夫并不是一个仅以纯粹的“学术”考量即能得到完整阐释的作家。众所周知，佐藤春夫被称为大正文坛最彻底的唯美主义文学家[①]，他的许多早期作品（1937 年之前）都显示出他作为一个纯粹文学艺术家对政治的鄙视。然而，在日本侵华战争期间（1937—1945），佐藤春夫却突然放弃了这种文学追求，放弃了哀吟人生的虚无和无常，摇身变为一个臭名昭著的“国策作家”，开始以文学手段对近代中国大肆进行“杀戮”，甚至因此而诋毁他的中国密友[②]……毋庸置疑，他这种以文学和政治进行联姻，协助日本在亚洲建构“大东亚共荣圈”的行径对中国及亚洲其他国家造成了难以言表的伤害。我们由此需要认识到的是，罗马并非一日建成，他的这种变化也绝不会源于突发奇想，他所表现出的“法西斯军国主义”意识形态更不会是一蹴而就，必然与其原初的文学观、中国观有着密切的关联。从这一角度来说，佐藤春夫所演绎出的对中国古典诗歌的追随显然就不是他自己所宣称的“兴趣所至”那样简单，其更有可能是近代中日文化关系在特定的历史语境下，由具体的个体推演出的一种文化政治现象的外显。因此，无视佐藤春夫的这一角色担当之动机，或者像某些人宣称的那样，将其对中国古代和近代前恭后倨

① 齐珮：《日本唯美派文学研究》，博士学位论文，吉林大学，2007 年，第 209 页。

② 1938 年，佐藤春夫以《亚细亚之子》一书影射郁达夫和郭沫若，宣扬中日双方文化人对日本军事扩张和文化霸权主义的肯定与认同。

的态度割裂并分而治之的做法显然是不可取的。

需要明确的是，中、日两国学界之于佐藤春夫出现上述偏向于“学术”的研究态势有着复杂的成因。从日本方面来看，日本侵华战争历时八年，最后以日本战败告终。客观地说，这对于亲身体验过“甲午之战”胜利狂喜的大正时期的日本国民，尤其是文人来说，可谓是一个“悲愤交加”的消息，毕竟“大正时代是日本人对中国最不怀敬意的时代，（中略）此一阶段日本人对中国的蔑视到了绝顶……”① 因此，战后当需要对佐藤春夫等“国策作家”的战争责任进行清算时，素以严谨细致、实事求是著称的日本文学研究者却都保持了缄默，具体体现在文学研究层面，即是以“学术”形塑其人及文学的内涵，回避其文学与政治进行勾连的事实。这一方面说明战后日本学术界被一种复杂的民族情绪所左右；另一方面也反映出日本没有经历过战事的新生代学者轻慢或者忽视历史的研究态度。

我国对佐藤春夫的研究虽然在形式上与日本的“回避”有着异曲同工之势，但其内质却大相径庭，称之为“拒绝”更为适宜。尤其是在新中国成立到改革开放之前，由于政治因素的影响，我国的外国文学研究领域建构起了一种二元对立阶级论的分类模式，一切对立面，诸如佐藤春夫之类的作品和文学史实全部被摒弃出局，甚至相关文献和资料都被禁锢封存。20 世纪七八十年代，随着中日邦交正常化和改革开放政策的实施，中国对日本近代文学

① ［日］吉川幸次郎：《我的留学记》，钱婉约译，光明日报出版社 1999 年版，第 7—10 页。

的研究终于迎来了高潮期，但这种研究是在一手研究资源极度贫匮的前提下展开的。这在佐藤春夫这个长期受到“拒绝”和“冷落”的、身份敏感的日本作家身上表现得尤为明显。而就这一现实状态而言，我国在一定时期内追随日本前学的研究方向也就不足为奇了。

事实上，我们并不否认通过对佐藤春夫译诗作的学术性考量去探究佐藤春夫与中国古典文化之间关系内涵的正确性，但如前所述，佐藤春夫中国观的生成和发展有着必然的连续性，是其一切文学行为生发的根基，故单纯地以“文化日本”面相框定佐藤春夫，而无视隐藏其后的“武化日本”的真容，势必会导致对他认识的局限性，从而削弱学术界所承担的避免历史悲剧重演所进行的批判性思想资源汇集的责任。也正由于此，1977 年，日本学者祖父江昭二、伊藤虎丸等即提出，对佐藤春夫应进行全面性研究，不能刻意回避或选择性强调某方面，只有这样，才能尽快建立起具有一致性的佐藤春夫论。[①] 在我国，王升远教授也在其《关注侵华时期日本文化人的涉华创作》（2013）一文中指出：在某些特定的历史语境下，在日本文学视域中“不愿重提”的“往事”，置换到中国的研究视野中便不能不提——学者的立场应是“拒绝遗忘”。所谓“拒绝遗忘”，首要的是对被忽视、被遮蔽作品的考古发掘与再评价，将之作为在材料、视野、观念与方法上发现、反思、修正日本近代文学史、文化史、新闻史乃至思想史的契机，甚至以此为基础，在现实层面上，

① ［日］祖父江昭二、伊藤虎丸等：『共同研究：佐藤春夫と中国』，『和光大学人文学部纪要』第 12 号，1977 年。

通过对日本文化人涉华活动、创作的全面呈现、冷静辨析，走向对其涉华战争责任的追究。应该清醒地意识到，对事涉侵略/被侵略、加害/受害、正义/非正义等战争框架下的论题，倘若失却中国学者应有的批判立场，丧失了“作为中国人的日本研究”之自觉，不仅将丢掉本有的研究优势，更将导向一种危险境地。[①] 就以上观点角度来说，挖掘佐藤春夫迷恋中国古典文化（汉诗）的真实动机及其思想流变过程应该成为当代中国研究者之责任。当然，这种挖掘并非对其与中国古典文化之关系的刻意丑化，更不是否定其所发挥的正向作用。我们只是希望将佐藤春夫与中国古典诗歌的关系置放于美学性、政治性、文学性的整合面上进行综合探讨，以此来还原一个真实的、全面的佐藤春夫，而这显然比单纯的线性学术性考量更具有历史意义和价值。

---

① 王升远：《关注侵华时期日本文化人的涉华创作》，《中国社会科学报》2013 年 10 月 18 日第 B01 版。

第一章　佐藤春夫的文学之路

一　厚重的家学启蒙

佐藤春夫1892年（明治二十五年）4月9日出生于日本和歌山县东牟娄郡新宫市船町（现新宫市船町三丁目），是家里的长子。正如我国著名作家冰心在其《文学家的造就》一文中所说："文学家要生在气候适宜，山川秀美或是雄壮的地方……"[①] 佐藤春夫的家乡新宫市船町正是这样一个所在，这是一个有着险峻的山崖、湍急的大河、汹涌的大海以及聪明的居民的令人销魂的小镇……[②]佐藤春夫在这里度过了他的童年和少年时代，也在此开启了他的文学之路。

---

① 谢婉莹：《文学家的造就》，《燕大季刊》1920年12月第1卷第4期，http：//www.docin.com/p－734624443.html。

② ［日］佐藤春夫：《田园的忧郁》，《更生记》，吴树文译，福建人民出版社1989年版，第37页。

与大正时代很多著名的文人一样，佐藤春夫的文学素养也是源于家学氛围的熏陶和培养。佐藤家族是当地一个有着两百多年行医历史的医生世家，家族之人虽以行医为职，却都有着崇尚日本传统诗文以及汉学的偏好。究其原因，佐藤春夫认为，族人热爱日本传统诗文很可能与日本古代著名的和歌诗人西行法师①有关。他在《我的履历书》一文中说："关于我的家族有一个传说：我们佐藤氏属于奥州藤原一族的继信忠信之类同属佐藤氏。在源家、平家争雄的时代，被义经征招作为源家水军的一个部将在打败平家之后，因为喜欢上了濑户内海的风光和气候再也没有回东北的故乡。他与同伙做了渔夫，居住在纪州杂贺崎海岸的丘陵一带，后因受到牢娄之地的温暖和三山之地的信仰，与同伙们移居到海边一个叫下里的村子，所以下里所有的佐藤氏都以杂贺屋为家号。如果我们佐藤氏真和奥州藤原氏有关联的话，那我就和西行法师是同属一族了！"② 因此，在佐藤春夫看来，与西行法师有着同样的文化遗传基因才是其家族热爱日本传统文化的真正原因。相较之下，他认为族人对汉学的关注仅仅是因为行医必须精通汉文，而这种语言层面的交际使他们对汉文化产生了兴趣。无须细言，日本传统文化与中国古典文化在佐藤春夫心中之位置孰高孰低由此可见一斑。

事实上，据佐藤春夫后来的记述，其族人看待中日传统文化也并非全然遵循他给出的这种高低位置。佐藤春夫的曾祖父佐藤椿山

---

① 西行法师原名佐藤义清，曾为日本平安朝天皇鸟羽院的御前侍卫，23 岁即出家隐遁于京都郊外结庵。西行法师长于和歌，是当时名震日本的和歌诗人，著名的古代和歌集《新古今和歌集》中收录他的和歌最多，高达 94 首。他创作的和歌古朴淡雅，被认为可与日本歌圣柿本人麻吕相匹敌，对日本后世文学，如俳句的形成等产生了巨大影响。

② ［日］佐藤春夫：『私の履歴書』，日本経済新聞社 1968 年版，第 127—128 頁。

一生钟情日本和歌，其曾祖母中西米子则是日本国学家中西维顺之女，精通日本国学及汉学。夫妇二人在行医之余一同创办过乡间私塾，椿山为此甚至回绝了典医的官位。由此可见其爱好之坚。在《定本佐藤春夫全集》（临川书店出版）的别卷附录里特别介绍了椿山夫妇的爱好及二人创作的《悬泉堂歌集》短歌集说他们“夫妻间常以狂歌互为赠答，还用二人编写的《悬泉堂歌集》来教习子女，一家人一起吟咏狂歌的情景十分常见”①。但是佐藤椿山的这一文学意趣却没有被其子（佐藤春夫的祖父）佐藤镜村（号镜野隐逸）所继承，原因就在于日本江户时代（1603—1867），中华“儒学”渐成官方意识形态，这使汉学成为彼时最受关注的学问，大量汉学典籍源源不断输入日本，汉学也从日本贵族的专利逐渐演变为日本普通文人可以修习的文学修养。而汉学的博大精深显然较椿山的传统短歌教习对镜村更有吸引力，于是镜村就此沉迷于中国古典汉诗，广猎中国古籍，并写作了一部汉诗集，名曰《镜村诗集》。此后，到了佐藤春夫父亲这一代，也即江户时代后期和明治初期，日本诗学文论进入了成熟期，“歌学”开始形成。此时以本居宣长（1730—1801）等为代表的国学家开始加大对“国学”的宣传力度，并形成与儒学分庭抗礼之势，秉承日本本土文化，抵御汉学影响成为当时重要的文化声音。在这种背景下，佐藤丰太郎（号镜水、枭睡、枭叟）则顺应了祖父佐藤椿山的狂歌俳句意趣。但是彼时汉学在日本文化中依然占据着主导地位，“翻案”小说以及汉诗的创作依然蔚然成风。因此，丰太郎虽然不以汉诗为喜好，但仍然对中国古典文化

① ［日］佐藤春夫：『佐藤春夫全集・年譜』（别卷），講談社 1969 年版，第 445 頁。

有着浓厚的兴趣，尤其偏好中国的文学典籍和器物，不仅作俳句「うぐひすも唐詩の韻を囀ずるか」，颂扬唐诗的精妙，更在身边置放中国的文房四宝、茶器、画作等时时进行赏玩。而之于日本传统的短歌和俳句，他则进行了长期不懈的创作，并将其视为毕生的追求。佐藤春夫就曾在《悬泉堂的春天》（1923）一文中，记述了镜水先生直到晚年仍在其隐居的“梅园”之中遣词造句，创作和吟诵俳句的情景。①

虽然佐藤春夫的祖辈们对中日两国文化各有所好，但不容置疑的是，正是佐藤家族几代人多姿多彩的文学爱好为佐藤春夫建构起了一个成长为文学家的理想环境，更使其从小便得到了可以接触中日两国传统文化的机会，这对佐藤春夫文化底蕴的形成起到了极为重要的作用。佐藤春夫本人也认可这一点，他在《佐藤春夫这个男人》一文中说：“……我阅读书籍、爱好诗文的习惯一定是从先祖那里继承而来的。”② 但是相较于祖辈，佐藤春夫可能更倾向于其文学素养直接源于父亲和母亲一说。在《我的父亲母亲和那个孩子我》③中，他首先谈到了父亲对自己的教诲，说：“如我之前所说的那样，我的诗心来自于我的父亲。”“是父亲让我从大自然中体会到了诗意，并且开了诗情的眼……”此外，他还记述了幼年时期父亲对他进行的有关日本文字、典故、诗歌乃至宗教以及审美和素养等诸多方面的教诲：

---

① ［日］佐藤春夫：「懸泉堂の春」，『定本佐藤春夫全集』（第19卷），臨川書店1999年版，第345—346頁。

② ［日］佐藤春夫：『定本佐藤春夫全集』（第21卷），臨川書店1999年版，第125頁。

③ ［日］佐藤春夫：『定本佐藤春夫全集』（第19卷），臨川書店1999年版，第268頁。

“父亲让我习字的抄本是菊池容斋从日本史中选取的勇士、贞女、伟人和名人画像旁的文字——这本书很有名，虽然我基本上已经忘记了……但是从父亲的书本选择，可以看出他的爱好和理想。另外，父亲也绝没有忘记对我的情操教育。夏季早早地起床，带着我去神社的森林，去看僧院池子里开的莲花。……”关于母亲，他则说：“……母亲，或许就像父亲所说的一样，对我太过宠爱。毕竟我是她生的第一个男孩子。但是我认为诗人就是被宠坏了的孩子。换言之，培养一个诗人需要有一个溺爱的母亲。……”① 在佐藤春夫看来，他的祖辈和父亲赋予他的是作为一个文人所必须具有的文学意趣、方向以及知识，而他的母亲则以母爱培养起了他作为诗人的气质。

二　跌宕的成长际遇

1904 年（明治三十七年），年仅 12 岁的佐藤春夫带着文学的梦想参加了县立新宫中学的入学考试。在面对审核老师提出的有关志向的问题时，他毫不犹疑地回答希望成为一名文学家。也正是在这种少年愿景的推动下，进入中学后佐藤春夫将大部分精力都用在了浏览各种文学书籍上。结果他的文学修养和写作功力不断见长，但代数和几何等多个科目的成绩连续出现不及格，以致在中学三年级

---

① ［日］佐藤春夫：『定本佐藤春夫全集』（第 19 卷），臨川書店 1999 年版，第 269 頁。

时被留级一年。1907（明治四十年），未能按部就班地升入大学预科。可是，这时的佐藤春夫开始进入青春叛逆期，加之母亲的宠爱，他非但没有去努力提高成绩，反而更加沉溺于文学世界之中，此时他的文学天赋亦开始显露。1907 年，他创作的小品文《落叶笼》在《校友会刊》上发表并受到好评；1908 年（明治四十一年），佐藤春夫开始向《熊野实业新闻》《明星》（与谢野宽、与谢野晶子夫妇[①]创办）等报刊投稿。这一年，他的六篇短歌得以在《熊野实业新闻》上发表。此后他又与好友一起创办了《浜木棉》杂志，并以佐藤潮鸣为笔名发表诗歌和短歌。1909 年（明治四十二年），他创作的短歌："我的灯火七次明亮，啊！虽然没有吹灭它七次的风"获得了"石川啄木诗赛"奖，并首次登载在《明星》杂志上。应该说，如此骄人的文学成绩对于刚刚 17 岁的佐藤春夫来说，无疑是一份值得炫耀的资本。于是，欣喜之余，他那种得益于家庭培育的自由不羁的诗人特质也开始充分张扬，这使他很快就在意满志得的同时品尝到了命运的跌宕起伏。

明治末期，日本已经基本解除了外部的危机，从而趋向社会的稳定和繁荣。但是，这仅仅是一个表象，因为"明治维新"并不是以日本实现资本主义为目的，恰恰相反，它只是日本统治阶级为应对殖民危机，建立绝对主义的国家政权而发起的一场改良的资本主义运动。日本在转变成为东亚第一资本主义强国的同时，也自然而然地向着帝国主义、垄断资本主义发展。与之相对应的则是当权者

---

① 与谢野宽为日本浪漫主义诗歌"明星派"的代表诗人；与谢野晶子是日本女古典诗人、作家、教育家，和平主义者和社会改革家。

为维护“天皇主权”“统帅权”等对西方近代个人主义、自由主义发展进行残酷镇压。这就使较早接受西方资本主义启蒙的日本开明知识分子、地主阶级为争取权利和自由、改造社会和民众的意识形态站到了被统治者视为左翼“异端”的行列，自觉地展开了对社会主义、自由主义，甚至是无政府主义等理念的传播。也就在这一时期，佐藤春夫结识了医生兼诗人大石诚之助（实为社会主义倡导者，1910 年因大逆事件①被执行死刑），经常前往他开办的报刊阅览所阅读一些当时在其他地方难以读到的违禁报刊，如《火鞭》《平民新闻》等。这些期刊登载的崭新的、带有自由民权追求的理论性文章，对血气方刚又极具诗人特质的佐藤春夫而言极具吸引力和诱导力。正如他后来所说：“如果没有大逆事件，社会主义一定会在我的心中扎下更深的根子，茁壮成长起来。”② 1909 年（明治四十二年）8 月，新宫中学在当地举办文艺讲演会，在正式演讲开始前，佐藤春夫登台做了名为《真实的自由》的演讲，大力推崇自由主义乃至社会主义理论。然而，他显然没有顾及他这次带有敏感内容的演讲悖逆了与统治政权站在同一队列的校方的训导，因此，他被直接认定为“危险的反抗儿”，从而受到校方无期限停学的处分。佐藤春夫由此第一次体会到了个人在国家面前的渺小和无力，其浪漫的文学个

---

① “大逆事件”又称“幸德事件”。1910 年 5 月下旬，日本长野县明科锯木厂的一工人携带炸弹到厂，被查出。反动政府即以此为借口镇压日本的社会主义运动。同年 6 月，当局开始对全国的社会主义者进行大肆逮捕，并封闭了所有的工会，禁止出版一切进步书刊。从 1910 年年底到 1911 年 1 月，当局对被捕的数百名社会主义者进行秘密审判，诬陷日本社会主义先驱幸德秋水等 26 人“大逆不道，图谋暗杀天皇，制造暴乱，犯了暗杀天皇未遂罪”。经大审院一审即终审的特别判决后，于 1911 年 1 月 18 日宣判幸德秋水等 24 人为死刑。

② ［日］佐藤春夫：「青春放浪」，『定本佐藤春夫全集』（第 17 巻），臨川書店 2000 年版，第 369 頁。

性也受到了第一次打击。幸运的是，由于这次演讲会的报告人多是从东京请来的名人，佐藤春夫在会上结识了日本文坛前辈生田长江、石井柏亭和与谢野宽等人。于是，在受到停学处分后，无所事事的佐藤春夫萌发了向几位老师系统学习文学的念头。随后，他立即前往东京专门拜访生田长江，并以书仆的身份住进了生田家中。然而好景不长，仅仅过了一周，他便因涉嫌一起家乡的纵火案被新宫警署的警察带回调查。不过，警方很快查实了放火之人并非佐藤春夫，他则因祸得福，因这次无端涉嫌受到委屈而得到了学校的谅解，学校就此撤销了对他的停学处分，使他得以重返校园完成学业。

不言而喻，中学时期，佐藤春夫已经具有了一个日本近代文学者对自我独立、人性自觉进行追求的初步自觉。但是，他毕竟生长在一个统治者有意制造的，令个人主义与国家主义相互纠葛的时代，年轻的他根本无法仅凭借热情去看清和全面了解当时日本社会发展的内在矛盾。因此，他此时前进的方向也极其模糊，也非常容易受到压制，从而走向激进的反面，即退缩至艺术世界中去寻求所谓的超然自由。所以说，佐藤春夫的这段成长经历，对他后期文学观的建构和发展具有重要的影响。

三　惊艳文坛的唯美主义作家

1910 年（明治四十三年）3 月，佐藤春夫从新宫中学毕业后，便赶往东京，正式拜于生田长江（1882—1936）门下学习文学。

当时日本时局动荡，西学东渐之风虽不如明治初期盛行，但其余音未散，仍具有极大的影响力，西洋文化理念以及文学思潮依然有着风起云涌之势。因此，这一阶段佐藤春夫受到了西方多种文学理论的巨大影响。首先，他在老师生田长江的指导下对德国尼采的哲学理论进行了系统学习，期间还阅读了大量欧美诗歌和小说。例如美国爱伦坡（Edgar AllanPoe，1809—1949）的诗歌、德国海涅（Heinrich Heine，1797—1856）的诗歌、英国王尔德（Oscar O'Flahertie Wills Wilde，1854—1900）的小说等，并尝试翻译过这类欧美诗歌。其次，佐藤春夫来到东京后不久，就在与谢野宽（1873—1935）的介绍下加入了新诗社，在此受到与谢野宽及其妻子与谢野晶子（1878—1942）关于西方浪漫主义诗歌方面的悉心指导。同年9月，佐藤春夫又与在新诗社结交的好友堀口大学一起考入学风非常自由的庆应大学文学系预科，师从日本著名唯美作家永井荷风（1879—1959），学习到了西方的自然主义和唯美主义文学理论。日本学者寺冈峰夫在其《佐藤春夫论》中曾论述过佐藤春夫早期小说的特征："佐藤春夫的初期作品，某一方面的确和'自然主义文学'在同一性质的地盘上开花，只是之后的作品中，这一地盘开始移动和发展了……"① 由此可知，永井荷风对他的文学发展影响极大，甚至可以说在一定程度上是他早期文学定位的一个航标。

结交如此之多的文学前辈和同好，可以说是佐藤春夫在大学期间的最大收获，他的文学视野由此得到了长足的拓展，同时也获得

① ［日］寺岡峰夫：『大正の作家たちⅡ』，英賓社1955年版，第22頁。

了更多展示自己文学能力的机会。1910 年（明治四十三年），他在由老师永井荷风担任主编的《三田文学》发表了短歌《幻灯》；1911 年（明治四十四年），他的《〈日本人摆脱论〉序论》，被其恩师生田长江定为有奖征文的一等小说并连载于《新小说》期刊；1912 年（大正元年），他以浪漫主义风格创作了《诗数章》《南风之歌》《雪》《海滨的恋情》《蔷薇》等以及《愚者之死》《悼乃木大将的话》等针砭时政的讽刺诗，发表于《三田文学》《明星》《昴》等刊物；1913 年（大正二年），其论文《论“意地”与“亵渎”》发表于《昴》，《平塚明子论》发表在《中央公论社》杂志。就这一时期他的创作风格而言，有两个特征，其一是开始具有唯美主义的倾向，这显然是受到永井荷风的影响；其二是依然维持着浪漫主义文学者反封建、追求自由民主的特征，而这则是他与生俱来的“诗人个性”自觉维护“文学责任”的使然。

1913 年，佐藤春夫向校方提交了退学申请，其原因与中学时代别无二致，依然是学业不佳。退学后，佐藤春夫离开东京返回了家乡新宫继续追逐他的文学之梦。但是这一时期，兴起于 1907 年前后的唯美主义[①]文学运动因没能解决浪漫主义和自然主义遗留下来的有关知识分子近代个人主义追求等问题，正在从高潮迭起走向衰退。这使日本文坛先是进入文学流派你方唱罢我登场的混乱局面，后又随着当局对自由民权论调的严厉控制陷入低迷的状态。虽然此时的

① 唯美主义是欧洲近代文艺思潮中产生的重要文艺流派之一，是近代社会人类精神危机的产物，是欧洲艺术家们对近代现代化发展进行的抵抗和反拨，谋求自身存在的一种自觉。而这一思潮的具体表现即是“为艺术而艺术”。由此也引导知识分子放弃文学责任，陷入颓废主义的人生价值观念之中，消极地面对现实和精神危机或者去追求纯粹的感官刺激。从这一角度来说，唯美主义者的艺术都具有“唯美”和“颓废”的双重特征。

佐藤春夫仍然坚持在《三田文学》《昴》等刊物上发表诗作和评论文章，但他已明确感觉到在这种语境下自己文学前途的黯然。于是，他试图转向绘画，希图从这一新的艺术领域中获得成功。然而，事与愿违，他的一幅自画像和一幅静物画虽然两次入选二科会画展，可最终依然没有得到认可，以失败而告终。应该说，这是年轻的佐藤春夫最为迷茫的一段时间：前途黯然、征兵被拒、无生活来源，只能依靠父亲的接济度日等时时搅扰着他那颗不安分的心。他曾在《青春期的自画像》一文中记述了当时的境况："那时的我写歌、作诗、画画，尝试写稀奇古怪的小说，总之，与其说像一只自由的不系之舟，毋宁说是浑浑噩噩的度日。……"①

1916年（大正五年）4月，为了排遣烦闷，也为了尝试一种新的生活，佐藤春夫与同居女友迁居到了神奈川县的都筑郡中里村（横滨市港北区铁町）。这是一个围裹在三个都市缝隙之中的荒凉小村庄，虽然有着他热爱且久违了的美丽而静谧的自然风光，但就其本质而言，它依然无法摆脱都市，即日本近代化社会发展的影响。因此，居住于此，不但不能彻底消弭他内心的烦躁，更为其带来了原始与现代、唯美与凋败、安适与喧嚣、兴盛与颓废、虚无与现实相互交织、纠结和对抗的图景。在这种背景下，他回想自己从少年时期踏上文学之路后的种种艰辛和失败，以及很多文学同好者的悲凉结局，人生的虚无感和颓废感不禁油然而生。于是，在这个唤醒其颓废人生观的小村庄，他开始放弃一个浪漫主义文学者对个性觉

① ［日］佐藤春夫：「青春期の自画像」，『定本佐藤春夫全集』（第34卷），臨川書店2001年版，第184頁。

醒和人性自由的不切实际的幻想，并由此彻底倒向了正待落幕的唯美主义，吟出了大正时代最后一曲惊世骇俗的唯美之歌。

1916 年年底，他创作完成了处女作小说《西班牙犬之家》[①]，以梦幻般的笔触勾勒出一个颓废至神经质的“我”，通篇充溢着童话般的唯美而虚无的气息。这部小说于同年 11 月发表于江口涣创办的《星座》创刊号上，在日本文坛引起了不少关注。与此同时，佐藤春夫还构思了另一部小说，这就是后来使其在文坛大放异彩的《田园的忧郁》。这部小说在中里村完成了前半部，起名为《病蔷薇》，于 1917 年（大正六年）6 月发表于《黑潮》。此后，为修改这部小说，佐藤春夫离开居住了 8 个月的中里村返回了新宫。从同年 12 月 25 日到次年 1 月 7 日，他用两周时间修改完了这部小说，正式更名为《田园的忧郁》，于 1918 年 9 月发表于《中外》杂志。该小说可以说是佐藤春夫以东方诗人气质对西方唯美主义以及颓废主义文学的极致诠释，更是对日本近代文学者颓废、虚无状态的准确揭示。小说一经发表立刻引起了整个日本文坛的极大关注，被赞为“以抒情以及对异国情调细致入微的渲染打破了自然主义的沉闷空气，给日本的散文吹进了欧洲 19 世纪末的新鲜情趣”[②]。他由此成为彼时日本文坛最耀眼的一颗新星。随后，他又连续创作出了《阿娟兄妹》（1919）、《美丽的街市》（1920）、《孤寂》（1922）以及《田园的忧郁》的姊妹篇《都会的忧郁》（1923）等多部唯美主义小说，并借

① 佐藤春夫的小说创作准确地说始于 1914 年（大正三），其首部作品为《一只野兔和一个外国人》，同年还创作有书简体小说《圆光》。然而，就佐藤春夫自己而言，则是将《西班牙犬之家》视为处女作。

② ［美］Donald Keene：《日本文学史》（近代・现代篇），德岡孝夫译，中央公论社 1985 年版，第 265—270 页。

此奠定了其大正文坛著名唯美作家的地位。

应该说，佐藤春夫在唯美主义走向末路之时对其示爱固然是他自己对现实世界诸多无奈的顿悟结果，但这却是压倒骆驼的最后一根稻草。在这之前，他的文学历程、对近代个人主义追求的失败、老师和同好者①的影响以及其个人所特有的叛逆不羁、多愁善感的浪漫主义诗人气质，都为其最终走向唯美主义文学铺垫了坚实的基础。但是，值得关注的是，尽管从这一时期起，他的文学就被贴上了“唯美”的标签，但他并没有沉溺于西方唯美主义的既定模式中，相反，在后期的文学历程中，“唯美”之于他而言，则不断添加着更为丰富的、隶属于东方的内涵。

四 东洋的“风流”诗人

芥川龙之介曾说过：“佐藤春夫是诗人，无论如何他是个诗人。也许可以说比谁都更能称之为诗人吧？……他的作品特色也就在诗性。不求诗趣而读佐藤的作品，犹如吃南瓜而买蒟蒻一般，终究是无法得到满足的。既得不到满足，而说那并非南瓜的说法，实在是

---

① 唯美主义思潮在日本兴起的时间应是明治四十年（1907）左右，1910 年 11 月，在唯美主义先驱森鸥外、上田敏的大力支持下，日本第一个唯美主义文学者组织牧羊神会宣告成立。成员有戏剧家木下杢太郎（太田正雄）、诗人北原白秋（原名北原隆吉）、画家石井柏亭以及吉井勇、平野万里、石川啄木、永井荷风及《三田文学》同人、《新思潮》的小山内薰及同人和文坛新秀谷崎润一郎，这些成员早先多半属于新诗社的成员，与佐藤春夫过从甚密。

愚蠢之极。那不外乎是一种舍近求远之举。”① 正像芥川所阐述的那样，无论是佐藤春夫的早期抑或是晚年的作品，甚至包括其创作的“国策文学”，都有着一种堪称“诗情”的气韵。我国翻译家吴树文先生在评价《田园的忧郁》时就说道：“《田园的忧郁》是日本叙景小说中一篇划时代的作品，以表现青春的危机来寄托自己的忧思，简直是作者以诗人气质创作出的长篇散文诗……”② 吉田精一也在《近代的艳隐者佐藤春夫》一文中指出：“佐藤春夫的小说不是紧密浓厚的散文，而是多留空白的，具有散文诗歌般的风格。”③ 佐藤春夫本人也提及了“诗情”对于自己的重要性：“ 我认为诗情乃一切艺术的根本，所以懂得诗情才会拥抱艺术。相反，不懂得诗情，即没有艺术感的人，只不过是动物罢了。”④ 毫不夸张地说诗情显然是佐藤春夫及其文学的本质特征，那么这一诗情的本质又是什么呢？

1921 年（大正十年）七月和 1923 年 2 月，佐藤春夫在不断创作出唯美小说作品的同时，先后推出了自己的两部诗集：《殉情诗集》和《我的 1922 年》。由于佐藤春夫的诗歌创作早于小说，而且这两部诗集中有相当一部分是其早年之作，因此，这两部诗集更应看作是其对诗歌创作的回归。对于缘何要在小说已获得极大成功之时重拾昔日的诗歌偏好，佐藤春夫在《殉情诗集》的自序中曾有如下的解说：“……虽然如此，既无问世情，余气余曲不觉已与时尚相去甚远矣，余今以古风之笛至路傍哀歌，行人或谓吾笛音色陈旧，既无

① ［日］芥川龍之介：「佐藤春夫の事」，『芥川龍之介全集』（第 3 巻），岩波書店，第 81 頁。

② ［日］佐藤春夫：《更生记》，吴树文等译，海峡文艺出版社 1983 年版，第 3 页。

③ ［日］吉田精一：『解釈と鑑賞』，1959 年 12 月，第 193—196 頁。

④ ［日］佐藤春夫：『佐藤春夫全集』（第十二卷），講談社 1970 年版，第 416 頁。

心聆听但觉滑稽可笑而落荒逃逸，此境何其悲乎！……在人生的路途上，来到爱恋的小小阴暗的林影下，我的思绪愈发落寞，我的心犹如败落在棚架下的蔷薇在呻吟。心中的事，眼中的泪，意中的人，儿女之情，极其困扰着我，多少让我偶尔成诗。”① 由此可见，《殉情诗集》极有可能是佐藤春夫为寄托情思有感而发，这就是所谓的“寄情千代”之说：1920 年（大正九年），谷崎润一郎恋上了夫人石川千代子的三妹，便欲与石川千代子离婚续娶其三妹。佐藤春夫曾在《这三个人》（1922）一文中记述了谷崎润一郎对其妻逐渐嫌恶，常常无缘无故大发雷霆，使千代子整日以泪洗面的情景。也正由于此，佐藤春夫常常看望并安慰千代子，谷崎润一郎则顺势推舟，希望佐藤春夫能主动借此机会与妻子交好，成就一段姻缘，以免除内心对妻子的愧疚之意。事情的发展果如其所愿，佐藤春夫在和千代子的交往过程中真的对其产生了爱恋之情。然而此时，谷崎润一郎向千代子的三妹求婚被拒，他要求与千代子重归于好，并向佐藤春夫言明，之前所托之事一律作废。更有甚者，为了斩断两人的交往，他还由此拒绝佐藤春夫上门看望千代子。而此时已经真心爱恋上千代子的佐藤春夫既遭好友背信弃义，又无法与爱人相见，愤懑无奈之余只好将一腔痛苦诉之诗歌。由此成就了这两部诗集的诞生。

这两部诗集，尤其是被称为其处女诗作的《殉情诗集》一经推出后，即以极具清丽唯美、哀婉柔美的抒情格调引发了日本诗坛的广泛关注和好评。小说家小岛政二郎就曾评价道：“若是向世界介绍

---

① ［日］佐藤春夫：「殉情詩集」，『定本佐藤春夫全集』（第 1 卷），臨川書店 1999 年版，第 5 頁。

日本的诗，而且仅限于一人时，我将毫不踌躇地推举佐藤春夫……”① 松隈义勇也以收录于《我的1922年》的《秋刀鱼之歌》为例评价道：“事实上，明治以来的纯艺术诗歌，能像这首诗这么普及的，除了藤村诗集中的几首及上田敏的少数译诗之外，恐怕没有几首了。佐藤春夫的诗歌，似乎也以这一首绝唱最能将诗趣表现得淋漓尽致……”② 佐藤春夫也由此一跃成为日本近代诗坛的风云人物。然而，针对其诗作的创作特点，日本评论界却一直存在着三种截然不同的看法：其一是融合派。如芥川龙之介在《佐藤春夫的事》一文中指出：“……他的那种诗情似乎和所谓世纪末的悲哀情感极为贴合，纤细婉转而兼有幽玄缥缈的趣境……”③ 评论家保田与重郎也认为：“ ……他不仅拥有日本文人及东方诗人的两种特质，更具有我们近代欧洲诗人的特质，他实现了这三个地域及历史的文艺万象，可谓一个几近完美的诗人，这便是佐藤春夫。在表现东方文人那种唯美生活的传统方面，我国明治以后的诸多人才中，未必有人能有佐藤氏那种新的敏感直觉。东方诗人的想象力加上西欧浓郁的情感表现，恐怕无人能胜过他。”④ 其二是欧美派。如井上正藏强调说：“佐藤春夫早期很多抒情作品与海涅的《少年的烦恼》《抒情插曲》等诗篇类似，例如春夫的《曾赠给人》《又再赠给人》等，犹

① ［日］小島政二郎：「佐藤春夫の憂鬱気質」——『華文大阪毎日』，大阪毎日新聞社1940年版，第52頁。

② ［日］松隅義勇：『国文学：解釈と教材の研究特集』，学登社1958年版，第72頁。

③ ［日］芥川龍之介：「佐藤春夫の事」，『芥川龍之介全集』（第3卷），岩波書店1996年版，第82頁。

④ ［日］保田与重郎：『保田与重郎全集』（第10卷），講談社1986年版，第55頁。

如是海涅的悲恋之音一般。”① 黄美慧也指出：“这一时期，佐藤春夫是透过海涅等西欧诗人了解了西洋诗歌，因此，他的诗歌作品，如《殉情诗集》中处处都有海涅诗歌的影子。”② 其三则是复古派。这一派更细分为两个子阵营，其中部分评论属于客观的表述，如吉田精一在《佐藤春夫》中指出：“诗人佐藤春夫在大正的诗史上，不像萩原朔太郎、日夏耿之介等，他没有开拓新的诗想与诗体。他的诗歌除了‘魔女’之外，大部分是以七五、五七的传统形式来表现思绪，是一种古典风格……”③ 此外，金光晴子也评价道：“佐藤春夫以七五调作诗，并以文语体抒发伤感，虽然不知道他少年时期作品如何，但通观他整体的作品，和所谓的新体诗人是处于不同的世界的。”④ 上述评论均提到的“新体诗歌”实际上指的是彼时正在日本诗坛独领风骚的口语自由诗。这一诗体源于欧美，是英文诗歌诗体变革的产物。其追求诗歌在听觉形式和视觉形式上的改造，力图创造出新的规范而不呆板、自由而不散漫的韵式图式。⑤ 作为新体诗代表人物的萩原朔太郎就是据此对佐藤春夫的诗作提出了批判，他说：“佐藤春夫是日本文坛上稀有的诗人，是我最敬畏的人之一。然而，就一位诗坛诗人而言，佐藤春夫依然活在过去。首先，他的用词本身和他的用语感觉都太旧了，跟不上现在的诗坛气息。从他的诗歌中闻到的是十年前的诗坛味，无论是思想性或趣味性，皆未

---

① ［日］井上正藏：「ハイネと日本近代詩——佐藤春夫を中心として」，『国文学：解釈と教材の研究』第6卷14号，學燈社1961年版，第29頁。

② ［台］黄美慧：《佐藤春夫研究——日本近代文壇各界的评价及佐藤春夫中的『西洋』》，《东海大学日本语文学系纪要》2011年，第163页。

③ ［日］吉田精一：『日本近代詩鑑賞』，桜楓社1980年版，第113頁。

④ ［ヨ］金子光晴：『佐藤春夫全集』（第1卷）附録，講談社1966年版，第676頁。

⑤ 罗兴典：《日本现代诗歌的开端》，《日语学习与研究》1987年第6期。

触及现在诗人的神经。现代诗坛的神经已经变得非常的纤细敏感。换言之，佐藤春夫是所谓的文坛诗人而非诗坛诗人。”① 相较于融合派、欧美派以及复古派之客观派的平和态度，这一派的评价引发了佐藤春夫极大的不满，他特地作《关于我的诗——呈给荻原朔太郎》一文进行了反驳。他说：“余无意穿旧式晨礼服，欲谓其为1925年式的新型。余不过是爱用祖父流传下来而穿来舒服的旧和服短外衣罢了……阁下喜爱爵士乐队当然无妨，然箫及胡琴则是另为我而备……和汉朗咏集、今样、筝歌及藤村诗集乃吾诗之传统，余在内心的感情化合成古风时而吟诗，即因余唯在喜爱古情时而歌，故吾诗大抵以古语缀成……”②从佐藤春夫的比喻中不难看出，佐藤春夫驳斥萩原朔太郎最为核心的关键词有两个，其一是“家学”，其二是“喜爱”，也即源于家学的“传统文化”才是他最为钟情之所在，而这一点显然是他重新回归诗坛的一个重要原因。相较于“宣泄情感之痛”，这一原因应该更具有本质性。

明治后期，日本对西欧近代文明的追逐开始趋于冷静，日本知识界亦开始对传统文化的回归。佐藤春夫则是这一回归运动坚定的拥趸者。1924年（大正十三年）4月，佐藤春夫在《中央公论》上发表了题为《风流论》的评论性文章，提出“风流”是艺术的至高境界。而所谓“风流”至少是芭蕉③等人成就的那种“风流”，即“风流”隶属于日本传统文化所特有的“物哀”审美意识范畴。毋

① ［日］荻原朔太郎：『佐藤春夫全集』（第11卷），講談社1969年版，第619頁。

② ［日］佐藤春夫：『佐藤春夫全集』（第11卷），講談社1969年版，第176頁。

③ 芭蕉：全名松尾芭蕉（1644—1694），是日本江户时代最著名的俳句诗人，俳谐创始人，其诗歌最大特征是“短而精致”，具有日本审美的幽玄之美。

庸置疑，在西学肆意蔓延，浪漫主义努力反拨这两股势力正在相互纠葛的大正文坛，这一论点的提出无异于一股清流，得到了众多知识分子的首肯。评论家中村真一郎甚至认为《风流论》是从日本中世纪传统文化中发现，直至近代才在西方唯美文学之中表现出来的世纪末颓废和忧郁意蕴。从某种意义上讲，《风流论》无异于是佐藤春夫自唯美主义回归日本传统文化的一帧宣言，更为当时日本文坛的发展方向树立了一面旗帜。当我们由此反观他对自己诗歌古韵特点的着力维护，很难说那不是他为展示自己真正的文学观内质所编纂的一曲前奏。

实际上，对于西方文明，佐藤春夫自始至终都是来者不拒的。川本三郎在其《温室中的梦》一文中就曾描述年轻的佐藤春夫："……大正初年，在银座的琶屋李斯答咖啡店巧遇当时二十一二岁的佐藤春夫时，我被他戴着小礼帽，穿着西装的那副西式帅气的摩登打扮吓了一跳。大正是渐渐时髦的年代，而佐藤春夫的那副打扮，显现出他正充分享受新文化气息的模样。……"① 佐藤春夫对西方文明的这种受容态度在其诗歌创作中也有所体现。但是，作为一个自幼就生长在日本传统文化氛围之中，且极具浪漫气质的青年作家，他具有一种秉承和维护日本传统文化的强烈自觉。当本国文化不断受到外部文化侵袭而面临危机之时，这种自觉就会被高度激发。就此而言，建构自我乃至日本知识分子的"风流"式诗情，弘扬日本民族文化就成了他此时的责任。而这也正是他摆脱唯美主义"为艺术而艺术"座右铭的开始。事实上，自此之后，他的文学之路的确

① ［日］川本三郎：『佐藤春夫』，筑摩書房 1991 年版，第 436 頁。

是沿着这一方向前行的。他后期的大量作品，如《掬水谭》(1935)、《上人远流》(1955)、《从极乐来》(1960) 无一不是对《风流论》的践行之作。1937 年（昭和十二年），他在另一篇著名的评论性文章《日本文学传统之我见》里更加明确地抒发了自己之于民族与艺术的见解：“因为文艺更多的是感情，不是自然科学，也不是社会科学，具有许多民族性，这如同具有不同个性的人一样。没有民族性便不能成立，这就是艺术。”① 可以说，对佐藤春夫而言，大和民族的文化才是其文学追求的真正目标。东洋的“风流”诗人才是他最本来的面相。

五 “国策作家”的转向

1920 年 6 月底，佐藤春夫受好友邀请前往中国台湾。在台北博物馆代理馆长森丙午的安排下，他游历了台湾岛的基隆、高雄以及厦门、海澄、漳州，历时近 4 个月。这是佐藤春夫第一次与真实的中国际遇。回国后，他针对此次旅行创作的作品有《有趣的避暑地——日月潭游记》《星》和《蝗虫大旅行》(1921)，《南方纪行》和《旅人》(1924)，《雾社》和《女诫扇绮谭》(1925) 等。可以说，这次旅行使佐藤春夫完成了从文本中国到现实中国的转换。而

① ［日］佐藤春夫：『定本佐藤春夫全集』（第 12 巻），臨川書店 1998 年版，第 399 頁。

他的感觉正像我国学者李雁南所说："当中国从经典文本走进现实，或者说从一个幻象变为一个实体，中国实际上做了一次自我否定，否定了它作为一个文本的记忆或单纯的幻觉所具有的空灵、神秘、美好和浪漫。不论它的现实是怎样的一种状态，它永远也不可能符合日本人在未对它有实际体验之前就已经做出的想象和判断。它只能令他们失望。"① 然而这种失望虽然使佐藤春夫在诸多作品中对近代中国颇多揶揄之意，但他并没有就此停留于言之凿凿地确证近代中国如何的败落、猥琐，相反，他以无比高涨的热情投入了中国古典文化的怀抱。《车尘集》也就是在这一时期诞生的。就这一点而言，佐藤春夫与其他日本文化人到访中国后的态度截然不同，也是颇值得玩味的。

此外，自中国归来以后，一贯自视清高的佐藤春夫还开始了与中国留日学生的接触。1921 年 10 月，佐藤春夫认识了田汉，后经其介绍又与郁达夫等中国留日学生有了交往。然而，尽管双方在一段时间内过从甚密，但相较于留日学生的热情和崇敬，佐藤春夫对这种交往则有些冷淡。他在小说《人间事》中曾写道："（跟田汉）交往了一年。说是交往，其实只是对方登门拜访，我既没有回访过他一次，也没有将这个异邦人带到哪儿去玩过……田归国后依然不时寄来才气横溢的信，而我却一直懒得动笔。自知理亏，但始终没有回过信。"② 对与郁达夫的交往，他也总结道："（郁达夫）身上除了

① 李雁南：《近代日本文学中的"中国形象"》，博士学位论文，暨南大学，2005 年，第 14 页。

② 武继平：《佐藤春夫与田汉的情感错位——有关中日文人交往的个案考察》，《郭沫若学刊》2010 年第 3 期，第 80 页。

具有贵国传统文人墨客的风格以外，还有一种跟贵国一般青年文学者不同的、对贵国古典文学的热爱和造诣……我找到了自己作品的理想读者。"① 众所周知，佐藤春夫与郁达夫的友谊是相当深厚的，这显然与郁达夫与之有着相同的文学偏好密切相关。由此也可以看出，这一阶段佐藤春夫与中国文学者交往的目的是比较复杂的，虽然其间不乏友情，但这显然绝非是最主要的。换言之，首次游历中国后，佐藤春夫不仅对中国古典文化生发了明确的兴趣，而且开始审视近代中国文化者对于本国古典文化的承继态度。

1927 年 7 月，佐藤春夫受田汉的邀请，时隔 6 年再次来到了中国。他此次的目的地是上海、杭州、南京、镇江、扬州几个南方城市，共逗留了 20 余天。其间，他在郁达夫的陪同下游览了南方都市和风景名胜，他还在谷崎润一郎的引荐下结识了上海内山书店的店主内山完造②，并与上海著名文化人士胡适、徐志摩、欧阳予倩、王独清等人会面。二度重访中国，佐藤春夫除却对古典中国以及经典文本的继续寻觅，开始尝试对中国文人及其文化发展进行了解。但是就此次游历的作品而言，他仅仅写了《西湖忆游》《曾游南京》两篇纪行游记，其中并未涉及对近代中国文坛人和事的任何评论，却谈及了对蒋介石及其政府的印象，也不乏对其政治方略的评点。从这一点来看，佐藤春夫一贯持有的疏离政治的文学态度显然出现

① ［日］佐藤春夫:「旧友に呼びかける」,『定本佐藤春夫全集』（别卷Ⅰ），臨川書店 2001 年版，第 100—101 頁。

② 内山完造（1885—1959），日本冈山人，汉名邬其山，1916—1947 年一直居住在中国。1916 年来华于上海开设内山书店，成为当时中日文化界交流的重要窗口。他是鲁迅先生的挚友，同时与多位近代中国文化人士关系密切，实际上是近代日本文化界与中国文化界沟通交流的一条重要路径。1927 年 7 月，经由谷崎润一郎介绍与佐藤春夫相识，并为他在上海举办了与中国文化人著名人士的见面会。

了些许变化。此后直到七七事变之前，他便一直处于狂热追逐古典中国，而冷淡近代中国的状态之中。但也有例外，1931 年，佐藤春夫突然表现出了对中国文坛左翼领袖鲁迅的兴趣，开始阅读《阿 Q 正传》并购入 *The Trage - dy of AH Qui*（收录英译本《故乡》）和《鲁迅短篇集》2 卷。至 1932 年，由佐藤春夫翻译的《故乡》和《孤独者》被刊发于当时著名的《中央公论》，他还借用法国著名作家罗曼·罗兰之言，将鲁迅称为属于世界的“中国最伟大的小说家”。1935 年，他更与增田涉共同编译了《鲁迅全集》，甚至还提议应让鲁迅留居日本，并为此四处奔走游说。1936 年，听闻鲁迅病逝，他连夜作《月光与少年——鲁迅的艺术》一文以示缅怀。随后他又参加了改造社《大鲁迅全集》的编译和顾问工作。毋庸置疑，佐藤春夫对鲁迅及其文学在日本的传播产生了巨大的影响，正如丸山升评价的那样：“已经确立了第一流地位的佐藤春夫在具有代表性的综合杂志《中央公论》上翻译了鲁迅的作品，这便具有了更大的意义，从此以后鲁迅的名字终于为日本文化界所知晓。”① 应该说，从表象看，对鲁迅的着力推荐仍然与其对中国古典文化的偏好有关，正如佐藤春夫译介鲁迅作品的合作者及好友增田涉所说：“他（指佐藤）本人对传统文化（指中国传统文化）执着的偏爱决定了他对鲁迅文学的首肯。”② 佐藤春夫自己也曾说：“《故乡》体现的是一种中国古代特有的诗歌情怀，（这是我非常喜欢的情怀）……我感觉到《故乡》中渗透着杜甫诗情般的东西。”他还强调：“他（指鲁迅）的虚无感，

---

① ［日］丸山昇：『近代文学における中国と日本——共同研究・日中文学関係史』，汲古書院 1986 年版，第 112 頁 。

② ［日］增田涉：『佐藤春夫と魯迅』，岩波書店 1964 年版，第 78 頁。

绝不是从近代欧洲而来，而是从本国老庄处传来的东西。他之所以没有陷入神经质的忧郁，却有着快活的笑，其原因也在于此。快活的虚无感，这乃是成为《阿 Q 正传》的基调的文趣，因此他的绝望不属于人而属于天。”① 但如果结合其当时的其他论调，如在《支那非文化之国也》一文中，他说：“支那悠久的文化都传到了日本，其中有意义的部分全都留在了日本……即支那的文化之花在本国业已枯死而在日本却盛开不衰。……既然支那文化中有价值的部分为吾国所传承并得以发展，那么进出中国大陆并在那里建立文化难道不是吾等之权利和义务吗？于文化业已湮灭的当今支那播撒崭新的文化种子，对吾等来说，必然成为战后一大事业。”② 等等，则不难发现，此时佐藤春夫对鲁迅的着力推荐绝不是单纯的文学往来，其中更应该蕴含了某些政治因素的需要，“政治文人”的角色映像已在其身上初露端倪。

从成名后，佐藤春夫可以说一直在宣扬其“文艺独立”的宗旨，认为文人应在政治面前保持“文人的高洁和矜持”。基于此，他曾对于田汉、郁达夫和郭沫若等人的“媚俗从政”极为不满，认为“在古代传统文化业已荡然无存的中华民国，留学生们的才智与理性却全部奉献给了他们的政治野心”③。然而，在 1937—1945 年日本侵华战争期间，“文人的高洁和矜持”显然成了对他本人的一种讽刺。

---

① ［日］佐藤春夫：『定本佐藤春夫全集』（第 25 卷），臨川書店 1999 年版，第 138 頁。

② 武继平：《佐藤春夫的中国观论考》，《浙江学刊》2007 年第 5 期，第 90 页。

③ ［日］佐藤春夫：「支那に文化があるか」，『定本佐藤春夫全集』（第 22 卷），臨川書店 1998 年版，第 184 頁。

1937年，他加入具有法西斯主义倾向的日本浪漫派，并与林房雄[①]创立日本文化社，出版会刊《新日本》，大力宣扬“以文学服务国策”。1938年5月，佐藤春夫又与保田与重郎一起以《文艺春秋》特派员的身份前往中国，两人首先到访古都北平，参加中国亲日作家亲善交流活动，意欲“催化”周作人、钱稻孙和徐祖正等留京文化人士的事伪倾向，并为日本政府和军队提供文艺与文士的资讯。[②]小川五郎认为，这是佐藤春夫深度介入中日战争的开始。[③]此次到京，佐藤春夫逗留一月有余，其间历访北京名胜，如景山、东岳庙、雍和宫、卢沟桥等。他以《卢沟桥》《北京杂报》《从陋巷看北京》《伫立卢沟桥畔而歌》等诗文作品暗喻在中国“世界新名胜”即将诞生，字里行间无一不显露出其对协力日本军国主义建构“大东亚文化新秩序”的期待。离开北平后，佐藤春夫一行又前往山西及内蒙古，随后返回日本。回国后不久，佐藤春夫即加入“文学家从军海军班”，同年九月与菊池宽、吉川英治等人一同以日本军部从军文人的身份重返中国上海，访问日本陆战队本部，后自南京溯江而上，到达九江，最后达武汉会战前线。在这一时期，他创作了一系列讴歌日本军国主义的作品，包括《江上日记》《东天红》和《亚细亚之子》(1938)、《战地诗集》(1939)、《出国云》(1940)、《北京》(1941)、《日本颂歌》(1942)、《大东亚战争》(1943)等等。1942年5月，佐藤春夫还出任日本右翼势力文学家组织的日本文学报国

---

① 林房雄曾是日本无产阶级小说家评论家，日本侵华战争期间成为狂热的日本军国主义鼓吹者，是日本军方的御用文人。

② [日] 保田与重郎：『事変と文学者』，弘文堂書房1940年版，第136頁。

③ [日] 祖父江昭二、伊藤虎丸等：『佐藤春夫と中国（共同研究）』，和光大学人文学部紀要第12号，1977年，第156頁。

会理事，并为《日本陆军军歌》填词。翌年8月又出席大东亚文学者决战大会（第二次动员大会）。到此，佐藤春夫已从一个“为艺术而艺术”的纯粹唯美作家演变成了彻头彻尾的，为法西斯主义站脚助威、摇旗呐喊的“国策作家”。

六 小结

1945年（昭和二十年），随着日本的战败，日本文坛开始面临一个无法回避的任务，即对战争时期日本文学发展历程进行反思，直白地说即是对部分文学者协力战争的行为进行清算。1946年1月，《文学时标》杂志创刊并发表了荒正人、小田切秀雄、佐佐木基一联名写的《发刊词》，文中针对协力战争的“国策作家”们提出“……一个不放过地抓住和声讨这些厚颜无耻的、冒渎文学的战争责任者，并和读者一起把他们在文学上的生命埋葬掉。这是为在文学领域确立民主主义的第一步”①。之后《文学时标》又罗列出40余名协从战争的作家以及他们的战争罪责，其中佐藤春夫赫然在列。然而，随着文学界声讨的深入，明确“责任主体”就成为一道无法逾越的藩篱。本多秋五就曾指出：“……一进入追究战争责任阶段，首先将遇到一个追究者主体本身资格的问题。而一旦要严格审查该主体的资格，那么可以说，完全没有战争责任的文学工作者是绝无

① ［日］荒正人、小田切秀雄等：『発刊詞』，『文学時標』1946年1月創刊号。

仅有的，所以就会陷入泥沙俱下的混乱状态。……”① 中野重治等人则顺势将作家的责任推到了国家体制和天皇那里。就在文艺界对此争论不休的同时，以林房雄为代表的右翼作家也在不断地渲染着战败之于国民的耻辱，图谋复兴日本民族主义。可以说，在这一片乱象之中，战争作家们的“侵略本质”被有意无意地弱化、忽视甚至掩盖了。于是，佐藤春夫也就得以悄然卸下“国策作家”的“冠冕”，收敛起对“日本赢得胜利”的臆想，开始华丽的“转向”了。

1946 年（昭和二十一年），被疏散至长野县北佐久郡的佐藤春夫重返文坛，在他的助力下，《方寸》《风流韵事》《群像》《传记》《至上律》等刊物得以创刊，并在第二年实现了全国发行。1948 年（昭和二十三年）8 月，佐藤春夫当选为日本艺术院会员；翌年他又受到母校庆应大学的邀请担任教授，开授“近代日本文学的前景”。1950 年、1959 年他先后两次列席“宫中歌会”；1952 年，《三田文学》复刊，他被委以编辑委员之职；1953 年、1955 年，他先后以《定本佐藤春夫全诗集》和《晶子曼陀罗》两度获得读卖文学奖。此后，他的诗歌《秋刀鱼之歌》和《湖畔口吟》还被镌刻成碑立于和歌山县那智胜浦镇火车站前和长野县北佐久郡入流町。至 1960 年（昭和三十五年），佐藤春夫因其对日本文学的卓越贡献被授予了日本文化勋章；新宫市则在次年为其戴上了荣誉市民的桂冠。不仅如此，佐藤春夫在其文学创作方面亦恢复了其一贯的多产状态。据考，从 1946 年到其去世前，他一共创作了近百部作品以及大量的诗歌和

① ［日］本郷秋五：『物語戦後文学史』，新潮社 1979 年版，第 52 頁。

翻译作品，如『日本文芸の道』(1946)，『美しい町』(1947)，『青春期の自画像』(1948)，『玉笛譜』(1948)，『風流永露集』和『抒情新集』(1949)，『近代日本文学の展望』(1950)，『近代神仙譚』(1952)，『晶子曼陀羅』(1954)，『人生の楽事』(1956)，『釈迦堂物語』(1957)，『日本の風景』(1959)，『詩の本』(1960)，『極樂から来た』(1961)，『詩文半世纪』(1963)，『玉を抱いて泣く』(1964)，『わが北海道』(1964) 等。可以毫不夸张地说，佐藤春夫最后的这20年文学历程堪称其一生文学书写的华彩篇章。

然而，佐藤春夫战后的作品与彼时文坛发展的大趋势可谓极为相悖。当时的日本文坛主要有三个文学流派：着重对战争摧残人性进行反思的“战后派”，以反抗秩序和传统道德价值观念表现自我堕落和颓废的“无赖派”（亦称为“新戏作派”或“反秩序派”），以及既对战争进行反思，又关注战后日本国民日常生活的第三新人。从特征上讲，“无赖派”与佐藤春夫曾经拥趸过的唯美主义极为相似，都是以消极的、悲观的、颓废的、堕落的目光审视社会和人生。就佐藤春夫而言，他从伊始即相信日本必胜，日本战败无异于击碎了他以文学强盛大和民族的希望。在这一时刻，再度以颓废虚无的人生观看待文学对于他而言应该是一种必然。但是，佐藤春夫却出人意料地将他的创作视域重新定格在了日本传统文化和中国古典文化层面上。诚然，理解他对本土传统文化的执着并非难事，然而，对待赋予自己“战败”这种奇耻大辱的敌国文化依然能保持初心则令人深思。广津和郎曾指出：“这个作家（指佐藤春夫）的真面目究竟是什么？这令我感到不安。”日本评论家小林秀雄也指出：“在一流作家中，再没有像佐藤春夫那样难以归类的人了……佐藤春夫像是在走钢丝……他还没有找到自己可以安住的场所。”① 而以当下中日学界对佐藤春夫依然没有一个明确的定位这一事实来看，这种“不安”似乎还在延续，从而激发出我们对他的无限遐想。

是的，或许这只是佐藤春夫对中国表达愧疚的一种方式，或许他仍然在梦想完成“以日本为主导的日支文化融合范式”② 的目标，又或许他再次踱入了文本中国的幻境寻觅自己的精神慰藉……总之，晚年的佐藤春夫为后学留下的是一个既瑰丽又模糊的背影。

① ［日］小林秀雄：『小林秀雄全集』（第4卷），新潮社1978年版，第42頁。
② 武继平：《佐藤春夫中国观论考》，《浙江学刊》2007年第5期，第92页。

第二章 《车尘集》立书之背景

"……我在中国古典文学的翻译和介绍上打了头阵。……"①

——佐藤春夫

《车尘集》全称《车尘集——中国历朝名媛诗抄》，首个版本是1929年（昭和四年）9月由武藏野书院发行的菊型开本单行本。全书共计93页，由序文（包括奥野信太郎作的他序、题跋等）、译诗正文、跋文和附录（诗歌原作者介绍）四个部分组成。这是佐藤春夫翻译编纂的第一部汉诗译集，收录了中国六朝至明代不同社会阶层32位女性诗人所作的48首诗歌的原作以及译诗。这些女诗人大多不为日本读者所知，其诗作也几乎都是第一次登陆日本的非经典类诗作。此外，佐藤春夫没有采用日本传统的"训读"法，而是以日本的文雅定型句式（七五调、五七调），即遵循日本和歌的音数律，使用雅言（文言）进行译介，这使译诗作的意蕴既有着浓郁的

① ［日］佐藤春夫：『近代日本文学の展望』，大日本雄弁会，講談社1950年版，第22頁。

复古气息，又与彼时风行于世的新体诗歌文体接近。《车尘集》正是以这些别具一格、独具匠心的特征在当时的日本诗坛上引起了极大的反响。近代诗人那珂秀穗就曾坦陈："我最初接触佐藤春夫的名译薛涛诗是在中学阶段，尔来星霜几许，现在回首少年旧梦都已烟消云散，空空荡荡的头脑中仅存的就是那几首中国女流诗人的诗篇，能够让我重温旧梦……"① 福永武彦等评论人士也指出："《车尘集》将日本汉诗翻译带到与西洋诗翻译同一水准之上。"② 事实上，《车尘集》不仅仅是佐藤春夫于译介中国古典文化上的一次成功，它更为显著的作用是在汉诗日译正在逐渐步入顾影自怜的寂寥之时重新掀起了日本诗人对汉诗的热情。据不完全考据，自《车尘集》出版后至日本侵华战争结束前，日本出版汉诗日译集50部有余，其中效仿佐藤春夫新体译介文体的有10余部，包括冈田正三翻译的《诗经》(1933) 佐藤春夫的学生井伏鳟二翻译的《辟邪集》(1937)；会津八一的《鹿鸣集》(1940)；小村定吉的《日译支那诗》；那柯秀穗的《支那历朝闺秀诗集》(1947) 等，从而形成了日本汉诗日译领域"训读""现代翻译"二分天下的局面。应该说，在当时日本文化走向、社会发展、国策愿景等均与中国渐行渐远的特定历史背景下，《车尘集》能够得到日本读者和诗坛同人的一致认可和接受是一件颇值得玩味的事。现代文化翻译理论认为，"翻译活动是人类进行跨文化交际的基本模式，其实质是对某一社会文化语境中的文

① ［日］横田むつみ:「日本における薛濤詩の受容」,『日本漢学研究』2007 年第7期，第19頁。

② 参见朱衛紅:「『車塵集』における古典和歌との交渉」,『文学研究論集』(19)，2001 年3月，第73—90頁。

本的重写，每个译本都是特定语境的产物，是该语境中恰当的译本。……重写者在一定程度上改写、操纵原文，使之符合该语境的主导意识形态和诗学潮流，以特定方式产生社会功用”[①]。换言之，社会文化语境与译者之间具有制约与被制约的关系，译者及其翻译活动只有顺应社会文化语境，才能获得主导意识形态和诗学的支持。从这一点来说，真实再现佐藤春夫翻译编纂《车尘集》时的社会文化语境也便成为我们解读这部汉诗译集最为首要的一个前提。

一 “训读”的历史天地

诗歌作为一种被全人类所认可和共用的文体从古至今都是跨文化交流中最为重要的内容结构之一。但是，诗歌也因其高度精练、概括的民族性、地域性语言、修辞以及音律结构成为翻译领域中的难点，任何针对诗歌的翻译都不可避免地要丢失部分文学要素，如原文特有的韵律和修辞之美，等等。正像美国诗人弗罗斯特所说：“诗者，翻译所失也。”（Poetry is what gets lost in translation.）[②] 然而，这种世界性的翻译难题在汉诗日译领域中却似乎显得极为风轻云淡，因为所有汉诗都可以被日本人以一种称为“训读”的译介方法轻而易举地转化为日文诗歌。

① 韩彩英：《语境本质论》，《自然辩证法通讯》2004 年第 5 期，第 40—47 页。

② 覃军：《译心、译意、译味——以〈雪夜林边小驻〉谈诗歌翻译之策略》，《海外英语》2012 年第 7 期，第 144 页。

汉诗传入日本的时间大约是在飞鸟时代（538—710），基本与汉字传入日本的时间无出前后。此时日本尚未建构自己的文字体系，因此这一时期日本对于传入本国的汉诗文典还无法实现书面译介，只能专门设立精通汉语的“音博士”对文本进行诵读，汉诗文的“音”“义”“型”完全保留，称为“直读法”。至奈良时代（710—794），随着汉学典籍，尤其是佛教典籍的不断增多，为了更快、更多地掌握其中的精义学说，奈良大寺院的僧侣们发明了“音训两读法”，即将典籍文字先读出汉语语音（音读），再转为日语读音（以汉字作为表记日本语“音”的万叶假名①进行训读），这可以视为“训读”的初始形态之一。② 到了奈良中晚期，为进一步方便地阅读汉典，取万叶假名字形的一部分形成新的音节文字“片假名”开始替代万叶假名成为训读的主要表记符号。至平安时代（794—1192），一种被称为“呼己止点”的训读标示法使“训读”形式得到了进一步的简化。而10世纪之后，取万叶假名草体或再给予简化的音节文字平假名的出现，令“训读”的便捷性达到了峰值。“呼己止点”此时也演变为标示在汉诗文原文字间或字旁的，说明如何颠倒原文语序进行诵读的“返点”，汉诗文训读文由此诞生。“训读”也就有了以下的定义：在保留汉典所有汉字的基础上，在汉字旁加注假名，标出日语语音，再在汉诗原文上加上“一、二、上下、甲乙丙丁”等诵读顺序返点符号，使之顺应日语语言的习惯的译介方法即为“训读”。

---

① 万叶假名出现于日本第一部和歌总集《万叶集》（760年前后）之中。该集全部用汉字整理和歌，其中很多汉字仅作为表记日本语音的符号，与该字本身的“义”并无牵涉，是为假名，亦称为“真假名”。

② 马歌东：《训读法：日本受容汉诗文之津桥》，《陕西师范大学学报》（哲学社会科学版）2002年第5期，第85页。

“训读”曾是多个东亚国家受容汉文化的主要方法。而且，日本也不是第一个使用“训读”的国家。据有关研究指出：“归化人用汉字表示日语语音的方法来自于朝鲜半岛的百济、高句丽、新罗等国用汉字表记朝鲜语音法。”① 但是，随着15世纪李氏朝鲜第四代国王发明了自己的文字“训民正音”，“训读”便逐渐成为日本一国的专属了。值得一提的是，“训读”法几乎无法用于西方国家文字的翻译。明治维新时期，有日本学者就曾试图在兰学、英学上尝试使用“训读法”，方法是在每个欧文词语上注上训，以日语语序进行组合、直译。但其结果反而增加了欧文翻译以及训读的复杂性。因此，称“训读”为译介方法，毋宁说它只是针对日语和汉语进行双向处理，使二者相互训译转换的一种特殊的语言机制。使用这种方法，日本人即使不精通汉语，亦可以轻易地达成对汉诗文的即译即读或者即读即译。江户汉诗人广濑旭庄就曾对“训读”这一特点作诗云：“自幼好文字，常唔会西人。因君观唐馆，素愿一朝伸。西客自为主，东客却为宾。言语虽不接，肝胆乃相亲。”② 因此，尽管“训读”仍然存在着使汉诗失去原有音韵美以及内在魅力的缺陷，但仅就其译介的简单和便捷而言，“训读”就具有了长久生存的先决条件。也正由于此，在《车尘集》这种新翻译文体出现以前长达千年之久的漫长岁月中，“训读”无可争议地成了日本人受容汉诗文的唯一语言工具以及汉诗日译领域一统天下的王者。

---

① 成春有：《日语汉字音读研究》，中国科学技术大学出版社2002年版，第10页。

② ［日］富士川英郎等：『日本漢詩・梅墩詩抄』（第11卷），汲古書院1987年版，第31頁。

中日两国的文化交流始于隋唐时期，也即日本的奈良时代。当时，日本先后向中国派遣4次遣隋使和19次遣唐使，每一次人数都高达数百人，这使大量汉典得以输入日本。《宋史·日本传》中记载，彼时的日本遣唐使甚至是“所得锡赉，尽市书籍”。而中国派遣至日本的回访使节同样会携带大批书籍入日。因此，这一时期，日本拥有的汉学典籍十分可观。

据藤原佐世奉敕编纂的《日本国见在书目》一书的不完全统计，仅885—897年进入日本的汉典种类就达40余种，共计1579部，16790卷，几乎囊括了隋唐汉文书籍的一半有余，可见这一时期日本对汉典的渴求和索取程度之高。而如此之多的汉典引进也就使译介成了当时一项重要的工作。据考，这一时期“训读”译介汉文典的工作主要由政府专门设立“唐通事”、中国移居日本的归化人①以及曾任遣隋使、遣唐使的官员、留学僧和留学生来完成。但总体而言译介数量有限，尤其是诗词集类的数量更少。形成这一态势的原因主要有三个：其一，日本派遣的遣隋使和遣唐使之中以僧侣居多，如吉备真备、玄昉、最澄、空海、圆珍、圆仁等人，因此，由他们携带回日的汉典中佛教书籍是最多的一类，而彼时日本统治阶层中僧侣是强势力量，故而当时官方和僧侣译介是以佛经文典为主。其二，《论语》是第一部流入日本的汉学文典，被历代天皇政权视为治国之经典，日本最早的成文法“十七条宪法”（604）即是借鉴《论语》的儒家思想进行修订的。因此统治高层对记述中国历史的典籍

① 归化人指日本古代对从中国或朝鲜半岛移民到日本的人及其后代总称，也称渡来人。

以及儒家典籍的译介比较看重。相反，汉诗词一类多为少数贵族阶级提高个人修养以及诗学研究者研学之用，而这一人群又对“训读”之方法颇为精通，可以方便地使用私家“返点”阅读汉诗文原本典籍，诗词译本于他们而言反倒显得多余。其三，这一时期典籍印刷技术还十分落后，无论是誊写抑或雕刻，成本都非常高，这也从根本上制约了汉诗文集这类“消闲性”图书大量编纂刊印的可能。而到了室町时代（1336—1573）末期，这一译介特征开始发生改观。1600年，德川氏平息了日本近百年的战乱，于江户（今东京）开府，并实施“锁国”政策，是为江户时代。这一时期，日本贵族阶级解体，平民社会兴发，以中国儒学为核心的教育体制开始向平民阶层大幅倾斜。据考，18世纪初期，日本仅公立藩校就达270余间，专上程度的学校370余间，还设有1400间私塾和“寺子屋”[①]。也就是从这一时期起，汉诗开始真正从贵族阶级普及到了平民阶层，汉诗译介本的需求亦随之猛增，而此时的雕刻印刷技术业已进入成熟期，于是，日本国内以训读、训译等方式译介汉诗典籍之风开始盛行。据中国香港学者谭汝谦先生的统计，江户时期的汉文译本达到了109种，其中仅文学类就占到了80%以上，为88种，而其中以《全唐诗》《白氏文集》《杜工部集》等为首的汉诗训读译本更是占据了一半以上。[②] 由此可以想见当时汉诗训读译介的火爆程度。但是到明治时代（1868—1911），汉文典的总译介量却下降到36部，文学类仅为区区8部，其中除了支那哲学研究会编纂的《白氏文

① 谭汝谦：《中日之间译书事业的过去、现在和未来（代序）》，实藤惠秀监修、载氏编《中国译日本书综合目录》，香港中文大学出版社1980年版，第3页。

② 谭汝谦：《中国译日本书综合目录》，香港中文大学出版社1980年版，第54页。

集》以及服部南郭的《唐诗选国字解》的再版本之外，其他均为《水浒传》《西游记》《支那奇谈集》等通俗小说类的训读译本。汉诗的译介可谓达到了冰点。发生如此逆转态势是由于在西学东渐以及脱亚入欧论甚嚣尘上的背景下，由汉字开始，汉学受到了空前的批判，“训读”也成了被冷落的对象。而明治之后的大正时代和昭和前期，虽然在汉学保守派以及部分“支那学”研究者对“训读”的坚守以及“支那趣味”风行的背景下，“训读”译介汉诗再次受到关注并出现回暖，但无论如何，这一时期的汉诗译介再难恢复至江户鼎盛时期了。当然，这一态势并不代表汉诗“训读”译介会因此走向彻底的沦落。相反，直至今日，以“训读”法译介的汉诗依然频繁出现于日本的教育读本之中，作为最主体的中国文化要素为日本学生所接受。由此不难看出，虽然从奈良时代开始，汉诗译介便在起起落落之间沉浮，但汉诗译介与“训读”从未中断过休戚与共的联系。因此，佐藤春夫编纂《车尘集》之时，首先面对的即是一个由“训读”主导的历史性的文化天地。而在这个天地中，“训读”流转了上千年的时光，译介了众多的汉文经史子集，获得了日本读者的一致认同。它的存在几乎可以说就是当时汉诗词在日本得以持续流布的先决条件和重要支撑。要打破如此早已固置的格局，佐藤春夫所需要的勇气和智慧是难以想象的。

二 “欧化”的政治社会

通常翻译行为会被视为一种文化行为，但究其本质而言，政治工具的属性不可湮灭，翻译行为受到政治社会因素的影响亦是必然。而由政治作为重要因素之一所铺设的历史虽然在不同阶段会有迥异的具象表征，但却无法遮盖历史的“连续性”。因此，当我们将视域集中于《车尘集》所面临的政治社会语境时，就必须首先将视线回转至令日本发生天翻地覆变化的明治年代。

1854 年（安政元年），美国以炮舰震慑日本，威逼日本签下《日美神奈川条约》（即所谓的黑船事件）。这一事件使日本被动打开了自 1623 年（元和九年）尘封的国门。而日本也在迎接西方列强以最惠国身份进入的同时，与分别两百余年的中国再度相逢。但是，再度进入日本人视野的中国已非昔日那个令他们膜拜、敬仰的中国，相反，呈现于眼前的中国不仅文化败落，政治经济更是腐朽，到处都呈现着外藩肆意欺压的景象。这使日本人在愕然、震惊之余，立刻对自身国家封闭自大和固守不前的统治现状萌生出一种危机意识。于是，自 1868 年（明治元年）睦仁天皇即位，以西乡隆盛、大久保利通、木户孝允等为代表的日本精英阶级掀起了“倒幕”和“王政复古”运动，建立了日本历史上第一个以天皇为首的中央集权政府，并开始实施“明治维新”。这是一场自上而下的资本主义改良运动，统治者提出了三个改良口号：“殖产兴业”“文明开化”“富国强兵”。即全盘接受西方现代工业技术，进行工业化社会改革，推动国民接受西方文化理念，提高国民文明素养；完成原始资本积累，进而快速发展国力。而其最终目的就是用“师夷长技以制夷”的希律主义[①]对西方列国的东进进行抵抗，以消除大和民族可能被殖民化的危机，建立一个能与“万国对峙”的近代民族主义国家。应该说，“明治维新”使日本得到了涅槃般的重生，其经济发展、政治地位等均在较短的时间内跃居于东亚之首，甚至跻身于“协约国”这列，获得了分得一杯羹食的资格。于是，全面向西方靠拢成为当时最为响亮的呼声，文化领域自然无可幸免，打破一切文化“旧弊”成了当时政治精英与知识分子呼应“新世”的共同手段。单就诗歌译介而言，“西诗东渐”“汉诗式微”也就成了一个必然的趋势。

不得不承认，看似汉诗文“训读”译介达到鼎盛的江户时代实际上早已是危机四伏。彼时主张“日本文化纯粹论”的“国学”主义者，如契冲（1640—1701）、贺茂真渊（1697—1769）、本居宣长（1730—1801）等“复古主义者”已开始促动以平安时代的平假名，即雅言来替代汉字。而长崎的兰学者们也发现了汉字与西文在繁简上的差异。于是，批判汉字也就由此初现端倪。到了幕末，随着西方文明的强势进入，一场声势浩大的旨在改变汉字主导地位的语言变革拉开了序幕。这就是日本文化历史上以推促口语和书面语一致性新文体为目的的“言文一致”运动。最早发动这场语言变革的倡导者均是当时日本具有“洋学”背景的政治和文化精英。1973 年

---

① 希律主义是汤因比借用《新约圣经》中有关犹太民族的故事来描述遭受外来文明势力入侵时被侵入一方的回应方式。参见［英］阿诺德·汤因比《历史研究》（下），郭小凌等译，上海世纪出版集团 2010 年版，第 813—818 页。

（明治六年）7月，作为精英中的代表，森有礼（1847—1889）、福泽谕吉（1834—1901）、西村茂树（1828—1902）、西周（1829—1897）、津田真道（1829—1903）、中村正直（1832—1891）、加藤弘之（1836—1916）、箕作秋坪（1825—1886）、杉亨二（1828—1917）、箕作麟祥（1846—1897）十人更是成立了日本近代第一个具有思想启蒙作用的学术社团“明六社”①。翌年3月，明六社机关刊物《明六杂志》创刊，明六社成员即以此刊作为阵地，发声废除或减少日语中的汉字，使用日本的专用假名，甚至还倡导在日文中添加英文抑或罗马文字，组成“和汉洋”新语体。

汉字从5世纪随王仁②进入日本便一直处于备受“尊崇”的地位，而汉字也在日本书面语系统的建构过程中发挥了极为重要的作用。江户时代，“儒学”成为官方意识形态后，汉字更以承载儒学的直接媒介之地位成了日本文化中无法取代的一部分，从而被士大夫阶层乃至庶民阶层所接受。日本著名史学家冈田章雄就曾指出：“使用表意文字即汉字的东洋人，期待从其自然的形象中读取某种祥瑞的文字。然而对于使用表音文字的西洋人而言，即使刻意去从自然形象的角度观察一个一个的字母，要将其作为具有某种含义的语言来解释也是至难之事。……而于日本之场合，凡有实意的文字出现

① 明六社是近代日本第一个启蒙性学术团体，其核心成员均具有欧美留学背景，在某种程度上相当于日本特色的“百科全书派”，是日本学贯东西的一流启蒙思想家。《明六杂志》是明六社的机关刊物，主要刊登社员就如何引进和消化西方文明的文章，对日本转型所涉及的重大问题均有所评论，是当时知识分子议论时政、探讨国家前途的重要阵地，其后的自由民权运动思想即发源于此。

② 王仁即日本《古事记》一书中记载的和迹吉师，为百济（朝鲜）博士，其五世纪初携中国《论语》和《千字文》献与日本应神天皇，自此，汉字进入日本。

之例皆为汉字，而绝无作为表音文字的假名出现。”① 葡萄牙人，耶稣会教士路易斯弗洛伊斯也曾说道：“日本人是在对汉字意思的流连赏玩中度过了他们的一生。”② 因此，从汉字与日本语这种紧密合体的关系来说，“言文一致”也好，“国字改良”也好，发起这些运动的根本主旨都是日本的政治、文化精英们在试图借助语言变革的力量来驱除汉文化对日本的影响。③ 正如魏育邻指出的：“其实废除汉字不过是表面上的借口，真正用意在于确立‘声音语言’的优先地位，即其主张实质上是一种日本式的‘语言中心主义’。只要实现了‘语言中心’，‘汉字’服务于‘声音’，至于是否真正废除了‘汉字’，是否真正实现了‘言文一致’，都是无关紧要的……”④ 孟庆枢也指出：“……今天回头看来，日本‘言文一致’运动是明治时期日本追逐西方，急欲加入其行列的举措之一。它是福泽谕吉的‘脱亚论’在语言这一根本问题上的选择。”⑤

诚然，这场如火如荼的废字运动最终虽然未能实现完全禁止汉字在日本学习西洋文化过程中继续担当重要的媒介角色，但却使日本现代文学体及语言观得到了不同程度的西化，建构了一种全新的思维范畴和语言体系。而反观汉学“训读”则成了落后于时代的

① ［日］岡田章雄：「日欧交涉と南蛮貿易」，『岡田章雄著作集』（第3卷），思文閣1983年版，第68頁。

② ［日］藤原暹：「日本人漢字観」，『漢字日本語』（漢字講座3），明治書院1989年版，第112頁。

③ 王平：《语言重构的两种向度——日本言文一致运动与晚清白话文运动之比较》，《兰州大学学报》（社会科学版）2009年第2期，第38页。

④ 魏育邻：《言文一致：日本近代文学的形式起源——从历史主义到历史化》，《解放军外国语学院学报》2003年第2期，第112—113页。

⑤ 孟庆枢：《二十世纪日本文学批评》，吉林人民出版社2009年版，第84页。

“乡下学问”，与彼时日语的现代发展趋势之间的差距也越来越大。[①]“训读”译介汉诗也就渐渐沦落为少数汉学保守派自娱自乐的文学路径。与此同时，中日实力地位逆转，尤其是1895年日本在甲午海战中取胜后，其国人优越感倍增，“蔑视中国”就此成了一种普遍的大众心理。在这一背景下，尽管中国古典文化之代表汉诗文在汉学保守派的支持下仍旧维持着一定的影响力，但在“欧化论”与“中国蔑视论”的双重夹击下已然失去了曩昔权威，被迫边缘化，从而加剧了汉诗“训读”译介的凋零。更为直白地说，失去了“训读”这一根基，汉诗译介几乎进入了中断无继的境地。

而与之相反的是，这一时期日本对西洋诗歌的译介进入了一个高潮。其中，最具影响力的就是1882年（明治十五年），由留美化学博士外山正一（1848—1900）、留美植物学家矢田部尚今（1852—1899）和留德汉学家、哲学家井上巽轩（1855—1944）编纂的长篇叙事诗集《新体诗抄》。该诗集收录了14首15世纪至19世纪英、美、法著名诗人作品的译诗作以及5首创作诗。这些诗歌全部都是五十行以上的长诗，在韵律上也不再拘泥于古诗固定的句式、格调，语言更是以“泰西之诗，随世而变，故今之诗歌，用今之语”为原则，[②] 向西洋诗歌的口语化看齐，可谓是突破了日本传统诗歌[③]的所有框架。三位作者认为，当下的日本诗歌迫切地需要一种新的诗歌形式来自由地表达思想。井上巽轩更在《新体诗抄》序言中直言道：

---

① 陈友冰：《日本近百年来中国古典文学研究历程及相关特征》，《汕头大学学报》（人文社会科学版）2007年第3期，第41页。

② 罗兴典：《日本现代诗歌的开端》，《日语学习与研究》1987年第6期，第51页。

③ 这里的传统诗歌是对日本和歌、俳句以及汉诗的统称。

"明治之诗就应是明治之诗，不应是古诗；日本诗就应是日本诗，不应是汉诗。"① 可以说，《新体诗抄》是日本现代诗歌的发端，更使日本诗坛具有了现代翻译的理念，它也由此被称为日本现代诗创作和译介的蓝本。其后，大量新体诗歌创作和译介作品相继出版发行，如留美神学家汤浅半月（1858—1943）根据《圣经》创作的新体长诗集《十二石冢》（1885），山田美妙（1868—1910）的《新体词选》（1886），森鸥外（1862—1922）等主编的《面影》（1889），岛崎藤村（1872—1943）的《嫩菜集》（1897），石川啄木（1886—1912）的《笛子和口哨》（1911—1912），川路柳虹（1888—1959）的《新诗四章》（1907）等。

值得一提的是，这种新体诗歌并非全然反映在西洋诗歌领域，实际上，在更早的时候，"新"这一概念就已经开始波及日本汉诗② 创作领域。早在明治初期，以森春涛（1819—1889）主持的《新文诗》为代表的一大批汉诗杂志便开始刊登这种"以古竹枝写今风俗"③ 为特征的"文明开化新诗"。这类日本汉诗歌虽用典、情韵依旧遵循中华汉诗之古意，但字面却呈现出新语纳入传统汉诗的特点。例如铃木蓼处的《题风船图》一首："西人技术亦奇哉，舟在青空尽溯洄。见得谪仙诗句是，孤帆真个日边来。"即是套用汉诗句式、格律描述西洋火轮之作。④ 川田瓮江（1830—1896）在为森春涛编

① ［日］井上巽軒：『新体詩抄・初編』，丸善書店1882年版，第2頁。

② 日本汉诗是日本文学史上一个独特的文化现象，是我国古典诗歌在域外的一大分支。它起源于大和时代后期，在江户时代达到鼎盛，1894年中日甲午战争以后逐渐衰微。日本汉诗绵延不断延续了千余年，出现了数千位汉诗作者以及数十万首汉诗。一般认为《怀风藻》是日本汉诗的滥觞，而大友皇子的《侍宴》和《述怀》则被视为日本汉诗的源头。

③ ［日］杉山三郊：『春濤先生遊新序』，『新文体别集』（14）1881年，第4頁。

④ ［日］鈴木蓼処：『題風船図』，『新文体』（5）1876年，第9頁。

纂的《东京才人绝句》一书作序时也曾谈道："昔日咏物，花鸟风月，而今则石室电机，汽车轮船，耳目所触，无一非新题目。（中略）森翁此编，作诗史读，可也，即作文明史读，亦无不可。"① 当下，相当多的研究指出，明治时期汉学虽然失去了日本文化的主导地位，但上千年的经营足以打造死而不僵之躯，因此，这一时期实则为和、汉、西三分天下。然而笔者以为，此时的汉学能在西洋文明的强力冲击下保持一定的地位，与汉诗的这种"能熔铸新理想进旧风格"② 的出新有着相当密切的关系。换言之，译介纯粹的中国古典诗歌仍然是"中国文化上"，而创作新体日本汉诗则是"日本文化上"。在政治的参与下，两个文化向度就这样以一种凋落和维持的状态分出了高下。而从这一角度看《车尘集》，其刻意的"出新"手段俨然与这种新体日本汉诗顺应政治社会进程的方式有着异曲同工之妙。

三　"趣味"的文化语境

明治时期，新体诗歌以席卷之势迅疾占领了日本诗坛的主流地位。这不得不说是明治精英阶层主导的"全面欧化"之社会变革主旋律的影响所致。但是，正如郑师渠所说："后进国家之于'他者'

① ［日］森春濤：『東京才人絶句序』，1875 年，第 1 頁。

② 钱仲联：《人境庐诗草笺注》（下），上海古籍出版社 1981 年版，第 1257 页。

的学习不可能始终保持单向选择的趋势，一定时期后其必然发生双向交织的转向，即文化主体对主客文化的重新审视和在往返比对中进行多元的选择。”[①] 因此，1887 年（明治二十年）前后，随着新体诗歌声势的不断扩大，日本国粹主义[②]也作为对欧化主义的反拨同时登上了历史的舞台，回归文化传统就此成为与西方文明抗衡的有力手段。日本文坛上以“砚友社”[③] 为中心的拟古典主义思潮就是在这样的背景下兴起，并将日本近世文学带入了“红露文学”[④] 时代，中国古典文化与日本元禄文学同时得到回归。应该说，此次中国古典文化的回归与既往不同，这时的中国古典文化已然缺失了日本知识分子对它的仰视。经过 20 多年的西学洗礼与民族优越感的建构，他们已经不自觉地为它染上了再也无法洗涤下去的“腐朽”“陈旧”“落后”的现代底色。但不可否认的是，汉诗仍旧是他们所熟悉的诗学系统，因此，一旦意识到外来文化对本民族造成威胁时，它便立刻成了他们潜意识中首选出来的一个对抗利器。可是，也正是由于这个既定的工具身份，汉诗注定再也无法成为日本近代文学发展的主导者，更不会以原初的身姿重新获得仰视。

1908 年（明治四十一年），推崇浪漫主义、唯美主义的艺术沙

---

① 郑师渠：《晚清国粹派文化思想研究》，北京师范大学出版社 1993 年版，第 31 页。

② 国粹主义是明治二十年，由反对“鹿鸣馆外交”以及自由民权运动的刺激引发的对日本全面欧化之政策的反拨思潮。国粹主义反对近代化等于西欧化的全盘欧化主义，主张维护日本文化的独立性，强调要在尊重日本固有传统文化的基础上有选择地吸收西方文化。

③ “砚友社”是 1885 年由尾崎红叶、山田美妙、石桥思案以及冈九华发起组织的日本近代第一个文学社团。

④ 明治后期，发起拟古典主义思潮的“砚友社”有两位中心人物，即尾崎红叶和幸田露伴，二者均为当时的著名作家，中日古典文化造诣深厚，二人之文学在日本文学史上并称为“红露文学”。

龙“牧羊神会”接过了“砚友社”抗衡西方文化的大旗①。至大正初期，以“牧羊神会”为中心的日本浪漫主义成为日本文坛上对抗法国左拉自然主义文学的重要力量。追捧浪漫主义的作家们以日本九州等边远地区为背景，创作了大量具有古典浪漫韵味和原始神秘色彩的文学作品。他们借此找寻没有被西方文化晕染的“东方”的原始美，弥补精神家园的缺失。但是，或许因为九州岛实在狭小、难以提供任想象力任意驰骋的空间，或许因为它对于日本人来说相距太近而缺乏神秘感，作家们对原始“东方”的找寻逐步移向国外……②在这种文学风潮背景下，众多古老的国家被他们纳入了文学视野，而中国因为有着他们所熟识的东方浪漫主义诗学传统，有着广袤而唯美的山河，更与他们保持着一个足够且适宜的“异国”的距离，从而一举成了支撑作家们抒发浪漫主义情怀的首选之地。由此也形成了当时知识分子阶层对“中国趣味”的追逐。1922 年，《中央公论》第 1 号设置“中国趣味的研究”专栏，刊载了小杉未醒的《唐土杂观》、佐藤功一的《我的中国趣味观》、伊东忠太的《由住宅看中国》、后藤朝太郎的《中国文人和文具》和谷崎润一郎的《所谓中国趣味》5 篇文章，从中国人的情趣爱好、住宅、文房四宝、绘画以及日本人的汉学修养等方面进行了论述。这是“中国趣味”一词第一次出现在人们的视野之中。但实际上，这一趣味早在奈良年代，甚至更早的时代即已存在，即使到了以推崇西方文明

① ［日］永末義孝：「中国」，『熊本学園大学文学・言語学論集』2006 年 6 月号，第 143—160 頁。

② 李雁南：《近代日本文学中的“中国形象”》，博士学位论文，暨南大学，2005 年，第 27 页。

为主导国策的明治时期，这一趣味也未就此泯灭。之所以在大正时期才被正式提出，则是由于这一时期“中国趣味”不仅成了日本社会一种普遍的、时尚的趣味，更与日本文学形成了明确的、紧密的缔结关系。而“中国趣味”也被因此被定义为“以大正时代为中心的、对于中国文化所持有的一种充满异国情调的兴趣的总体”①。可是，这种追逐在最初依然停留于那个由经典文本建构起来的抽象的、观念的古代中国之上，与现实缺乏必要的联系。也就是说，明治晚期、大正初期的日本文化人回望古中国的举动难以在现实中找到真正的支点来支撑其开发精神家园的文学行动，正因为如此，现实中国就成了这一时期知识分子们极端渴望前往猎奇之所在。

与此同时，与知识分子因“中国趣味”生发的渴望异曲同工，日本的统治阶层也在窥睨着中国。客观地说，经过日俄战争和甲午战争的胜利，日本的国力与昔日已不可同日而语。但其怪异的近代发展策略以及现有资源的贫瘠，迫使其必须继续向帝国主义发展，侵略他国、扩充疆土就此成为最重要的国策，日本也自此进入了一个“殖民亚洲”的预备期。而首当其冲受到日本统治者青睐的，便是“于国利上不可失”，“于国安上不可失”之刀俎，② 地域广阔、资源充沛又落后颓败的中国。因此，从明治末期至大正初期，日本前后修建并运行了南满铁路、安奉铁路、抚顺铁路以及安奉铁路与朝鲜京义线对接形成的日本下关——朝鲜釜山——中国奉天（今沈

① ［日］西原大輔：『谷崎潤一郎と東方主義：大正日本の中国幻想』，中華書局2005年版，第12頁。

② ［日］陸羯南：《対清如何（下）》，转引自［韩］朴羊信『陸羯南：政治認識と対外論』，岩波書店2008年版，第65頁。

阳）干线；日本门司——中国上海干线等；此外，日本船运公司还开发了中国长江水运线路，为日本实现军备以及资源掠夺建构了海陆空联运路径。另一方面，日本统治者深刻认识到对文化认同之凝聚力往往要比政治、经济更强烈、更持久，因此让国民有机会目睹近代中国的败落，建构起国民的民族傲慢意识便成为日本统治者实现其殖民国策的重要策略之一。于是，日本当局开始向普通国民开放已修筑的交通网络，鼓励国民前往中国。在这一背景下，日本当局于1912年（大正元年）成立了国家旅游局。1918年，日本旅行社开始发售“日支周游券”“日满联络券”“日鲜满巡游券”，极大简化了日本普通国民出游中国的手续。也就是说，从此时起，日本国民只要自己负担旅费，就可以便捷地前往中国大陆旅行了。[①]这虽是日本当局扩张政策中的一个环节，但对普通的知识分子而言，中国终于能从一个虚幻的文本映像变为真实的可供鉴赏的对象，无疑进一步满足了上述日本普通知识分子对“中国趣味”的追逐心理。于是，大批知识分子开始进入中国，在真实中国中去找寻、印证他们的那些经典记忆，从而获取可以触摸到的真实“中国趣味”。

可以说，正是由于日本近代旅游业的急速发展和浪漫主义的影响，中国古典文化在这一时期再次成了日本知识分子高度关注的对象。“中国趣味”文学也成为当时日本文坛不容小觑的一股潮流。首先是以中国古典文化为根基而创作的“翻案”小说大量出现，例如芥川龙之介的《秋山图》、谷崎润一郎的《麒麟》、佐藤春夫的《李

① 李雁南：《大正日本文学中的“支那趣味”》，《国外文学》2005年第3期，第105—109页。

太白》等。其次是对中国古典诗歌的翻译也随之呈现出一种料峭之中见春风的景象。据不完全统计，从1912—1929年《车尘集》出版的10余年间，汉诗训读译本正式出版的有《古文真宝后集谚解大成》和《古今诗抄》(1912)；《古文真宝前集抄》和《三体诗抄》(1913)；《楚辞》和《唐诗选》(1920)；《陶渊明集》和《杜诗》(1927)以及《白乐天诗集》《韩昌黎诗集》《高青邱诗集》《王右丞集》《李太白诗集》和《苏东坡诗集》(1928)等十多部。虽然就数量而言与明治时期有了长足的进步，但是必须承认的是，这一时期汉诗译介本的主要特点是“新瓶装旧酒”。与此同时，日本知识分子们更多的视线已被中国长满水藻的古池塘、荒颓的街巷所吸引，当他们在其中刻意找寻近代化日本社会中消失的历史印记时，却无意间发现了一个真实的中国正在冲破文本观念的围墙进入到他们的视野之中，而这一切与曾经充满其意识的抽象的美好幻象迥然不同。于是，他们开始模仿西方审视日本的方式，以“东方主义”的视角对中国进行殖民范畴内的凝视。自此，“中国”作为实体和观念虽然同时进驻到大正时期知识分子的意识中，但实体中国的丑陋勾起了他们对自身优越的沾沾自喜，从而成为大部分知识分子的驻足之地。对现实中国肮脏、落魄之态的叙事便成了“中国趣味”文学的主流。这使日本的知识分子们既无暇关注毫无新意可言的汉诗译本，更反感这种有继续承继中国古典文化意味的汉诗译介。王升远在其《大正时期日本文化人的北京体验及其政治、文化心态》中曾说道：“通过阅读体验以及经由人际网络的耳闻口传，明治前贤的中国论述在相当程度上形塑了大正至昭和前期日本文化人有关中国的知识体系及其中国观。”[①] 而现在看来，这种意识形态是被中国的“自我否定”加以稳固了。也可以说，明治时代的废字运动以及“中国蔑视论”成功地在日本的知识分子，尤其是新一代知识分子的意识中植入了疏离汉学的意念。而这一代人在印证文本中国和现实中国的过程中已然自觉或不自觉地开始放弃从汉诗文典中有所获取。在他们看来，审视并记述当代中国的意义似乎更大，更有意趣，更有价值。日本汉学家吉川幸次郎（1904—1980）说：“大正时代是日本人对中国最不怀敬意的时代……是日本人对中国的蔑视到了绝顶的时代。”[②] 这句话无疑为大正、昭和时期的知识分子和即将没落的汉诗之间增添了精准的注脚。“大正年代的日本作家也由此成为日本人与自己真正理解的汉文学和中国文化产生了极大的裂痕之时的最后一代人。”[③] 从这一角度来说，“中国趣味”之文化语境显然加剧了欧化政治社会之于《车尘集》的负向作用。

现代文化翻译理论认为，对文学作品的翻译不是于真空中完成的，译本的产生都离不开历史、社会、文化语境这些言外因素的制约以及译本对这些因素的顺应。综上所述可以看出，佐藤春夫翻译和编纂《车尘集》之时所面对的历史、社会、文化语境是相当纷繁复杂的，其中不仅有着历史的沿革和变迁，还有着社会的发展和动荡以及文化的勾连和裂变。而且，无论是历史因素、文化因素抑或

---

① 王升远：《大正时期日本文化人的北京体验及其政治、文化心态》，《社会科学研究》2015 年第 3 期，第 189 页。

② ［日］吉川幸次郎：《我的留学记》，钱婉约译，光明日报出版社 1999 年版，第 7—10 页。

③ 王晓平：《梅红樱粉——日本作家与中国文化》，宁夏人民出版社 2002 年版，第 13 页。

政治因素都没有为《车尘集》构筑一个良好的翻译预期语境，可以说，“生不逢时”是佐藤春夫译介《车尘集》时最准确的背板注释。因此，佐藤春夫译介《车尘集》从表征看是对这些言外语境的一种悖逆。但是，从实践可知，《车尘集》与各种语境之间似乎并没有构成不可调和的矛盾，文本与语境相反还显示出一种和谐的关联性。这无疑体现出文本与语境之间实际上存在着某种隐匿的顺应。

现代文化翻译理论认为，翻译生产过程中，译者具有核心主体身份。而翻译的本质是文化翻译，是以符号转换为手段，实现某种文化向另一种文化的文化“转化”“阐释”和“再现”，并不断地使文化及其内在意义和价值得到再生的一项跨文化的交际活动。翻译实践行为也因此成了一种以译者为主体的对复杂的多元语境进行认知的活动。译者的这种认知活动正如勒弗维尔所言：“翻译从来不是在真空中发生，也绝不是在真空中接受。”① 它既受到译者自身主观因素，如知识背景、认知水平、心理状态、审美观念等的支配，同时亦被外界客观因素，如政治因素、社会因素、环境因素等制约。概而言之，当自身的认知与内外影响因素在某个节点上具有了重合的可能，那么文本顺应语境亦就将成为一个必然的事件。这或许就是《车尘集》以悖逆之身在特定的语境中获得广泛欢迎的真实原因。

① Bassnett，Susan and A. Lefevere. *Constructing Cultures：Essays in Literary Translation*. Clevedon：Multilingual Matters，1998，p. 3

第三章 《车尘集》原典底本研究

日本国内对中国古代女性诗人诗词作品的关注和研究自古便滞后于男性诗人。相较之下，《车尘集》则可以称为这方面的“拓垦之作”。日本学者小林彻行就将其称为是日本文学黎明领域的第一个涉足者。他说：“《车尘集》是我国最早以译诗集形式介绍中国历代女性文学的作品，其间还加入了非常有特色的诗人逸话及评语。就我所见，如此用心收集中国女性文学的文献在我国还属第一次。”“这可以说是一份非常稀有的资料……是我国研究中国女性文学时不可或缺的珍贵资料。”① 应该说，小林彻行是基于文献学角度对《车尘集》的价值进行了点评。从这一点来说，考据《车尘集》的原典底本便具有了必要性和宏大的意义范畴。但笔者认为，考据《车尘集》原典底本应该有着更为确切的实践研究目的。不可否认，中国古代女性诗作实质上是以一种被动的姿态得以面世的，是中国长达数千年男权社会文化思想在发展历程中的某种流变的结果。因此，这些作品既体现了女性诗学

① ［日］小林徹行：「『車塵集』原典考——訳詩集創作の意図」，『東洋文化』1995年，第201頁。

话语的魅力和价值，又展示着彼时社会主流文化理念、审美认知以及女性观。而作为编译者，甄选与自身文化思想等相符合的原典底本不仅是其翻译获得成功的支撑，更是其以真实自我建构读者认可的阅读交际平台的根基。从这一角度来说，考据《车尘集》原典底本也便成为了解佐藤春夫自身“真精神”的重要途径之一。

一 《车尘集》原典底本的既往研究论考

从既往的研究资料来看，对《车尘集》原典底本的考据从一开始便受到中日两国学界的重视，成为《车尘集》研究两大着眼点之一（另一个为翻译技巧）。目前比较全面的研究有吉川发辉的《佐藤春夫の『車塵集』——中国歴代名媛詩の比較研究》（1989）、江新风的《佐藤春夫『車塵集』の原典とその成立》（1991）以及小林徹行的《『車塵集』原典考》（1995）。毋庸置疑，吉川发辉的研究作为发轫之作为确立《车尘集》原典底本提供了极为重要的基础。但是，他的具体研究与结论却存在着相当大的差异，颇令人困惑。首先，他提出佐藤春夫自己虽然没有对《车尘集》的原典底本进行过说明，但从他为《车尘集》所设置的副标题《中国历朝名媛诗抄》可以推测出《车尘集》的原典底本应该与明朝钟惺编纂的《名媛诗归》或者是《古今名媛诗归》有关。但经查证，我国明清两代并没有《古今名媛诗归》一书，只有《古今名媛汇诗》，可见这里应该是研究者的笔误。此外，从其具体研究中可发现，他更倾向于

《名媛诗归》作为《车尘集》的原典底本。为此他还在其著作中补充了一组数据："他（指佐藤春夫）应该参照了《名媛诗归》和《古今名媛诗归》两个版本，除了数篇底本不明之外，《车尘集》中所收诗歌的百分之九十都选自《名媛诗归》，剩下的百分之十则是从历朝其他诗集或者是原作者个人诗集中挑选而来。"① 查吉川发辉的研究并未涉及《车尘集》序文中的两篇诗作，故他这里说的百分之九十应该是针对48首诗歌正文而言，而根据其著作第一章所作注释可知，吉川发辉确认为出典不详的数篇诗歌是指吕楚卿的《自调》、李锁的《子夜夏歌》、陈素真的《赠汗巾》以及李筠的《夜坐作寄友》5首诗歌（在《车尘集》该诗被分作了两首译作）。如此便可推断被吉川发辉确定出典于《名媛诗归》的诗作应该为39首左右。但从他针对每一位诗人的研究内容中进行统计后发现，他共考据了43首诗歌，其中出典于《名媛诗归》的诗作实为36首。其他如景翩翩的《闺情·其三》《三月即事》被他确认为是源自于作者的个人诗集《散花吟》，纪映淮的《即景》被确认为出典于《渔洋诗话》，朱淑真的《愁怀》出自于她的《断肠集》，赵今燕的《临镜》则出自其个人诗集《青楼集》，另周文的《醉罢》以及马月娇的《有怀》则没有考证出处。这一结果显然与之所说的百分之九十的结论背离较大。再者，吉田发辉在其《佐藤春夫的〈车尘集〉——中国历代名媛诗的比较研究》一书中，多处指出《车尘集》诗文正文乃至附录《原作者的事情及其他》中的很多内容都与《明诗综》《静志居

① ［日］吉川発輝：「佐藤春夫の『車塵集』——中国歴代名媛詩の比較研究」，新典社1989年版，第18頁。

诗话》《乐府诗集》《全唐诗》等典籍有着密切的关系，这显然与他前述的以《名媛诗归》作为《车尘集》底本的结论大相径庭。细究他这种结论与研究内容相悖的原因则会发现，吉川发辉似乎是以诗人是否在《名媛诗归》中出现作为依据得出的上述结论，但如此显然不能称为确切的原典考据了。除此之外，针对出典不明的5首诗歌及其作者，吉川发辉也没有进一步探究，反而是做了悬置处理，这令其对《车尘集》原典考据研究的全面性出现缺失。因此，对吉川发辉所做出的底本考据结论的可靠性应该存疑。

江新凤是我国第一位对《车尘集》展开研究的学者。与吉川发辉相同，她亦认为《名媛诗归》是《车尘集》的主要原典底本，但她明确指出《车尘集》只有三十四首诗歌是源自《名媛诗归》的。而另外11首诗作则极有可能与明代朱元亮、张梦徽编辑的《青楼韵语》一书有关。她认为理由有二：其一是《车尘集》收录的诗歌中有16首诗歌出自《青楼韵语》，其中5首与《名媛诗归》重复。也就是说，未在《名媛诗归》中得到查证的14首诗歌中，应该有11首是取自《青楼韵语》的；其二是佐藤春夫在昭和三年（1928年）1月曾在《苦乐》刊登过4首汉诗译作，题为“青楼四季”。而这一阶段佐藤春夫正在大量翻译中国女诗人作品，为《车尘集》出版倾力准备。她还介绍说：“他（指佐藤春夫）提到了这四首诗歌均源自《青楼韵语》一书，这是译者唯一一次提到了其译作的出典。”①另外，她否定了奥野给出的《历朝名媛诗词》的线索，指出虽然此

① 江新风：《佐藤春夫与中国古典诗歌——论〈车尘集〉》，《解放军外语学院学报》1991年第3期，第72页。

书中有19位作者的25首诗歌均出现在《车尘集》之中，但这些诗歌全部与《名媛诗归》重合。最后，她还根据奥野信太郎在序文中提及的原典参考线索考证了明代刘之汾编辑的《翠楼集》，发现其中有5首作品和8位作者在《车尘集》中出现，但这些作者的作品同样与《名媛诗归》《青楼韵语》重合。据此，她确定《车尘集》的主要原典底本是《名媛诗归》和《青楼韵语》两部诗歌总集。[①] 但在其这一结论之下仍存在有3首原典不明的诗歌，分别为朱淑真的《愁怀·其二》（江新凤论文中记作《春悲》，《车尘集》中题为『春ぞなかなか悲しき』、纪映淮的《即景》（《车尘集》中题为『水彩風景』）、景翩翩的《闺情·其三》（江新凤论文中记作《夜半思》，江氏所写诗作标题应为日意译）。客观地讲，江氏的研究虽然提出了《青楼韵语》这一新的底本线索，但是她仅仅提供了该典籍与《车尘集》在收录重合度上的数据，但是并没有一一列出具体的诗作，这使其考据结果无法得到印证。而且，其研究没有给出《历朝名媛诗词》和《翠楼集》中与《车尘集》重合的诗作为何要归属于《名媛诗归》的理由。此外，她的研究中提及需要关注奥野给出的原典线索，但却只进行了两部诗集的考据，而不对其他诗集进行考据也没有给出明确的解释。故我们认为江新凤的研究亦存在不少疑点。

第三位研究《车尘集》原典底本的小林徇行则采用了文献档案学之方法。在其研究中，他首先指出前述两位学者在研究上存在的不足，认为他们仅仅是针对《车尘集》所录诗歌的正文进行了研究，

① 江新凤：《佐藤春夫与中国古典诗歌——论〈车尘集〉》，《解放军外语学院学报》1991年第3期，第73页。

完全没有涉及奥野信太郎的他序以及佐藤春夫撰写的附录部分，因此出现了许多遗漏的地方。而且两位学者的研究中也没有对《车尘集》原典出处进行具体的阐述和论证，故有很多地方都是暧昧不明的。其次，他认为奥野在《他序》中曾暗示应该对中国男性诗文集进行关注。因此，在他看来，研究《车尘集》的原典底本应该以奥野序文中提供的线索为中心扩大查证范围。不可否认，小林彻行之所以如此重视奥野的序文显然是以佐藤春夫的态度为基础的，认为他对奥野序文毫无异议的使用，是对这些典籍线索的一种默认。随后，小林彻行对《车尘集》的《他序》、诗歌正文以及《原作者解说》进行了逐一的原典查证，同时还对待定原典与《车尘集》之间的偏误进行了校记。其考据结果显示，《名媛诗归》作为《车尘集》的主要原典无可争议，而《青楼韵语》《古今女史》（明，赵世杰）、《明诗综》（清，朱彝尊）、《情史》（明，冯梦龙）等女性诗人作品总集以及夹杂女性诗人逸话的杂记及通俗小说则是《名媛诗归》的补充资料。[①] 值得一提的是，他特别考据了江新凤未能查实到的3篇诗歌，并指出江新凤提出的景翩翩的《闺情・其三》应变更为俞汝舟妻的《贫女吟》，因为前者可在《青楼韵语》中查到出处，江新凤这个结论显然存在考证失误。最后他还确认，朱淑真的《愁怀・其二》应出自《断肠集》前集第九卷；纪映淮的《即景》出自《明诗综》卷八十六；俞汝州妻的《貧女吟》则在《古今女史》中得到了查证。应该说，小林彻行的研究借鉴了吉川发辉以及江新凤的部

① ［日］小林徹行：「『車塵集』原典考——訳詩集創作の意図」，『東洋文化』1995年，第215頁。

分观点，是迄今为止对《车尘集》原典底本最为详尽的考据。但笔者对其将奥野《他序》并入原典进行研究并不认同。所谓《他序》，多是作者之外的第三人对作品及其作者的介绍和点评，并不能等同于佐藤春夫甄选底本的真实意思表示。我们也无法排除佐藤春夫默认奥野《他序》的行为是不是像中村光夫描述佐藤春夫性格时所说的那样“素喜以九分虚假来粉饰一分真实……”[①] 实际上，从小林彻行的研究中我们也没有看到围绕奥野《他序》线索进行全面考证的痕迹，这一点亦与他的研究主旨不符。另外，在小林彻行的研究中，发现《名媛诗归》与《车尘集》重合的诗作出现偏误的有九首，据此，他根据偏误查证结果将《子夜歌·其二》归于了《历朝名媛诗词》，将《咏怀》和《送兄》归于了《古今女史》，却将《咏骰子》《子夜歌·其二十六》两首未查证出准确出典的诗歌仍然归于《名媛诗归》，呈现双重考据标准，其结论的准确性令人怀疑。此外，还有一个问题需要提出：从吉川发辉的研究可知，《贫女吟》载于《名媛诗归》卷三十，而推断江新凤给出的收录数据亦可大致得出《贫女吟》归于《名媛诗归》这一结论。但是小林彻行所考据的《名媛诗归》并没有该诗。此外，江新凤研究中认为景翩翩的《闺情·其三》出典不明，但在小林彻行的研究中，这首诗歌则在《青楼韵语》中得到了查证。这些问题极有可能因研究者查证、撰写疏忽和错误以及所选典籍版本不同所致（三位前学均未就考据典籍的版本进行明确说明）。

综上可以看出，上述三位学者均认同《名媛诗归》是《车尘

① ［日］中村光夫：「佐藤春夫論」，『文学界』1961年2月号，第9頁。

集》的主要底本，其他如《青楼韵语》《明诗综》《断肠集》《渔洋诗话》《古今女史》《情史》等典籍亦被确认为次级底本。但是，鉴于其研究中均存在一定的不足，因此，这些结论仍有待作进一步的考证和分析。

二 对《车尘集》原典底本范围的确定

中国古典女性诗作从《诗经》即开始有之，之后历经10多个朝代，近两千多年的沉淀，女性诗歌作品的数量数不胜数，仅有记载的诗歌就达到万余首。而面对如此庞大的作品群，作为编译者的佐藤春夫在翻译之时首先要考虑的就是如何以最快捷、最便利的方式获得最全面、最符合自己编选要求的诗文资料。而为了达成这一目标，具有“免劳倦而能阅天下诗”之功用的“诗歌总集”应该是他最佳的选择。

“诗歌总集”是我国古典诗歌体系中最为重要的作品载体，是指汇集两位或以上诗歌作者的作品合集。[①] 总集编纂最早可追溯至中国春秋时期中叶的《诗经》，但被冠以“总集”却始于南朝梁阮孝绪的《七录》[②]。《隋书·经籍志》曾载：“总集者，以建安之后，辞赋转繁，众家之集，日以滋广，晋代挚虞，苦览者之劳倦，于是采摘

① 参见张羽《诗歌总集编选与古今诗歌文化语境变迁》，博士学位论文，复旦大学，2012年，第10页。

② 《七录》是继汉刘歆《七略》、南朝齐王俭《七志》之后的一部图书目录分类专著，由南朝梁阮孝绪撰。它在一定程度上总结了前代目录学的成就，在中国目录学史上占有重要地位，亦是第一部被称为“总集”的专著。

孔翠，芟剪繁芜，自诗赋下，各为条贯合而编之，谓之《流别》。是后文集总钞，作者继轨，属辞之士，以为覃奥，而取则焉。”① 这亦使“总集”从一开始出现便因“体大精深”而受到了持续追捧，编选之风自此从未断绝。然而，彼时的女性诗人作品，却多数与这种诗歌总集无缘，只有少数女性诗人的少量作品散见于各总集内，且多排列于男性诗人之后。这一态势直至明代才出现彻底的改观。当时，很多男性文人对正统的八股文和经学产生了厌倦心态，表现出对非实用价值的文学诗词的偏好，在文学追求上形成了重情、尚情趣的风气。与此同时，越来越多的女性亦开始具备良好的读写能力，女性创作从此进入繁荣阶段。而且女性诗人及其诗词作品天生的柔美气质和气韵又极为符合当时男性文人们的文化需求，故受到了普遍的喜爱。加之当时印刷技术的长足发展，社会逐渐演绎出了“闺秀著作，明人喜为编辑”② 的时代文化特征。换言之，女性诗词文本资料的不断增多以及外部社会诸多有利因素的推促成就了明代女性诗歌总集编纂的必然性，女性诗歌总集也因此进入了规模化编纂时代。据胡文楷先生所著《历代妇女著作考》③ 中的统计，从《诗经》起直至明朝前，女性诗歌合集、总集不足 10 部，且收录的诗歌数量和种类是极为有限的，但到了明代，女性诗歌总集便骤然增加到了 44 部。但这仅仅是女性诗歌总集编纂热的开端，至清朝时期，

---

① （唐）魏征等：《隋书》，中华书局 1979 年点校本，第 1089 页。

② 胡文楷：《历代妇女若作考自序》，上海古籍出版社 1985 年版，第 6 页。

③ 《历代妇女著作考》是一部记载我国古代妇女著作的专题文献目录和工具书，其中共收录女性作家 4000 余人，其中汉魏六朝 33 人，唐、五代 22 人，宋、辽 46 人，元代 16 人，明代近 250 人，清代 3660 余人。是妇女与性别研究学科专题不可或缺的宝贵资料，具有独特的价值和意义。由我国现代藏书家、妇女文献学家胡文楷先生编纂。

这一编纂之风达到了顶峰。据我国学者陈启明统计，清代先后出现了《名媛诗炜初编》（王淑端）、《闺秀集》（季娴）、《撷芳集》（汪启淑）、《国朝闺秀雕华集》（许夔臣）、《众香词》（徐淑敏等）等共计七十部女性诗歌总集，数量达到了明代女性诗歌总集的1.5倍有余[①]，虽然数量上与主流男性诗文总集的编纂相比依然处于下风，但其发展速度之快不得不说令人叹为观止。

明清时期女性诗歌总集在编纂上的特征主要有以下三点：第一是这一阶段的诗歌总集开始由“一代”总集向“通代”总集发展。[②]而编纂“通代”总集者往往在朝代、作者、作品等方面力求全面搜集和纳入，以致出现了相当数量的“大型”总集。遑论男性诗文集以及综合性总集，仅以女性诗歌总集论，当时就有《古今名媛汇诗》（明，郑文昂）、《名媛诗归》（明，钟惺）、《诗女史》（明，田艺蘅）、《古今女史》（明，赵世杰）、《彤管新编》（明，张之象）、《青楼韵语》（明，张梦征）、《名媛诗讳初编》等近30部大型总集出现。这些诗集基本涵盖了本朝及其之前的所有朝代，收录诗歌最少的也在500首之上，有的甚至达到6000余首，成为女性诗歌集中对外展示的重要平台。第二是这一时期的编纂者极为偏爱在总集内增加对作者及其作品的介绍和点评，而这一特征在“通代”女性诗歌总集中表现的尤为明显。究其原因有二：首先，在当时主流文化的桎梏下，女性诗人基本处于与社会脱钩的环境之中，增加对其生平的介绍，无疑是为了增进阅读的趣味性。其次，点评诗作一方面

① 陈启明：《清代女性诗歌总集研究》，博士学位论文，复旦大学，2012年，第3页。
② 朱则杰：《关于清诗总集的分类》，《甘肃社会科学》2008年第1期，第100页。

可以提高读者对诗歌的理解，另一方面也是编纂者展示自身文化观、审美观的需要。而这些内容或放置于诗前诗后，或集中放置在典籍开始或结尾，不一而足。第三是这些女性诗歌总集存在着非常明显的相互抄录现象，故从诗歌收录这一点来说，绝大部分诗集“似曾相识”。四库全书中就曾对明代大型女性诗集《古今名媛汇诗》一书进行过如下评价：“闺秀著作，明人喜为编辑。然大抵辗转剿袭，体例略同。此书较《名媛诗归》等书，不过增入杂文。其余皆互相出入，讹谬亦复相沿。鲁、卫之间，固无可优劣也。”①

由此反观《车尘集》，这部译诗集的正文连同序文共收录了50首中国古代女性诗人的诗作（部分诗歌为节选）。其中六朝时代收录了5位诗人的12首诗（魏1人、诗1首；晋1人，诗7首；宋1人，诗1首；梁1人，诗2首，齐1人，诗1首）；唐朝时代收录了8位诗人的11首诗；宋朝时代收录了6位诗人的6首诗；元朝时代收录了1位诗人的1首诗；明朝时代收录了14位诗人的20首诗（见表3－1）。

表3－1　《车尘集》原语篇诗作者所处朝代及其作品一览

朝代	作者	作品数	朝代	作者	作品数
魏	孟珠	1	宋	贾蓬莱	1
晋	子夜	7	元	郑允端	1
宋	清溪小姑	1	明	薄少君	1

① （清）纪昀等：《钦定四库全书总目·总集类序》，四库全书研究所整理，中华书局1997年整理本，第2599页。

续 表

朝代	作者	作品数	朝代	作者	作品数
梁	沈满愿	2	明	纪映淮	1
齐	苏小小	1	明	俞汝州妻	1
唐	杜秋娘	1	明	赵金燕	3
唐	夷陵女子	1	明	马月娇	1
唐	赵莺莺	1	明	王微	1
唐	薛涛	3	明	景翩翩	3
唐	七岁女子	1	明	端淑卿	1
唐	刘采春	1	明	周文	2
唐	鱼玄机	1	明	王氏女	1
唐	张文姬	2	明	吕楚卿	1
宋	朱淑真	1	明	金陵妓	1
宋	丁渥妻	1	明	李筠	2
宋	温婉	1	明	李锁	1
宋	黄氏女	1	明	陈真素	1

另外《车尘集》还在书尾以附录的形式对32位作者及其作品进行了集中介绍和点评。对比之下不难看出，《车尘集》与我国明清时期出现的女性诗歌“通代”总集在编选的基本特征上是极为相似的。从这一点结合翻译选材的原则我们便可以大致推断出，明清两代的中国女性“通代”诗歌总集应该与《车尘集》具有较为密切的关联

性。另外，从表 3－1 可以发现，《车尘集》没有收录清代女性诗人的作品，只有纪映淮是可以明确的跨代诗人（明末清初）。然而，就女性诗人及其作品的数量而言，清代甚至可说是明代及之前朝代的总和，可甄选之人极为丰富。而其中如席佩兰、贺双卿、徐灿、熊琏、沈善宝等人的诗名也并不亚于薛涛、朱淑真、鱼玄机等入选者，她们的作品境界与《车尘集》所收录的诗歌在整体气韵上也毫不逊色。这样看来，这一结果很有可能是因为佐藤春夫选择明代女性诗歌总集作为《车尘集》原典底本所致。为证明这一推测，我们进一步对佐藤春夫获得明清两代女性诗歌总集资料的可能性进行了分析。

从时间上看，中国明清时期恰好可以与日本的室町末期至江户时代相对应。当时日本“庶民文化”的兴起点燃了对中国典籍旺盛的需求。正如加藤良白在诗话中所说：“近时明末清初之书，盛行世。”① 在这部分流入日本的典籍中自然也包括女性诗歌文集。以下便是彼时各类舶载女性诗歌文集传入日本的登记书目②：

《古今女史》一部一套，元禄八乙亥年（1695）

《闺贞集》一部一本，元禄十六癸未年（1703）

《名媛诗归》一套八本，享保八癸卯年（1723）；天明六年（1786）寅拾番船

《古今名媛诗归》一部一套，宽政十一己未年（1799）

---

① ［日］加藤良白：「柳橋詩話」，『日本詩話叢書 』（第 6 卷），株式会社鳳出版社 1972 年版，第 460 頁。

② ［日］大庭修：『江戸時代における唐船持渡書の研究』，関西大学東西学術研究所 1967 年版，第 109—142 頁。

《彤管新编》一部四本，享保十一丙午年（1726）

《午梦堂诗》一部八本，安永八己亥年（1779）

《本朝名媛诗抄》一部一套，天明三癸卯年（1783）；一套二本，天明六年（1786）寅拾番船

《名媛尺牍》五部各一套（一部新渡，一部阪上领作，三部买请人），天保十二丑岁（1841）；一部一套，天保十二丑岁（1841）

《彤管遗编》一部二套，申三番船，嘉永二酉岁（1849）五月；一部二套，申四番船，嘉永二酉岁（1849）五月

这份书录记录的是日本100余年间从正规路径（商运）输入中国诗歌文集的数量，其种类和数量都比较有限，且局限于明代总籍范畴，可谓相当“珍贵”。尽管佐藤春夫家族酷爱中国古典文化，但以“从医”的地位来说，获得这些珍本可能并非易事。但是，值得一提的是，上述舶载书目并不能代表这一时期真正流入日本的女性诗集数量。首先，这一书目并未包括公开的或非公开的民间馈赠所获得的典籍；其次，当时日本德川家光将军下令锁国，日本只对外开放长崎、界两个口岸。由此也造成了汉学典籍长期处于一种供求失衡状态。因而导致私运、夹带汉学典籍的情况层出不穷。另外，张伯伟先生指出，这一时期相当多的日本人还会通过贿赂从朝鲜国人处获得各类诗集①。因此，这一时期真正进入日本的中国女性诗歌总集数量虽然无法与《全唐诗》《白氏文集》等相提并论，但也绝

① 张伯伟：《明清时期女性诗文集在东亚的环流》，《复旦学报》（社会科学版）2014年第3期，第98页。

非稀少，而且种类也会更为丰富。概而言之，当时流入日本的中国女性诗文集可能并不局限于“通代总集”。而且，这些女性诗歌文集在流入日本后受到了较高程度的受容，如当时享誉日本诗坛的诗佛大窪行（1767—1827）以及菊池五山（1769—1849）、市河宽斋（1749—1820）等人都对这些中国女性诗歌推崇备至，甚至达到了“每逢闺秀诗，必抄存以广流传”[①] 之地步。因此，当时日本存在较多的中国女性诗歌手抄本。但这些手抄本质量良莠不齐，且不易保管，因此一段时间后，翻刻、翻印或编选中国女性诗歌作品便成为日本文坛一时的风尚。需要注意的一个细节是，当时日本编选诗集使用的原典底本基本没有超出舶载书目上的典籍，如藤昌琳撰《名媛诗仙集》（1678）即是自《古今名媛诗归》中筛选唐、宋、元、明4代36位女诗人的七言绝句诗作编纂而成。《名媛诗归绝句抄》二卷、《历代名媛诗文》二卷则是以《名媛诗归》作为底本编纂成册，等等。这说明，当时在日本流布最为广泛的应该是这些由中国商贾自官方渠道输入的典籍的衍生品。另一方面，由张伯伟先生的研究可知，女性诗歌总集成规模流入日本的态势实际上发生于我国的明末清初。而清中期之后，也即日本明治时期前后，汉学在日本开始受到西学强烈的冲击从而逐渐步入式微，尤其是本就占有较少比例的女性诗集更由于名气不足从而更早地淡出多数知识分子的视野，因此，中晚期编纂的中国女性诗歌总集流入日本的数量是无法与之前兴旺时期相提并论的。

---

① ［韩］赵钟业、菊池桐孙：《五山堂诗话》卷二，《日本诗话丛编》第7册，第95页。（韩国的原文题目不清楚）

我们再来看奥野信太郎在《车尘集》的《他序》中提供的原典底本线索：共计有14部，包括《彤管遗编》（明，郦琥）、《彤管新编》（明，张之象）、《诗女史》（明，田芸蘅）【此处应为“田艺蘅”】、《翠楼集》（明，刘之汾）、《淑秀集》【此处应为《淑秀总集》】（明，俞宪）、《古今宫闺诗选》（明，周履靖）、《古今女史》（明，赵世杰）、《名媛玑囊》（明，无名池上客）、《胭脂玑》（明，苏竹浦）【本名苏毓眉，苏竹浦为其号】、《伊人思》（明，沈宜修）、《红蕉集》（明，邓旒）、《女中七才子兰咳二集》（明，周之标）、《古今名媛诗归》【所指应为《名媛诗归》】（明，钟惺）、《历朝名媛诗词》（清，陆日永）【应为“陆昶”】、《本朝名媛诗抄》（清，胡孝思）。可以看到，在这些线索中，明代编纂的有12部，清代的则只有《历朝名媛诗词》（1765）和《本朝名媛诗抄》（1766）两部。众所周知，奥野信太郎是1936年方才前往中国北平留学的，而在这之前他未曾到过中国，因此，他所提及的典籍都应该是在当时日本国内可以觅到的版本。由此亦可以印证，当时日本国内清代女性诗歌总集相较于明代的确居于少数。总之，从中国古代女性诗歌总集在当时日本本土的流布情况来说，明代时期的总集是佐藤春夫更易获得的。①

如果推测佐藤春夫以明代女性诗歌总集作为《车尘集》的原典底本，那么，他就需要涉及44部总集这样一个仍然非常庞大的选择范围。但实际上，这些总集可以划分为几个种类，第一类为“当代”诗文集，例如明早期的《淑秀总集》就只收录明代17位女性诗人作

① 本文所指的明代女性诗歌总集是于明代出版的总集，不包括跨代总集。

品成册，这样的总集大约不到10部。第二类为“断代”诗文集，即未收录或极少收录明代作品的诗文集，包括《古今女诗选》《彤管新编》《诗女史》《姑苏新刻彤管遗编》等。第三类为“通代”诗文集，即收录明朝和以前所有朝代作品的总集，如《古今名媛汇诗》《名媛诗归》等。第四类是“文章”总集，即没有或镌录少量诗歌作品的文集，例如《夜珠轩纂刻历代女骚》《青泥莲花记》等。第五类则可以按收录诗歌数量分为大型或小型总集。如以收录诗歌500首为界，大型总集有10部左右，余下即为小型总集。根据前述的编译者“全面、便利”的底本选择原则推测，佐藤春夫应该首先关注明代“通代”的大型女性诗歌总集。而符合这些特点的总集包括《古今名媛汇诗》《名媛诗归》《古今女史》《青楼韵语》4部。对此，笔者认为，吉川发辉的“副标题”论可以作为进一步筛选的依据。《车尘集》副标题为“中国历朝名媛诗抄”，其中“名媛”一词蔚为重要。因为从日本江户时代舶载书目来看，其中绝大多数女性诗歌总集均带有这一词汇，而之后由日方出版的翻刻、选编中国女性诗文集也都带有这一名词。由此可以推测，《车尘集》副标题中使用“名媛”一词极有可能是佐藤春夫受到这类原典底本标题的启发。因此，若以这个特征结合上述确定的总集范围来说，《古今名媛汇诗》和《名媛诗归》当属首选，《古今女史》《青楼韵语》次之。因此，以下我们分别对这几部诗歌总集作为《车尘集》原典底本的可能性进行全面的考察和研究。

三 《车尘集》原典底本考据

（一）《车尘集》序文、正文原典底本考据

凡例

1. 《车尘集》采用武藏书院初版版本，全书 93 页，按诗文部分内容排列为序诗文、正文诗文两个部分，表记为（一）至（二）。

2. 《名媛诗归》采用民国七年有正书局据明末钟惺刻本（18 册）所出铅印本（8 册）。

3. 《古今名媛汇诗》采用《四库全书存目丛书》本（北京大学图书馆藏泰昌元年张正岳刻本影印本）。

4. 《古今女史》采用明崇祯元年刊本（扫叶山房石印之《历代女子文集诗集》）。

5. 《青楼韵语》采用永印局版本（上海中央书店版为民国二十四年出版，即 1935 年，故不入选）。

6. 引用《车尘集》每一部分的正文时，均在开头标注（X）型号码，X 为阿拉伯数字，代表所引正文在本书资料阐述中的具体排列顺序。

7. 引用《车尘集》各部分正文后面标注［X 页］，其中 X 为阿拉伯数字，表示该引用部分在本书所使用的《车尘集》版本中所处

的页码。

8. 引用《车尘集》各部分正文之下一行最左侧标注▼号的文字为《名媛诗归》卷数记录；◆为《古今名媛汇诗》卷数记录；★为《古今女史》卷数记录；▲为《青楼韵语》卷数记录。

9. 原诗与各诗集对比后，如有文字差异情况则在卷数之下一行用〈校注〉字样标注。

1. 序

（1）薄少君《悼亡诗・其三十四》［6 页］

▼收于《名媛诗归》卷三十四

◆收于《古今名媛汇诗》卷六

（2）苏小小《楚小志》

无

2. 正文［21 页—68 页］

（1）杜秋娘《金缕衣》（《ただ若き日を惜しめ》）

▼收于《名媛诗归》卷十五

◆收于《古今名媛汇诗》卷七

★收于《古今女史》卷五

（2）朱淑真《愁怀・其二》（《春ぞなかなかに悲しき》）

无

（3）薛涛《春望词・其二》（《音に啼く鳥》）

▼收于《名媛诗归》卷十三

◆收于《古今名媛汇诗》卷六

★收于《古今女史》卷四

▲收于《青楼韵语》第一百四十六页

（4）薛涛《春望词·其三》（《春のおとめ》）

▼收于《名媛诗归》卷十三

◆收于《古今名媛汇诗》卷六

★收于《古今女史》卷四

▲收于《青楼韵语》第一百四十六页

（5）孟珠《阳春歌·其二》（《薔薇をつめば》）

▼收于《名媛诗归》卷三

◆收于《古今名媛汇诗》卷一

★收于《古今女史》卷一

（6）夷陵女子《夷陵民歌·其二》（《謡》）

▼收于《名媛诗归》卷十

◆收于《古今名媛汇诗》卷四

★收于《古今女史》卷三

（7）黄氏女《感怀·其一》（《よき人が笛の音きこゆ》）

▼收于《名媛诗归》卷二十二

◆收于《古今名媛汇诗》卷十一

★收于《古今女史》卷六

（8）子夜《子夜歌·其二》（《女ごころ》）

▼收于《名媛诗归》卷三

〈校注〉第三句“婉伸郎膝上”《车尘集》中做“腕伸郎膝上”

◆收于《古今名媛汇诗》卷一

〈校注〉同上

★收于《古今女史》卷一

〈校注〉同上

（9）吕楚卿《自调》（《ほほ笑みてひとり口ずさめる》）

▲收于《青楼韵语》第一百十六页

（10）子夜《子夜歌·其一》（《むつごと》）

▼收于《名媛诗归》卷三

（11）景翩翩《怨辞·其一》（《怨ごと》）

▼收于《名媛诗归》卷三十一

◆收于《古今名媛汇诗》卷六

★收于《古今女史》卷四

▲收于《青楼韵语》第一百一十页

（12）贾蓬莱《咏蝶》（《蝶を詠める》）

▼收于《名媛诗归》卷十八

◆收于《古今名媛汇诗》卷六

★收于《古今女史》卷四

（13）纪映淮《绝句》（《水彩風景》）

无

（14）赵今燕《暮春江上送别》（《行く春の川べの別かれ》）

▼收于《名媛诗归》卷三十五

〈校注〉“可怜垂柳丝千尺”，《车尘集》中作“可愁垂柳丝千尺”

▲收于《青楼韵语》第六十三页

（15）赵今燕《送别》（《おなじく》）

▼收于《名媛诗归》卷三十五

〈校注〉“寂寂春江上”,《车尘集》中作“淼淼春江上”

▲为《青楼韵语》第六十二页

（16）景翩翩《三月即事》(《行く春》)

▲收于《青楼韵语》第一百五十页

（17）马月娇《有怀》(《そぞろごころ》)

▲收于《青楼韵语》一百六十五页

（18）张文姬《沙上鹭》(《白鷺をうたひて》)

▼收于《名媛诗归》卷十

◆收于《古今名媛汇诗》卷六

★收于《古今女史》卷四

（19）张文姬《池上竹》(《池のほとりなる竹》)

▼收于《名媛诗归》卷十

◆收于《古今名媛汇诗》卷六

★收于《古今女史》卷四

（20）郑允端《水槛》(《川ぞひの欄によりて》)

▼收于《名媛诗归》卷二十三

◆收于《古今名媛汇诗》卷十一

★收于《古今女史》卷六

（21）李锁《子夜夏歌》(《夏の日の恋人》)

▲收于《青楼韵语》第一百三十六页

（22）沈满愿《叹水曲》(《水かがみ》)

▼收于《名媛诗归》卷六

◆收于《古今名媛汇诗》卷一

★收于《古今女史》卷一

（23）赵莺莺《酥乳》（《乳房をうたひて》）

▼收于《名媛诗归》卷十五

◆收于《古今名媛汇诗》卷八

★收于《古今女史》卷五

（24）子夜《子夜歌·其二十六》（《恋愛天文学》）

▼收于《名媛诗归》卷三

〈校注〉第一句为“侬作北星辰”，《车尘集》中作“侬作北斗星”

◆收于《古今名媛汇诗》卷一

〈校注〉同上

★收于《古今女史》卷一

〈校注〉同上

（25）子夜《子夜歌·其十一》（《朝のわかれ》）

▼收于《名媛诗归》卷三

◆收于《古今名媛汇诗》卷一

★收于《古今女史》卷一

（26）端淑卿《采莲》（《採蓮》）

▼收于《名媛诗归》卷三十

◆收于《古今名媛汇诗》卷六

★收于《古今女史》卷四

（27）王氏女《咏怀》（《はつ秋》）

▼收于《名媛诗归》卷十八

〈校注〉“白藕作花风已秋”，《车尘集》中作“白藕成花风已秋”

◆收于《古今名媛汇诗》卷十一

〈校注〉同上

★收于《古今女史》卷六

〈校注〉同上

（28）赵今燕《临镜》（《秋の鏡》）

▲收于《青楼韵语》第一百六十一页

（29）刘采春《啰唝曲·其一》（《秋の江》）

▼收于《名媛诗归》卷十五

◆收于《古今名媛汇诗》卷六

★收于《古今女史》卷四

（30）陈真素《赠汗巾》（《手巾を贈るにそへて》）

▲收于《青楼韵语》第一百二十四页

（31）周文《醉罢》（《月は空しく鏡に似たり》）

▲收于《青楼韵语》第一百六十六页

（32）七岁女子《送兄》（《秋の分かれ》）

▼收于《名媛诗归》卷九

〈校注〉“不作一行归”，《车尘集》中作“不得一行飞”

◆收于《古今名媛汇诗》卷六

〈校注〉同上

★收于《古今女史》卷四

〈校注〉同上

（33）鱼玄机《秋思》（《秋ふかくして》）

▼收于《名媛诗归》卷十一

◆收于《古今名媛汇诗》卷八

★收于《古今女史》卷五

（34）景翩翩《咏怀》（《恋の涙を歌ひて》

▼收于《名媛诗归》卷三十五

〈校注〉作者应为“周文”，《车尘集》记作“景翩翩”

◆收于《古今名媛汇诗》卷六

〈校注〉同上

★收于《古今女史》卷四

〈校注〉同上

▲收于《青楼韵语》第三十八页

〈校注〉同上

（35）青溪小姑《青溪小姑曲》（《もみぢ葉》）

▼收于《名媛诗归》卷六

〈校注〉“丹心寸意”，《车尘集》中作“寸心丹意”

◆收于《古今名媛汇诗》卷一

〈校注〉同上

★收于《古今女史》卷一

〈校注〉同上

（36）子夜《子夜歌·其八》（《思ひあふれて》）

▼收于《名媛诗归》卷三

〈校注〉“日冥当户倚”，《车尘集》中作“日冥当倚户”

（37）薛涛《秋泉》（《秋の瀧》）

▼收于《名媛诗归》卷十三

◆收于《古今名媛汇诗》卷八

★收于《古今女史》卷五

（38）李筠《夜坐作寄友》（《ともし火の教へ》）

▲收于《青楼韵语》第九十一页

〈校注〉第一句“夜久灯花落”，《车尘集》作“夜半灯花落

（39）沈满愿《咏残灯》（《残燈を詠み》）

▼收于《名媛诗归》卷六

◆收于《古今名媛汇诗》卷二

★收于《古今女史》卷二

（40）丁渥妻《寄外》（《つれなき人に》）

▼收于《名媛诗归》卷十八

◆收于《古今名媛汇诗》卷六

★收于《古今女史》卷四

（41）李筠《夜坐作寄友》（《旅びと》）

▲收于《青楼韵语》第九十一页

（42）俞汝舟妻《贫女吟》（《貧しき女のうたへる》）

▼收于《名媛诗归》卷三十

◆收于《古今名媛汇诗》卷六

★收于《古今女史》卷四

（43）景翩翩《闺情・其三》（《夜中の思ひ》）

▲收于《青楼韵语》第一百五十页

（44）金陵妓《咏骰子》（《骰子を詠みて身を寓するに似たり》）

▼收于《名媛诗归》卷二十八

〈校注〉“自从遭点染”，《车尘集》中作“自从遭点污”，

第四句“抛掷到于今”，《车尘集》中作“抛掷到如今”。

◆收于《古今名媛汇诗》卷十一

〈校注〉同上

★收于《古今女史》卷四

〈校注〉同上

（45）子夜《子夜歌·其十》（《松か柏か》）

▼收于《名媛诗归》卷三

◆收于《古今名媛汇诗》卷一

★收于《古今女史》卷一

（46）温婉《初冬有寄》（《人に寄する》）

▼收于《名媛诗归》卷二十一

◆收于《古今名媛汇诗》卷六

★收于《古今女史》卷四

▲为《青楼韵语》第一百一十九页

（47）王微《夜月》（《月をうかべたる波を見て》）

▼收于《名媛诗归》卷三十六

◆收于《古今名媛汇诗》卷六

★收于《古今女史》卷四

（48）子夜《子夜歌·其十九》（《霜下の草》）

▼收于《名媛诗归》卷三

◆收于《古今名媛汇诗》卷一

★收于《古今女史》卷一

通过对上述4部诗歌总集与《车尘集》的对比，可以发现，除苏小小的《楚小志》、朱淑真的《愁怀·其二》以及纪映淮的《绝句》，其他47首诗歌均可以在这四部诗集中得到查证：《名媛诗归》为37首，《古今名媛汇诗》和《古今女史》为32首，《青楼韵语》为17首。但正如前述所说，查证出的部分诗作在四部诗集之间存在重合问题：第一，《春望词·其二》和《春望词·其三》《咏怀》《怨辞·其一》以及《初冬有寄》在4部诗集中均可查到。第二，《金镂衣》《阳春歌·其二》《夷陵民歌·其二》《感怀·其一》《子夜歌·其二》《咏蝶》《沙上鹭》《池上竹》《水槛》《叹水曲》《酥乳》《子夜歌·其二十六》《子夜歌·其十一》《采莲》《咏怀》《啰唝曲·其一》《送兄》《秋思》《青溪小姑曲》《秋泉》《咏残灯》《寄外》《贫女吟》《咏骰子》《子夜歌·其十》《夜月》《子夜歌·其十九》27首诗作在《古今名媛汇诗》《名媛诗归》《古今女史》均可以查到。第三，《暮春江上送别》和《送别》可以在《名媛诗归》《青楼韵语中》得到查证。除此之外，《子夜歌·其一》《子夜歌·其八》《悼亡诗》为《名媛诗归》独有。《自调》《三月即事》《有怀》《子夜夏歌》《临镜》《赠汗巾》《醉罢》《夜坐作寄友》（上下阕）、《闺情·其三》10首诗歌只能在《青楼韵语》中查到。另外，从校注方面发现，《名媛诗归》共有10首诗歌与《车尘集》存在差异，《古今名媛汇诗》和《古今女史》都是7首，《青楼韵语》为两首。首先，《咏怀》1首，《车尘集》记为景翩翩之作，其他4部诗集均为周文作。其次，《车尘集》与《名媛诗归》《古今名媛汇诗》和《古今女史》在《子夜歌·其二》《子夜歌·其二十六》《咏怀》（王氏女）、《送兄》《咏骰子》《青溪小姑曲》《咏怀》（景翩翩）这7首诗歌中存在差异，但在《名媛诗归》《古今名媛汇诗》和《古今女史》中，这7首诗歌却完全相同。另外，在《车尘集》

中《暮春江上送别》和《送别》两首诗歌与《名媛诗归》存在差异，但与《青楼韵语》完全相同。最后是两首分别被《名媛诗归》《青楼韵语》单独收录的《子夜歌·其八》和《夜坐作寄友》（上阕），其中差异之处《子夜歌·其八》与《乐府诗集》保持一致，《夜坐作寄友》（上阕）与《名媛诗讳初编》完全相同。由此可以看出，11 首诗歌中的 9 首的差异之处均可确证为《车尘集》抄录或编辑有误，余两首则可归属于《青楼韵语》。自此，仅基于收录重合这一个原则，《车尘集》50 首诗歌中有 12 首诗作应来自《青楼韵语》，3 首来自《名媛诗归》，其他 32 首有待在《名媛诗归》《古今名媛汇诗》和《古今女史》中作进一步的确定，最后 3 首可能出自明代总集之外的其他典籍。

（二）《车尘集》附录《原作者其事及其他》原典底本考据

凡例

1. 《车尘集》采用武藏书院初版版本；

2—8. 同上一节；

9. 对《原作者其事及其他》只考据相似度，主要内容基本涵盖记为相似，其他如《车尘集》选录内容为待选底本之内容的节选，记为相似；如《车尘集》撰写内容多于底本，则不计为相似。

附录［73—87］

（1）杜秋娘：原金陵妓女，李锜之妾。喜唱金缕曲——珍惜青春之歌，以劝爱人喝酒。……公认诗中“莫惜”“须惜”

“堪折”“须折”“空折”等词叠韵中又有一份豪气。

▼《名媛诗归》卷十五：杜秋娘，金陵娼家女，年十五，为李锜妾。常乃唱金缕词劝酒。其金缕词后评语：气绪排宕，风情自豪，仍有悯世之感。

◆《古今名媛汇诗》同上

★《古今女史》同上

（2）薛涛：原为长安良家妇女。……八九岁便能解音律，有一天其亲指着水井旁边的梧桐咏道：“废庭一梧桐，从干如云中。”薛涛马上接：“枝迎南北鸟，叶送往来风。”父亲由此感叹薛涛的将来。（中略）薛涛长而能作诗，且长得眉清目秀，因此被召入蜀地长官官邸，虽然长官换了十一任，但是薛涛以其诗才受到了长官的赏识，并且参加了诸多名家的诗歌宴会。一直到七十五岁高龄去世，她与元稹、白居易、杜牧、刘禹锡及其他名家都有过酬和。世有薛涛笺，是薛涛将自己的吟诗酬献给名士时，自己钻研出来的一种笺。

▼《名媛诗归》卷十三：薛涛，字洪度。本长安良家女。父郧，因官寓蜀。涛入九岁知音律。其父一日坐庭中，指井梧示之曰：“庭中一古桐，耸干入云中”，令涛续之，即应声曰：“枝迎南北鸟，叶送往来风”，父愀然，久已。……养涛及笄，以诗闻外。又能扫眉涂粉，与士族不侔。客有窃与之宴语。时韦中令皋镇蜀，召令侍酒赋诗，僚佐多士为之改观。（中略）其间与涛唱和者，元稹、白居易、牛僧孺、令狐楚、裴度、严绶、张籍、杜牧、刘禹

锡、吴武陵、张祐，余皆名士也。初元稹知有薛涛，未尝识面，及授监察御史，出使西蜀，得与涛相见。自后元公赴京，薛涛归浣花所，浣花之人，多造十色彩笺，于是涛别造新样小幅松花纸，多用题诗。(下略)

◆《古今名媛汇诗》同上

★《古今女史》同上

(3) 孟珠：魏国丹阳人，其他不详。

▼《名媛诗归》卷三：孟珠，丹阳人。

◆《古今名媛汇诗》同上

★《古今女史》同上

(4) 夷陵女子：唐朝，不详。

▼《名媛诗归》卷十（唐二卷）：无

◆《古今名媛汇诗》同上

★《古今女史》同上

(5) 黄氏女：闽人潘用中随父住在京城。此青年爱弄笛，邻人黄氏女听了爱慕其人，潘在见了黄氏女之后，在一块帕子上题诗并包上胡桃丢到黄氏女家。黄氏女也丢了一个包着胡桃的手帕，帕上写有她的回诗（下略）。

▼《名媛诗归》卷二十二：嘉熙丁酉，福建潘用中，随父差于京邸。潘喜笛……一女子闻笛声，垂帘窥望。久之，或揭帘露半面。潘问主人，知为黄府女孙也。（中略）潘愈动念。晏去，女复揭帘半露。潘醉狂，取胡桃掷去。女用帕子裹桃复掷来。帕子上有诗云云，潘亦用帕子题诗，裹胡桃复掷去。(以下略)

◆《古今名媛汇诗》同上

★《古今女史》同上

（6）吕楚卿：明朝妓女，大约为万历年间人。生平不详。

▲《青楼韵语》：明代

（7）贾蓬莱：宋朝，不详

▼《名媛诗归》卷十八：未详

◆《古今名媛汇诗》同上

★《古今女史》同上

（8）张文姬：九世纪末，唐朝贵妇人，鲍参军之妻。

▼《名媛诗归》：鲍参军之妻。

◆《古今名媛汇诗》同上

★《古今女史》同上

（9）李锁：明朝妓女。不详。

▲《青楼韵语》：明代

（10）端淑卿：当涂人，教谕端廷弼之女。幼时好学，才媛名高。

▼《名媛诗归》卷三十：端淑卿，当涂人。教谕端廷弼之女（中略）幼从父宦邸，日读毛诗、列女传、女范诸篇。笈总后，遂博通群书，作为诗词。

◆《古今名媛汇诗》同上

★《古今女史》同上

（11）王氏女：明朝人。生平不详。适龄阶段却没有良缘。有一个叫赵德麟的人读了她这首遣悲的诗作，便娶她为妻。世人皆以二十八字媒称之，并传为佳话。

▼《名媛诗归》卷十八：王氏，自幼聪慧，父母为之择配，未偶，作咏怀诗。赵德麟鳏居，见诗求婚，人以为二十八字媒也。

◆《古今名媛汇诗》同上

★《古今女史》同上

（12）刘采春：越地妓女。其啰唝曲——望夫歌流传已久。

▼《名媛诗归》卷十五：刘采春，浙人也。尝作啰唝曲。（下略）

◆《古今名媛汇诗》同上

★《古今女史》同上

（13）陈真素：明朝妓女。生平不详。

▲《青楼韵语》明代

（14）周文：同上。

▲《青楼韵语》明代

（15）七岁女子：幼能作诗，此女擅长诗歌一事传至宫廷，武则天召见她，命题“送兄”，她所作的便是这首。

▼《名媛诗归》卷九：如意中有七岁女子能诗。武后令其赋别兄诗，应声而成。

◆《古今名媛汇诗》同上

★《古今女史》同上

（16）清溪小姑：宋秣陵尉蒋子文三妹。清溪为她的所居之地地名，小姑是对有学识的贵妇人的敬称。

▼《名媛诗归》卷六：清溪，地名。小姑所居，蒋子文第三妹也。（下略）

◆《古今名媛汇诗》同上

★《古今女史》同上

（17）李筠：明朝妓女。生平不详。

▲《青楼韵语》：明代

（18）丁渥妻：其夫在外游学远离家乡。一天晚上他梦见妻子在灯下写信，信中写着这首诗。后来他收到了妻子的信，信里竟然真的写着这首诗。

▼《名媛诗归》卷十八：丁渥在太学以久，梦归，见其妻灯下作书远寄。又千别幅见诗，后得见诗，果即梦中所见者。

◆《古今名媛汇诗》同上

★《古今女史》同上

（19）俞汝州妻：据说是朝鲜女子，不详。

◆《古今名媛汇诗》归属为朝鲜属国

★《古今女史》同上

（20）温婉：宋朝妓女。生平不详。

▲《青楼韵语》宋代

将《原作者其事及其他》一文与4部诗集的原作者介绍以及诗作点评进行比对发现，佐藤春夫一共撰写了31个作者条目（金陵妓、苏小小、薄少君缺失），其中20个条目的内容可以在四部诗集中得到查证：其中《名媛诗归》《古今名媛汇诗》《古今女史》中可以查证到相似的13个条目，为杜秋娘、薛涛、孟珠、夷陵女子、黄氏女、贾蓬莱、张文姬、端淑清、王氏女、刘采春、七岁女子、清溪小姑和丁渥妻。《青楼韵语》中可以查证到相似的

6个条目，为吕楚卿、陈真素、李锁、周文、温婉、李筠。《古今名媛汇诗》和《古今女史》可以查到1条，为俞汝州妻。其他查证不到的是朱淑真、子夜、景翩翩、纪映淮、赵今燕、马月娇、沈满愿、赵莺莺、郑允端、鱼玄机、王微11位作者。如果细究这些未查证到的内容可以发现一个特点：佐藤春夫对除纪映淮之外的9位作者的前半部分介绍实际上都可以在《名媛诗归》《古今名媛汇诗》《古今女史》3部诗集中得到查证，而后半部分不能查证到的内容则涉及以下两点。第一，对个人别集的介绍，包括朱淑真的《断肠集》、景翩翩的《散花吟》、赵今燕的《青楼集》、沈满愿的《满愿集》、鱼玄机的《鱼玄机集》、郑允端的《肃庸集》、王微的《期山草》和《樾馆诗》在四部诗集中没有记载。第二，子夜诗作与李白的关系、赵莺莺与唐妓女史风的关系以及马月娇画作名扬海外的细节没有记载。这些未能查明的内容首先说明，单纯对《原作者其事及其他》一文进行考据不能局限于明代大型"通代"总集这一考据范围之中。因为佐藤春夫极有可能是在参阅更多的中国古典典籍或者其他书籍的基础上撰写的这篇附录。其有可能参阅的典籍目前可以确定的至少有3部：其一是王士祯的《渔洋诗话》（介绍纪映淮时提及），其二是《唐书艺文志》（介绍沈满愿时提及），其三是本国著名作家森鸥外的《鱼玄机》。另一方面，这些未查证到的内容还可能暗示了佐藤春夫在甄选这七位诗人的诗歌作品时应该存在其他的途径。这一点，奥野信太郎在《车尘集》他序中也曾有过类似的暗示，他说："……如果读者诸君愿探究一下《车尘集》缘起的诸支那闺秀诗人的作品，那么可以参阅以下支那国女诗人作品总集……我觉得从如上总集开始，再逐渐进入个人诗集，是很得宜的。”① 但需要指出的是，根据《原作者其事及其他》一文中对郑允端和沈满愿的介绍，佐藤春夫已确认未能得见郑允端的《肃庸集》和沈满愿的《满愿集》，因此，这两人应该排除在这种可能性之外。总之，对附录文章《原作者其事及其他》一文既需要独立地看待，又不能忽视其与诗文正文之间的相关性。

四 《车尘集》原典底本的确认

如前所述，我们基于明代大型“通代”女性诗歌总集对《车尘集》的原典底本进行了考据，结果只确认了《自调》《赠汗巾》《醉罢》《子夜夏歌》《夜坐作寄友》（上下阕）6 首诗歌出自《青楼韵语》，《悼亡诗》出自《名媛诗归》，其他 43 首诗歌及其附录内容均处于不确定状态。这就是说，在《车尘集》“译者无言”这一客观事实下，仅以各种总集与《车尘集》各部分收录的内容进行比对，很难确定其准确的原典底本。这就需要作为后学的我们另辟蹊径进行查证。实际上，正如本章开篇所说，编译者无论是选择诗歌总集还是个人别集抑或其他典籍为底本，必然需要遵循两个基本标准：第一是选择可以获得的，并且是便利自己参阅的典籍。第二是自己认同并喜爱的，与自身文化观、审美观有着较多契合之处，且符合

① ［日］奥野信太郎：『車塵集・序』，武藏書院 1929 年版，第 17 頁。

自己编选要求的典籍。依照文化翻译理论，编译者首先是文本的阅读者，相信只有可以与其产生共鸣的典籍才能激发起他的翻译热情。从这一角度来说，在考据收录诗作的重合度以及其他内容相似度的基础上，通过考察原典底本的获得或者其与佐藤春夫在文化思想和审美趋向等方面的契合度来进一步明确查证结论不失为另一种重要的考据方法。

（一）《车尘集》与《名媛诗归》的文化内质契合

《名媛诗归》是3位前学明确认定的《车尘集》原典底本，而在本次考证中，尽管它只有1首诗歌得到确认，但笔者仍然认同其原典底本的地位。

《名媛诗归》成书于明晚期，共计三十六卷，卷一至卷二为古逸、汉，卷三至卷七为魏晋六朝，卷八为回文，卷九至卷十五为唐，卷十六至卷十七为蜀，卷十八至卷二十二为宋，卷二十三至卷二十四为元，卷二十五至卷三十六为明。全集收录了自上古神话人物皇娥嫘祖的《清歌》至明代王微的《留别林天素》共350位女诗人的1600首作品，是明清两代具有重要影响的女性诗歌作品总集。该书署名为晚明竟陵派诗人钟惺（1574—1624），但这一署名自诗集问世便一直受到质疑。王士祯在《池北偶谈》中云："不知《名媛诗归》，乃吴下人伪托钟、谭名字，非真出二公之手，何足深辨？又向来坊间有《明诗归》，更俚鄙可笑，亦托名竟陵，又足辨耶？"[①]《四库全书总目提要》也载如此之说："旧本题明钟惺编。取古今宫闺篇

① （清）王士祯：《池北偶谈》，中华书局1987年整理本，第435页。

什，裒辑成书，与所撰《古唐诗归》并行。其间真伪杂出，尤足炫惑后学。王士祯《居易录》亦以为坊贾所托名，今观书首有书坊识语，称‘《名媛诗》未经刊行，特寻秘本，精刻详订云云’。核其所言，其不出钟手明甚。然亦足见竟陵流弊，如报雠之变为行劫也。”① 观上述言论可以发现，尽管各方均对其编辑者身份有所怀疑，但对《名媛诗归》的“竟陵派”的诗学特征却一致给予充分的认可。

所谓“竟陵派”是明晚期由钟惺、谭元春继“公安派”② 衰退后建立的一个诗学体系。其影响力之大在当时的明代诗坛甚至达到了“士以不谈竟陵为俗”③ 的地步。通常认为，“竟陵派”的诗歌思想可以归纳概括为“真”“清”“厚”三点。“真”即是说诗歌是一种情感艺术，是诗人真实、自然的个性情感的一种抒发，“真诗”才是诗人创作所要追求的境界。钟惺在《诗归序》中说：“真诗者，精神所为也。察其幽情单绪，孤行静寄于喧杂之中，而乃以其虚怀定力，独往冥游于寥廓之外。”④在《名媛诗归·叙》中他又说：“诗也者，自然之声也。非假法律模仿而工者也。今之为诗者，未就蛮笺，先言法律，且曰某人学某格，某书习某派，故夫今人今士之诗，胸中先有曹刘温李，而后拟为之者也。若夫古今名媛，则发乎情，

---

① 胡文楷：《历代妇女著作考》，上海古籍出版社 1985 年版，第 884 页。

② 公安派是明代后期出现的一个文学流派，以袁宏道、袁中道、袁宗道为代表人物。公安派反对前七子和后七子的拟古风气，主张“独抒性灵，不拘格套”，发前人之所未发。其创作成就主要在散文方面，清新活泼，自然率真，但多局限于抒写闲情逸致。

③ 邹漪：《启祯野乘·钟学宪传》（第 8 卷），故宫博物院图书馆铅印本 1936 年版，第 7 页。

④ 刘宇：《晚明竟陵派诗歌理论研究》，硕士学位论文，齐齐哈尔大学，2012 年，第 22 页。

根乎性，未尝拟作，亦不知派。无南皮西昆，而自流其悲雅者也。故凡后日之工诗者，皆前日之不能工诗者也。”① 也就是说，自然的、发乎性情的诗歌一定具有诗人独特的内在情感。事实上，在《名媛诗归》所收录的1600首诗歌中，我们的确看不到“文以载道”般的教化性诗歌类型。相反，每一首诗歌都充溢了女性诗人内心自然流露出的真实的情感。正如谭正璧先生对《名媛诗归》收录的李冶作品发出的感叹：“我们读她的寄人或怀人的诗，不要去管她是寄何人是怀何人，总觉得首首中都有她真挚的感情，热烈的情绪。”②

竟陵派诗学的第二个特点是“清”。对此，钟惺在《名媛诗归·叙》中写道：“夫诗之道，亦多端矣，而吾必取于清。向尝序友夏《简远堂集》曰：诗，清物也。其体好逸，劳则否；其地喜净，秽则否；其境取幽，杂则否。然之数者，未有克胜女子者也…… …嗟乎！男子之巧，洵不及妇人矣！”③ 由此可以看出，“清”的实质就是钟惺所谈及的“幽”，也即竟陵派一直倡导的“幽独的感遇，刹那的灵机，淡远的意象，深隽的韵致。”④ 应该说，挖掘“幽”的气韵是竟陵派诗学思想得以展现的重要路径。钟惺和谭元春等人的诗作，字里行间随处可见的就是“幽”所带来的含蓄、悄然、灵动的美感。在他看来，女性诗人的作品俨然就是这些“幽情单绪”和“孤行静寄”的化身，而“幽”也因此成了女性文化特有的一种内

① （明）钟惺：《名媛诗归·叙》，河涧堂修补本，第4页。

② 谭正璧：《中国女性文学史》，百花文艺出版社2001年版，第134页。

③ （明）钟惺：《名媛诗归·叙》，河涧堂修补本，第10页。

④ 李圣华：《清初人论竟陵派平议》，《郑州大学学报》（哲学社会科学版）2007年第5期，第130页。

在气质。通览《名媛诗归》可以发现，辑者以“幽、清、深”等字眼进行的诗作述评随处可见。例如评孟珠“幽深澹宕，皆自无意中作想”；评清溪小姑“前歌意深，此歌意直。然尚有幽响，不觉其肤浅”；评朱淑真“文章幽艳，才色清丽，实闺门之罕有”；等等。求“厚”是竟陵派另外一个重要的诗歌理论观点。所谓“厚”即是竟陵派对公安派的俚俗以及七子忽视诗歌内容盲目复古的反拨。① 钟惺在《陪郎草序》和《文天瑞诗义序》两段文字中，阐述了诗歌创作应该回归传统的思想：“夫诗，以静好柔厚为教者也。今以为气不豪，语不俊，不可以为诗，予虽勉为豪，学为俊，而性不可化，以故诗终不能工。……豪则喧，俊则薄；喧不如静，薄不如厚。”“《诗》之为教，和平冲淡，使人有一唱三叹，深永不尽之趣，而奇奥工博之辞，或当别论焉。然《秦诗》《駟驖》《小戎》数篇，典而核，曲而精，有《长杨》《校猎》诸赋所不能赞一辞者。以是知四诗中，自有此一种奇奥工博之致。学者不肯好学深思，畏难就易，概托于和平冲淡以文其短，此古学之所以废也。”② 由此可知，“竟陵派”诗人所主张的“厚”主要是指诗人在具有真情实感的前提下，应该向古求其“真精神”，以增加自身学识之“厚”，从而达到学古而不仿古，求新亦有源头之境界。在《名媛诗归》的述评中，似这等“厚”的意识也是比比皆是，如评朱淑真“气清贵在能润，景细贵在能幽。兼之则骨高而力厚矣”；评鱼玄机“如此艳冶，若无此寄托，便非才色妇人自待矣。此等诗，俱妙在气韵灵转，而雅厚

① 陈书录：《士商契合与明清性灵思潮的演变》，《南京师范大学学报》（社会科学版）2004 年第 6 期，第 96—102 页。

② 刘家坤：《三点导读》，《读写天地》2009 年第 12 期，第 18 页。

足以达之”等等，不一而足。总之，“竟陵派”讲求的是在诗歌创作中以充分学习古人诗学精髓为前提，以“幽”“孤”的诗学意境为手段，来最终实现对人真实情感的表达。而这种诗学内涵是否与佐藤春夫的文化思想和审美观相符合呢？

在上述章节中我们曾谈道，明治晚期，作为对“全面欧化论”的批判，日本兴起了以“砚友社”“牧羊神会”等文学团体为中心的拟古典主义思潮。回归文化传统成了当时以及大正时期日本文坛一种强烈的呼声。而作为这一文化运动的积极参与者，佐藤春夫提出了“文学作品应具有风流性”的著名论调。1924 年（大正十三年）3 月，《新潮》杂志社针对室生犀星创作的《田舍生活》举办座谈会，会上佐藤春夫就“风流”的内涵和本质与久米正雄、德田秋声等作家进行了论证和辩论。其间佐藤春夫坚持认为日本古典文学中的“风流”是感觉化的东西，其本质是自然感性的，而绝不是源于人的意志。① 随后，佐藤春夫针对这一观点专门撰写了《风流论》一文提出，“风流”实际与日本传统美学“物哀”在本质上是相同的。② “物哀”是日本传统文学、诗学、美学理论中的一个重要概念。是指人在受到外界事物的触发引起的种种感情的自然流露。日本著名的国学家本居宣长指出，文学创作的宗旨就是“物哀”，即作者将自己的观察、感受与感动如实地以文字表现出来，以寻求审美

① 齐珮：《日语中“风流”一词的语义溯源——以佐藤春夫的〈风流〉论为中心》，《日本问题研究》2010 年第 1 期，第 51 页。

② ［日］佐藤春夫：「風流論」，『定本佐藤春夫全集』（第 19 卷），臨川書店 1999 年版，第 96 頁。

层面上的共鸣。[①] 而佐藤春夫则认为这正是当代日本文学最为需要的本质，也是日本文学能够抵御西方国家文学理念最为重要的武器。由此我们可以看出，佐藤春夫所强调的“风流”与“竟陵派”的求真诗学宗旨何其相似！在这篇文论中，佐藤春夫还反复强调了应如何达到“风流”的境界。他认为：“风流”虽是人的天性，但只有松尾芭蕉的“俳谐歌”所成就的“风流”才是具有诗感的真正的具有文学意义的“风流”[②]。换言之，文学一要表现出“物哀”那种“风雅之寂”所要求的以俗化雅、超然静寂、幽静深远的境界，二要表现出“无常之美”，即追求那种瞬息之间的变化之美、追求那种萧然无声之中的寂然之美。只有这样，文学才能真正使读者体悟到“物哀”的美学精神。佐藤春夫的这一观点显然可以说是与“竟陵派”“清”之理念不谋而合的。此外，中国古典文化作为日本的母体文化对日本有着极为深远的影响。虽然近代以降，中国古典文化因西学东渐而逐渐受到日本文化人的轻视，但其所蕴含的博大精深是不容忽视的。佐藤春夫对此的理解可谓是当时日本文化界的先驱。但当他真正开始将推促中国古典文化付诸行动时，他却摒弃了日本传统的方式，而采用了极为新颖的翻译手法。这种学古而不仿古，创新变革的意识与“竟陵派”无疑是异曲同工。由此可以看出，无论是文学思想抑或审美观念乃至创作实践，佐藤春夫都与“竟陵派”有着诸多契合之处，而这

① 王向远：《感悟而哀——从比较诗学的视角看本居宣长的“物哀”论》，《文化与诗学》2011 年第 2 期，第 211 页。

② ［日］佐藤春夫：「風流論」，『定本佐藤春夫全集』（第 19 卷），臨川書店 1999 年版，第 98 頁。

显然应该成为他选择《名媛诗归》作为翻译底本最重要的一个要素。

（二）《车尘集》与《青楼韵语》

《青楼韵语》因其中附有《嫖经》一书，亦被称为《明代嫖经》，是明代三部著名女性图文典籍之一（另两部为《青泥莲花记》和《秦淮四美人诗选稿》）。由于《青泥莲花记》属笔记类小说，收录诗文作品有限，而《秦淮四美人诗选稿》（又名《秦淮四姬诗》）传本罕秘，流布局限，因此，《青楼韵语》便成了明清时期唯一一部得到广泛传播的，以彰显青楼女性“情、德、才”为宗旨的图文诗歌总集。[①] 该诗集由张梦徽汇选摹绘，朱元亮注疏，甄选晋、南齐、梁、隋、唐、宋、元、明名列乐籍的一百八十位“青楼名妓”的五百余部作品汇集而成。与《名媛诗归》不同的是，《青楼韵语》只标注了诗作者所处的朝代，并没有对其进行详细的介绍或者对其诗作进行点评，其诗作之间夹杂的更多的是编者以诗为由，或抒发感慨，或劝诫游冶之人的内容，可以说是一部集总集、注疏之功用的非常奇特的典籍。[②]《青楼韵语》曾经出现过四个版本，其初版刊于明代万历四十四年（1616），主要通行本则是在民国后得以刊印，共一册四卷；一为民国三年四月同永印局所印版本；一为民国二十四年十一月二十八日由上海书店发行初版的《国学珍本文库第一集第

---

① 王艳红：《明代女性作品总集研究》，硕士学位论文，上海师范大学，2006 年，第 32 页。

② 邵杰：《略论〈青楼韵语〉的性质、成书于体例》，《兰台世界》2015 年第 1 期，第 149 页。

九种·青楼韵语》；第四个版本是1914年的扫叶山房石印本。经比对，永印局版本和扫叶山房石印本上所录女性人物和诗词的数量、顺序以及题词等内容均和万历四十四年刊本完全相同，因此可以断定这是据万历四十四年刊本翻印而来。而上海书店版本则在全盘保留万历四十四年刊本所有内容的基础上增加了对部分青楼女性的传记。①

不可否认，《青楼韵语》在我们圈定的4部待选总集中是一个非常奇特的存在。从最初的收录重合数量统计来说，它是4部诗集中与《车尘集》诗作重合最少的一部；但经过对《原作者其事及其他》的考据后，它又成了拥有最多能够被确认为底本诗作的一部诗集，尽管这一数量只有6首，但它所具有的诸多特征使其成了《车尘集》最具可信度的原典底本。首先，这部诗集是唯一一部曾被佐藤春夫明确确认参阅过的明代女性诗歌总集。1928年1月，佐藤春夫在《苦乐》上刊登"青楼译诗"时，曾在译诗介绍一栏中明确四首译诗均出自《青楼韵语》。而这一时期正是他进入快速编纂《车尘集》的阶段，《青楼韵语》的出现很难说与《车尘集》没有关联。其次，从佐藤春夫撰写的《原作者其事及其他》一文中可以看到，其对吕楚卿、李琐、陈真素、周文、李筠、温婉等诗人的介绍非常简单，很多都只记载了朝代，其他则以"不详"代替。而这一点与《青楼韵语》无作者小传，但有朝代介绍是极为吻合的。再次，我们查证了奥野信太郎提及的所有典籍，并将查证范围扩大到清代通代

① 中国古拓善本书目编辑委员会编注：《中国古籍替木书目集部》，上海古籍出版社1998年版，第1591页。胡文楷：《历代妇女若作考·目录》，上海古籍出版社1985年版，第6页。

女性诗歌总集，但均未查证到对李锁、吕楚卿《自调》《子夜夏歌》以及马月娇《有怀》3篇诗作的收录。这说明3首诗作有可能出自《青楼韵语》，那么，他在这部诗集中甄选更多诗作也就不足为奇了。再次，《车尘集》共计收录有34位诗人的诗作（包括序文中的两首节选），而这些诗人中具有青楼女子（妓女）身份的共有16位，为苏小小、杜秋娘、薛涛、吕楚卿、景翩翩、赵今燕、马月娇、李锁、赵莺莺、周文、陈真素、李筠、温婉、王微、金陵妓、刘采春。《车尘集》正是因此而充溢了一种显而易见的“青楼”气韵。从保持诗集这一整体内蕴气质来说，佐藤春夫亦应该选择《青楼韵语》作为翻译底本。另外，我们还认为，虽然奥野信太郎提及的原典线索以及江户时期的船载书目中都没有对《青楼韵语》一书的记载，显示《青楼韵语》可能没有流入日本。即使流入，也绝非似《名媛诗归》流布的那般广泛。但佐藤春夫依然具有获得这部诗集的极大可能性。

为释明这一问题，我们先来回顾一下佐藤春夫翻译中国女诗人作品的历程：根据资料记载，他最早的女性诗歌翻译应该始于1921年8月，作品为薛涛《春望词·其三》。之后一直到1927年（昭和二年）10月，佐藤春夫才又开始继续发表同类型的汉诗译作。这一次是在《大调歌》上发表了朱淑真的《愁怀》（『我が胸を』）、鱼玄机的《秋怨》（『秋の思い』）以及薛涛的《秋泉》（『秋の瀧の瀬』），后这3首诗歌分别改名为『春ぞなかなかに悲しき』『秋ふかくして』『秋の瀧』。进入1928年（昭和三年）后，他的翻译速度明显加快，译作数量也随之增加。同年1月，他于《苦乐》发表题为“青楼四季”的译诗4首，分别为赵今燕的《送别》、李锁的

《子夜夏歌》、陈真素的《赠汗巾》以及温婉的《初冬有寄》。8月，他翻译并编纂的《支那名媛诗抄》由改造社出版。这部诗集基本可以视为《车尘集》的前读本，诗集收录有10首诗歌，其中8首译作被收录进《车尘集》之中。除上述薛涛的《春望词·其三》之外，分别为孟珠的《乐府诗·孟珠》(『春のさかり』,《车尘集》中改为『薔薇をつめば』)，沈满愿的《映水曲》，子夜的《子夜歌·其三十六》(『われとわが恋人と』,《车尘集》中改为『恋愛天文学』)、《子夜歌·其十九》，端淑卿的《采莲》，景翩翩的《咏怀》(『恋の涙を歌ひて』,《车尘集》中改为『恋するものの涙』)，俞汝舟妻的《贫女吟》(『貧しき女のうたへる』),《车尘集》中改为(『貧しき女の詠める』)。同年的11月，佐藤春夫在『アルト』上发表了《短篇三章·支那诗》，其中包括张文姬的《沙上鹭》、赵莺莺的《酥乳》、沈满愿的《咏残灯》(『残燈をうたひて』)后改为『残燈を詠み』)3篇译诗。1929年(昭和四年)4月，佐藤春夫在《三田文学》上发表了夷陵女子的《夷陵民歌》、子夜的《子夜歌·其二》、周文的《有怀(二首)》以及子夜的《子夜歌·其十》。除了上述已发表的诗歌以外,《车尘集》中尚有26首诗：杜秋娘的《金缕衣》，薛涛的《春望词·其二》，黄氏女的《赠潘用中》《子夜歌·其一》《子夜歌·其八》和《子夜歌·其十一》，贾蓬莱的《咏蝶》，吕楚卿的《出神》，景翩翩的《怨辞·其一》《三月即事》和《闺情·其三》，纪映淮的《即景》，赵金燕的《暮春江上送别》和《秋的镜》，马月娇的《有怀》，张文姬的《池上竹》，郑允端的《水槛》，王氏女的《荷花》，刘采春的《啰唝曲·其一》，七岁女子的《送兄》，青溪小姑的《青溪小姑曲》，李筠的《夜坐作寄友上阕》

和《夜坐作寄友下阕》，丁渥妻的《寄外》，金陵妓的《咏骰子》，王微的《夜月》。

由上述佐藤春夫发表译诗作的情况可以看出，佐藤春夫首次发表与《青楼韵语》有关的译诗是在 1928 年 1 月，其后分别是 1928 年 8 月和 1929 年 4 月，而其余有关系的诗作则全部没有单独发表而是直接纳入了《车尘集》。由此可以推测佐藤春夫获得《青楼韵语》一书应该是在 1928 年之前。众所周知，1927 年 6—7 月，佐藤春夫曾第二次到访中国，其间在上海、杭州、南京等城市逗留游赏，据其游记中记载，他在郁达夫的陪同下，不仅游历了西湖景区（苏小小墓即位于西湖西泠桥畔，芥川龙之介也曾专程前往凭吊），还购买了很多中文书籍以及丝绸。[①] 由前述版本介绍可知，《青楼韵语》有一版本为扫叶山房石印本 1914 年版。扫叶山房实际上是一家历史悠久、名扬海外的民间印书机构，亦是一家极负盛名的书店，其总号位于苏州，分号位于上海，不仅是中国文人频频光顾之地，更是他国人士，尤其是日本来华文人首选的游览之地。而且此地也在佐藤春夫的第二次游历中国的路线当中。由此可以推断，佐藤春夫极有可能是来此发现并购买了由该书店出版的《青楼韵语》一书。至于该书未被奥野信太郎和佐藤春夫提及可能有两个原因，首先，是奥野此时并未到过中国，对佐藤春夫未曾告知的典籍可能不了解，且该书在日本少有流布。其次，据吉川发辉考据发现，《车尘集》中大

① ［日］佐藤春夫：「杭州を」，『定本佐藤春夫全集』（第 21 巻），臨川書店 1998 年版，第 89—91 頁。

部分诗作属于首次在日本登陆,[①] 如果确是如此，那佐藤春夫不提及《青楼韵语》一书也可能出于奇货可居而故意隐匿这些诗作的出典，以增加读者的猎奇心理。最后，我们再来谈谈《青楼韵语》与《车尘集》在文化底蕴方面的关联。

《青楼韵语》实际上是由“青楼”“《嫖经》”“诗词”三部分组成的一个有机整体。“青楼”在明代是对行院女妓生活的商业雅称，包括女妓的生存环境、人文生活，以及与之来往的社会关系。[②] 但其亦特指妓女的居所。从这一角度来说，青楼又是妓女与文人雅士风花雪月、游戏情欲的特定之所。在这里，儒家所宣扬的一切理教均是不存在的，有的都是人的真性情的自然流露，因此，这里所形成的男女之间性层面上的实践，可以说是对上古社会男女自由婚恋情境的一种还原。《嫖经》是明万历年间盛传的一本“风月指南”，虽被广泛接纳，但其“经文”注释鄙俗不堪，难登大雅之堂。后张梦征与朱元亮采撷其 134 条注释，并辅以女妓诗词，则一洗市侩之气，成为以男性视角来观照两性情感交往关系的重要内容。但无论其如何讲解与女妓交通的原则、技巧、方式，强调的中心仍然是“真情”二字。即青楼虽为男子逍遥风流之场所，但纯粹的颠鸾倒凤、云雨销合并不是快乐的终极目标，真正的欢娱在于两情相悦时的情感体验。由于欢愉的一方是一位不拘于礼法的青楼女妓，因此，这种情

① ［日］吉川発輝:「佐藤春夫の『車塵集』——中国歴代名媛詩の比較研究(序)」，新典社 1989 年版，第 11 頁。

② 明代青楼包括行院与教坊两种类属。行院是隶于州府郡县或分封王府的地方乐户体系，而教坊则指称以南北两京为代表的乐户组织。谢肇淛《五杂俎》载：“两京教坊，官收其税，谓之脂粉钱。隶郡县者则为乐户，听使令而已。”

感体验往往也就更具有自然属性。[①] 但是，女妓和文人雅士身份是极为悬殊的，因此，女妓既要“伎也者，非止言工艺，盖言能支人以情也”，还要具备与文人雅士进行交流的文化手段，这就是青楼诗词得以生成和存在的原因。也正由于此，青楼诗词便具有了以下两个特点：第一，女妓以卑贱之身直白地描述自己对情爱的渴望和期许，营造一种楚楚可怜的娇柔之美；第二，女妓刻意进行雅与俗的文化分野，以此增加与文人雅士交通的筹码，而这主要表现在女妓对“幽静”的诉求，不仅是力求“青楼”居所的雅静，而且体现在自身“孤傲”的气质培养上，更会在其诗词中即表现出“羁魂游处怯，醉影别时寒”[②] 的境界。由上述介绍可以看出，《青楼韵语》的编纂宗旨首先体现了一种对“诗导情，歌咏志”的肯定，突出对青楼诗歌“真情”的颂扬。正如方鼻甫在《青楼韵语广集》中作序所言：

> 文人慧业，寄之篇什、播之声歌者，非若才姝词妇，亦何必对红儿歌懊恼，联赤玉，唱伲离差为韵事？不知琵琶写心，登篌械怨，一往深情，非曲不臻其极。昔人云，诗导情，歌咏志，唯曲能悉宛转幽郁之气也。然人情莫甚于男女，男女莫甚狭斜，所以歌舞音乐尽出楚馆秦楼，自古逮今，称闺秀者，几人解此勾当？即一二价香窈玉，翻飞词翰间，仅作唐人伎俩，而步元音正不多见。故当时蓄音乐姬媵咸称为伎，伎也者，非止言工

① 刘士义：《狭邪、情欲与文人风骚——明代青楼文化与文学》，博士学位论文，南开大学，2013年，第176页。

② 此为明代名妓王微的《春夜留别》之中的诗句：“朝朝还夕夕，春与梦中看。月有痕知怨，花无言欲残。羁魂游处怯，醉影别时寒。一水何曾隔，其如去住难。”

艺，盖言能支人以情也。情不幻不灵，情不变不妙，今之居青楼者幻矣，慧业人偏置身焉，唇花意蒸从十指开出，奇巧新样，朵朵俱天上所有，色人间能闻？要非倡粉续法，那得演是郢调？涛然翁久集成轶，题之曰广青楼韵，令天下情痴习灵造妙，不止资冶音之艳，乃复雕文心之奇也夫。时崇補辛未朱明日，荐上挟马生方新子鼻甫漫书桐叶阴中。①

应该说，《青楼韵语》这种对“真”的追求与《名媛诗归》是如出一辙的。其强调的“情”字则将这种“真”进一步界定了范围，即宣扬诗学应对人本性之情感进行重视的诗学思想。而在日本的传统文化和审美观念中，对“真情”的追求与“物哀”是相辅相成的。本居宣长曾针对《源氏物语》指出：“一部物语，体现了物哀，表达了符合人世间真实的情感，它就是善的。……《源氏物语》不是以道德的目光来看待和描写男女主人公的恋情行为，而是借这个题材使人兴叹、使人感动、使人悲哀，即表现出了物哀。”② 佐藤春夫亦在其《风流论》一文中说道：“我相信能够感受出‘物哀’的诗人都是其灵魂真正觉醒了的人，是对世间美好情感感到爱的人……”③ 由此，我们不难看出《青楼韵语》与佐藤春夫在诗学追求上的一致性。其次，《青楼韵语》与《名媛诗归》一样是“性灵”学说的提倡者。其采撷的诗词同样都表现出了一种对“幽”“清”“淡”的追求。尤其是其甄选的一百八十名诗作者，几乎全部是各个

---

① ［明］方悟编著：《青楼韵语广集序》，明崇祯四年刊本，第76页。
② ［日］安田武：『日本の美学』，風濤社1970年版，第32頁。
③ ［日］佐藤春夫：『風流論』，『中央公論』1925年第4期，第45頁。

朝代的名妓，如薛涛、赵今燕、马月娇、王微等。而这些名妓本身着意表现出的“求孤”的状态也更加重了《青楼韵语》的这一特质。从这一角度来说，这部诗集与《名媛诗归》一样与佐藤春夫的审美要求是不谋而合的。

（三）《车尘集》与其他典籍

《古今名媛汇诗》和《古今女史》成书时间均早于《名媛诗归》。《古今名媛汇诗》是明清代收录女性诗歌作品最多的总集，共收录古至明377位女性诗作1705首。其中唐之前73人，唐117人，蜀10人，宋78人，辽2人，元37人，明54人，朝鲜女子6人。卷一为古歌136首，卷二至卷三为五言古诗122首，卷四至卷五为七言古诗93首，卷六为五言绝句163首，卷七至卷十二为七言绝句687首，卷十三至卷十四为五律152首，卷十五至卷十六为七律171首，卷十七为词76首，卷十八为回文图七幅，卷十九为赋24首，赞颂21首，卷二十尺牍53首。[①] 而《古今女史》则分为文集12卷，诗词8卷，共收入900余首诗词。就诗词卷而言，其体例与《古今名媛汇诗》几乎完全相同。尽管这两部诗集在诗歌收录方面与《名媛诗归》大同小异，但从其编纂宗旨来看，则与《名媛诗归》大相径庭。首先，这两部诗集都存在着“美刺”“风教”的功用。《古今名媛汇诗》朱之蕃序中云：“大则有关于理乱兴衰之数，小亦曲阐其深沉要眇之思；正则固足表其苍，筠劲柏之操，衺亦能写其风云月

---

① 王艳红：《明代女性作品总集研究》，硕士学位论文，上海师范大学，2006年，第18页。

露之致。奏之房中帐底，欢醼不隔千秋，纵同濮上桑间，鉴戒可垂百代。”①《古今女史》亦曰：“……女史自娥皇以降下及国朝淑媛名姝翩翩文采，若晧诏、若表疏、若诗赋、若书词，非以忠表愫则以节义，虑终即他技。如题，红写绿梼，素裁缃黄绢，青楼绿杨红线，文固铮铮，品亦姣丽……”② 不难看出，在彼时男性编刊者作为社会权势主导者的前提下，女性虽然开始被视为一个相对独立、具有才能学识的群体，但她们的才学依然要在所谓的“盖美恶自辨，则劝惩攸存；非惟可考皇猷，抑亦用裨阴教”这一范畴之中进行作为，方能传播。其次，这两部诗集最为重视的是女子的“才”和“色”。在《古今名媛汇诗》的《凡例》中，郑文昂就明确谈道：“集以‘汇’称者，谓汇集其诗也，但凭文辞之佳丽，不论德行之贞淫。稽之往古，迄于昭代，凡宫闺闾巷鬼怪神仙女冠倡妓婢妾之属，皆为平等，不定品格，不立高低，但以五七言古今体分为门类，因时代之后先为姓氏之次第。”③《古今女史》也将女子诗作视为“琢玉镂金，金剪霞裁，雪吐凤唾”之作。而《古今名媛汇诗》张正岳序中则大赞女诗人：“加以柔情弱骨，婉衷媚肠，即睹言笑动止之容，已具月露风云之态。粉白黛翠，摛藻绩于新妆；犀齿蛾眉，写烟花于巧倩。体裁不异，自觉轻盈；制服虽同，更加妩媚。”④ 除了上述序文，《古今名媛汇诗》和《古今女史》这种编纂特点还表现在编辑者对很多诗作的点评之中以及部分诗作的选择收录之上，也就是说，

① （明）郑文昂：《古今名媛汇诗·序》，泰昌元年张正岳刻本影印本。
② （明）赵世杰：《古今女史·序》，国家图书馆藏明崇祯元年戊辰刊本。
③ （明）郑文昂：《古今名媛汇诗·凡例》，泰昌元年张正岳刻本影印本。
④ （明）郑文昂：《古今名媛汇诗·序》，泰昌元年张正岳刻本影印本。

这一特点实际上是贯穿了两部诗集的整体。因此，尽管这两部诗集与《车尘集》的重合诗作与《名媛诗归》不相上下，但就其整体的编纂风格而言，则与佐藤春夫的文学思想和审美观有着较多不相符合之处。它们作为《车尘集》原典底本的可能性显然要低于《名媛诗归》和《青楼韵语》。

此外，我们对《原作者其事及其他》一文中记述的个人别集和其他文集也进行了查证。首先来看唐朝的鱼玄机。经查阅森鸥外的小说《鱼玄机》发现，其中所记述的鱼玄机的生平与《名媛诗归》中的介绍基本相似，而且提到了《鱼玄机诗集》。但该小说只引用了鱼玄机五首诗作，分别是《赋得江边柳》《游崇真观南楼，睹新及第题名处》《赠邻女》《寄飞卿》和《感怀寄人》，并未有《车尘集》中《秋思》一首。可见，《秋思》应该源于《名媛诗归》，而对鱼玄机的介绍则应该依据《名媛诗归》或森鸥外小说写成。

再来看宋朝的朱淑真，车尘集收录有她的《愁怀・其二》一首。而佐藤春夫在《原作者其事及其他》一文中对她是这样介绍的："……朱淑真，11 世纪初期人，宋朝。海宁人。自幼失去父母，未能觅得良人。她嫁给了一个市井小民，她经常叹息自己的丈夫是个无知凡庸之人，借咏诗排解心中的忧闷。她的诗词集被称为《断肠集》，有前集十一卷和后集七卷，其中屡屡出现难以压抑心中不满的作品，有一些要说风雅都显得过于激越。据说，她的诗稿在她死后被丈夫的父母焚毁，剩下了一部分，被可怜她颜色如花命如秋叶的好事者编成诗词集。也有人说她是朱文公的侄女，但朱子是新安人，没听说他有兄弟姐妹在海宁，所以可能是后人为了粉饰她而捏造的假说。总之她的生平不明。……”① 查证4部诗集，《愁怀·其二》均没有收录，但《古今名媛汇诗》《名媛诗归》《古今女史》却收录了朱淑真其他大量的诗作，分别为187首、179首和175首。而3部诗集对其生平介绍也完全相同，云：“浙人也。文章幽艳，才色清丽，实闺门之罕有。因匹偶非伦，勿遂志，赋《断肠集》十卷自解不乐之恨。临安王唐佐为传以述其始末，吴中士大夫集其诗二百余篇，宛陵魏仲恭为之序。”② 将这一介绍与佐藤春夫的相比较，可以看出很多内容都没有出现，可见这3部诗集均不是《原作者其事和其他》的底本。而由此反观《断肠集》，这部别集收录有朱淑真诗作337首，词33首，是由宋代宛陵文人魏仲恭（端礼）在众多爱好朱淑真诗词之文士的协助下于淳熙九年整理编纂而成，最初只有十卷，未几钱唐郑元佐为《断肠集》作注并整理出更多的诗作增辑了后集七卷（一本把第七卷厘为两卷，作八卷），朱淑真的《愁怀·其二》则收录在《断肠集》前集的第九卷。③ 此外，在这部诗集前，录有魏仲恭撰写的《序》，其中有对朱淑真生平的详细介绍：“……（朱淑真），浙人也，早岁不幸，父母失审，不能择伉俪，乃嫁为市井民家妻。一生抑郁不得志，故诗中多有忧愁怨恨之语。每临风对月，触目伤怀，皆寓于诗以写其胸中不平之气，竟无知音，险随抱恨而终。一其死也，不能葬骨于地下，如青家之可弟，并其诗为父

① ［日］佐藤春夫：『車塵集ほるとがる文·原作者の事その他』，講談社1994年版，第67—68頁。

② （明）钟惺：《名媛诗归》卷十九，河涧堂修补本。（明）郑文昂：《古今名媛汇诗》《古今名媛姓氏字里详节第四十六页》，泰昌元年张正岳刻本影印本。赵世杰：《古今女史》《新刻古今女史姓氏字里详节第四十一页》，明崇祯元年戊辰刊本。

③ 郑治国：《论魏仲恭序而不纂〈断肠诗集〉》，《中国韵文学刊》2009年第3期，第110—111页。

母一火焚之，今所传者，百不一存，是重不幸，呜呼，冤哉。”显然，这一介绍和佐藤春夫记述的基本吻合。由此也可以推断，朱淑真的《愁怀·其二》可能确出自朱淑真的个人诗集《断肠集》。

余下便是4位明朝诗人，我们首先来看纪映淮。同朱淑真诗作相同，纪映淮的《绝句》也未在4部待选诗集中得到查证。但《原作者其事及其他》对她做了如下介绍：“纪映淮，明朝，年代不明。字阿男，金陵人。嫁给莒州杜氏，很快变成寡妇，守寡而终。《渔洋诗话》中称赞其‘栖鸦流水点秋光’为佳句。”吉川发辉指出：“虽然《名媛诗归》中没有提到纪映淮名字，但幸好《明诗综》与《明词综》两部书中记录了她的名字。《明诗综》只收录了两首纪映淮的诗，春夫所译便是其中一首。但是，这首诗他却没有以《明诗综》为底本。《明诗综》起句的最后一字‘邨（村）’，《车尘集》却为‘村’，而在原作者的后言中，提到了《渔洋诗话》，由此推测可能是以《渔洋诗话》为底本的。”① 但小林徹行则对吉川的这一推论进行了否定：“……现阶段我认为《绝句》的出典应是与《静志居诗话》同一编者的朱彝尊编纂的《明诗综》，因为《车尘集》附录解说与其记述大致相同，从这一点来说，可以将其看作是原典。吉川氏认为《绝句》的原典是《渔洋诗话》，实际上《渔洋诗话》中并没有这首诗。”② 尽管二人意见相左，但其结论均未离开《明诗综》和《渔洋诗话》这两部典籍。《明诗综》是由明代朱彝尊辑录的大

① ［日］吉川発輝：「佐藤春夫の『車塵集』——中国歴代名媛詩の比較研究（序）」，新典社1989年版，第192頁。

② ［日］小林徹行：「『車塵集』原典考——訳詩集創作の意図」，東洋文化1995年版，第3頁。

型诗歌总集，收录有自明洪武至明崇祯年间历朝诗人以及明亡后遗民及殉节大臣共3500首作品，其中卷86为闺阁秀诗卷，载有纪映淮的《绝句》和《秦淮柳枝》两首诗歌。该总集于江户时期流入日本，在日本流传甚广。仅就这一点而言，两位学者选择《明诗综》进行考据是有一定道理的。但这部诗集收录的女性诗人作品极其有限，其中与《车尘集》有关的除了纪映淮，只有赵今燕、景翩翩、端淑清、马月娇、周文、王微、俞汝州妻共八位诗人的14首诗歌。

《渔洋诗话》为我国清初著名文学家王士祯所著，分上、中、下3卷，共计282条诗话，达40000余言。《清诗话》本《渔洋诗话》有俞兆晟序与自序，竹西书屋本与上海会文堂本另有黄叔琳序。此书为王士祯晚年所作，大都记述其生平经历及与其兄弟朋友论诗谐谈之语。[①] 王士祯与纪映淮之兄纪映钟是非常要好的文友，《王渔洋事迹征略》载："顺治十八年辛丑（1661）三月，王渔洋访诗人纪映钟，有诗赠之。"[②] 王士祯也因而与纪映淮相识，并对纪映淮所作诗歌表示赞赏。其曾以"十里秦淮水蔚蓝，板桥斜日柳毿毿。栖鸦流水空萧瑟，不见题诗纪阿男"一诗应和纪映淮的《秦淮柳枝》。在《渔洋诗话》里，他更如是说："……阿男名映淮，诗人伯紫映撞之妹也。幼有诗云'栖鸦流水点秋光'。甚佳。后适营州杜氏，以节闻。伯紫与余书云'公诗即史，乃以青灯白发之嫠妇，与莫愁、桃叶同列，后人其谓之何?'余谢之。后入为仪郎，乃力主复疏，旅其

① 程玲：《〈渔洋诗话〉神韵诗学研究》，硕士学位论文，广西民族大学，2014年，第2—3页。

② （明）王士祯：《池北偶谈》卷18，《王士祯全集》，齐鲁书社2007年版，第3275页。

间，笑曰：‘聊以忏悔少年绮语之过。’”① 如此看来，佐藤春夫可能确实读过《渔洋诗话》一书。而考证《渔洋诗话》的版本亦可以发现，流布比较广泛的是民国元年由扫叶山房出版的石印本上下卷，全一册。由此便可推断，该书也极有可能是与《青楼韵语》一同被佐藤春夫购得，进而了解到了纪映淮及其作品。然而，《渔洋诗话》中没有漫谈《绝句》一首，更没有提及《明诗综》，由《渔洋诗话》到《明诗综》显然不太可能。因此，小林彻行所说的佐藤春夫从《明诗综》中选择《绝句》这一结论需要存疑。而由此在反观吉川发辉提到的“郫”“村”之偏误，更加印证了《明诗综》不是该诗原典底本的可能性。

据考，纪映淮亦留有一部个人诗集《真冷堂词》，但经查证，该诗集未能传世，只余不足10首诗作得以在后世流传，其中最为著名的即《绝句》和《秦淮柳枝》。查证明代女性诗歌总集几乎都未曾收入她的诗作，而在清代《名媛诗炜初编》（王淑端）、《众香词》（徐淑敏等）以及《撷芳集》（汪启淑）3部女性诗歌总集中却均收录了其诗作。其中《绝句》一首仅被《众香词》收录，且起句为“杏花一孤村”，与《车尘集》所收录的诗歌并无二致，另外，《众香词》对纪映淮的介绍亦与《车尘集》附录所述大致相似。如此看来，《绝句》很可能是佐藤春夫因《渔洋诗话》转而在《众香词》中寻觅其诗作而得。至于佐藤春夫因何选择《渔洋诗话》等清代诗文集，可能有以下几个原因：第一，王士祯是清初诗坛的一代盟主，其声名早已远播海外，尤其是其所撰《渔洋诗话》《池北偶谈》在

① （明）王士祯：《清诗话·渔洋诗话》，上海古籍出版社1978年版，第78页。

日本都是极受欢迎的诗话典籍。因此，佐藤春夫可以很方便地获得这些典籍。第二，王士祯的文风承继了明代诸多诗学派别的精华，摒弃论文中国儒家所言之中庸，取温柔敦厚之长，而另辟蹊径，追求“远”“淡”“真”之意境。[①] 他所创立的“神韵派”诗学思想的核心宗旨即是追求“镜花水月”般的朦胧意境。正如司空图在其《二十四诗品》中所说：“昔司空表圣作《诗品》凡二十四。有谓冲淡者曰‘遇之匪深，即之愈稀’；有谓自然者曰‘俯拾即是，不取诸邻’；有谓清奇者曰‘神出古异，淡不可收’。是三者，品之最上。”[②] 更为直白地讲，就是推崇自然之美。而崇尚“自然”同样是日本传统文化的一个根基，尤其是描绘自然中转瞬即逝之美更是日本审美至于文化的要素，而这种迅疾的美、悄然的美显然与王士祯追求的“淡”“空”之景物与心灵的碰撞产生的刹那间的美有着异曲同工之妙。王士祯极为推崇“王孟韦柳”的诗学境界。王便是王维，韦则是指韦应物，他们也是佐藤春夫最为喜爱的中国诗人，他曾说“西洋诗人对自然的观察只是一种拟人的观察。希腊神话亦认为自然之所以美是因为有女神宁芙才显得美。……这跟我们东洋人的诗感相去甚远。东洋的诗歌看上去既无任何主观亦无哲学，但吟咏自然却能成为诗中上品。中国诗歌又何尝不是如此呢？像王维和韦应物那样的纯粹自然诗歌可谓数不胜数”[③]。这或许是佐藤春夫与《渔洋诗话》结缘的主要原因。第三，《众香

---

① （明）王士祯：《清诗话·师友诗传续录》，上海古籍出版社 1978 年版，第 137 页。

② （唐）司空图：《司空表圣文集》卷 3，上海古籍出版社 1994 年版，第 42 页。

③ ［日］佐藤春夫：『定本佐藤春夫全集』（第 19 巻），臨川書店 1998 年版，第 371 頁。

词》成书于康熙年间，收录了382人，1493首诗词。虽于卷首注明为徐淑敏、钱岳二人编辑，但实际上参与编纂的文人众多，王士祯便是当时最为主要的编纂人员之一，如果以这一点考量，那么，佐藤春夫在与《渔洋诗话》产生共鸣，爱屋及乌地在《众香词》中寻觅纪映淮诗作也就可以得到一个合理的解释了。

自此，《原作者其事及其他》一文中尚没有查证的个人别集还有景翩翩的《散花吟》，赵今燕的《青楼集》、王微的《期山草》和《樾馆诗》、郑允端的《肃庸集》（沈满愿之条目应该出自佐藤春夫提到的《唐书艺文志》，在此不做累牍）。经查证，这几部个人诗集全部出现的有两部典籍，一是《四库全书总目提要》，二是清代名仕王士禄[①]撰写的《宫阁氏籍艺文考略》。其中介绍内容大致相同：(1) 郑允端介绍："郑允端字正淑，吴人。嫁同郡施伯仁能诗文，娴内则，年三十而卒。宗族私谥越贞懿，至正间人，所著《肃庸集》。"（2）赵今燕介绍："彩姬，字今燕，金陵妓。露当曰：'今燕年老，居琵琶巷口，常闭门，时人号之闭门赵。常教授女流，著有《青楼集》一卷。'"（3）王微介绍："王微，字修微，小字王冠，号草衣道人广陵妓。先归茅元仪，后归许都谏誉卿。所著有《远游篇》《宛在篇》《期山草》《樾馆诗》……"（4）景翩翩介绍："翩翩，字三昧，建昌妓。夫受他人诬陷，竟自刎。有《散花吟》一卷。"而《原作者其事及其他》则分别为：（1）郑允端："十二三世纪，吴中施伯仁之妻，其著称之为《肃庸集》，今已不传。"（2）赵今

① 王士禄（1626—1673），字子底，一字伯受，号西樵，王士祯之兄，是清代大型女性诗歌总集《燃脂集》的编辑者。

燕：“十六世纪中叶，明朝万历年间人。名彩姬，吴人，秦淮名妓。据闻其才色闻名一代，常感怀风尘，不好卖笑，而喜读书，曾著《青楼集》。”（3）王微：“明朝人。字修微，扬州妓女。曾两度成为士族的妻子，但是两段婚姻都没有持续下去。皈禅，号草衣道人。有《期山草》《樾馆诗集》传世。”（4）景翩翩：“16世纪中叶明朝人，建昌妓女，字三昧，四川人氏。说她是闽人的好像误传。后嫁与丁长发为妻，有人诬陷丁并告到了官府，这时景自缢身亡。其诗集名字为散花吟。”由此可以推断，佐藤春夫对这些个人别集的介绍极有可能源于《四库全书总目提要》或者是《宫阁氏籍艺文考略》。需要注意的是，《宫阁氏籍艺文考略》的作者王士禄为王士祯之兄，如果考虑这一点，后者显然要比前者更具有作为底本的可能。另外，值得一提的是，在《宫阁氏籍艺文考略》中，我们还查到了《原作者其事及其他》中没有得到查证的三条介绍。首先来看佐藤春夫对马月娇（守真）的介绍：“与赵今燕同时代，同为香名远扬的秦淮名妓。名守贞，虽然容貌不是绝顶的美，但性格风流，有豪爽之气。又字湘兰，善画兰花，并得一家之风。据说其香名更是远传海外，暹罗国使节来朝时得其画扇而归。”在《宫阁氏籍艺文考略》马守真条目下则有如下介绍：“字月娇，号湘兰子，金陵人也。性放诞风流、豪放，尝挥金以少年。善画兰。暹罗国使者趋之获之（下略）。”两段介绍极为相似，可见《原作者其事及其他》中对马月娇的介绍也应该出自这部考略。另外，该考略中有对唐妓史凤的记载，但没有与赵莺莺诗作的对比，因此，《原作者其事及其他》中的这一对比应该是佐藤春夫自己进行的。关于子夜，考略则记载有李白《子夜诗》可能对其有所借鉴。最后，在这部考略中，我们还查证到了对俞汝州妻的朝鲜女子身份的介绍。而这些类似于逸话的内容在《四库全书总目提要》并没有记述。因此，就整体而言，《宫闺氏籍艺文考略》作为《车尘集》附录《原作者其事及其他》的原典底本之一可能性较大。

至此，《车尘集》尚余一首登载于序文之中的诗作节选《楚小志》，查该诗作只在《佩文韵府》卷九十五《香骨》中有所记载，这一结论与小林徹行的研究保持一致。

五　小结

综上所述，本次考证对包括《名媛诗归》《古今名媛汇诗》《古今女史》《青楼韵语》《断肠集》《名媛诗炜初编》《众香词》《撷芳集》《明诗综》《乐府诗集》十部诗歌总集（其中最后两部非女性诗歌总集）和《渔洋诗话》《宫闺氏籍艺文考略》《鱼玄机》《唐书艺文志》等典籍进行了不同程度的考证，主要考据的是《车尘集》收录诗歌与这些典籍的重合数量以及相似的作者评介条目的数量。考据结果显示，《车尘集》诗文正文的原典底本应为明代女性诗歌总集《名媛诗归》《青楼韵语》《众香词》以及个人诗集《断肠集》；附录则主要借鉴了《名媛诗归》《青楼韵语》《断肠集》《渔洋诗话》《鱼玄机》《唐书艺文志》和《宫闺氏籍艺文考略》七部典籍（见表3－2）。

表3－2 《车尘集》原典底本考据结果

原典底本	诗歌正文目录	数量
《名媛诗归》	《子夜》(一)、(二)、(八)、(十)、(十一)、(十九)、(二十六);《阳春歌·其二》;《夷陵歌·其二》;《春望词·其二》;《春望词·其三》;《悼亡诗》;《金缕衣》;《沙上鹭》;《池上竹》;《水栏》;《叹水曲》;《酥乳》;《采莲》;《啰唝曲》;《秋思》;《秋泉》;《咏残灯》;《寄外》;《贫女吟》;《夜月》;《咏蝶》;《感怀》;《清溪小姑歌》;《咏骰子》;《咏怀》;《送兄》;《怨辞·其一》	33首
《青楼韵语》	《夜坐作寄友》(上)、(下);《醉罢》;《自调》;《有怀》;《子夜夏歌》;《赠汗巾》;《三月即事》;《闺情·其三》;《临镜》;《暮春江上送别》;《送别》;《初冬有寄》;《咏怀》(周文)	14首
《断肠集》	《愁怀·其二》	1首
《众香词》	《绝句》(即景)	1首
《佩文韵府》	《楚小志》	1首
原典	附录《原作者其事及其他》	
《名媛诗归》	杜秋娘、薛涛、孟珠、夷陵女子、黄氏女、贾蓬莱、端淑清、王氏女、刘采春、七岁女子、清溪小姑、丁渥妻、张文姬	13位
《青楼韵语》	李筠、吕楚卿、周文、李锁、温婉、陈真素	6位
《断肠集》	朱淑清	1位
《宫闺氏籍艺文考略》	郑允端、赵今燕、俞汝州妻、马月桥、王微、景翩翩、子夜、赵莺莺	8位

续 表

原典底本	诗歌正文目录	数量
《唐书艺文志》	沈满愿	1位
《渔洋诗话》/《众香词》	纪映淮	1位
《鱼玄机》/《名媛诗归》	鱼玄机	1位

尽管本书这一结论是基于多方面论证而得出，但笔者认为在没有编译者自己明确确认的前提下，无论如何，考据结果都无法脱离“推测”的范畴。但是，在这次考据结果中所体现出的佐藤春夫回归日本传统文化和审美的诗学思想则是毋庸置疑的。这一点可以说很好地体现出了佐藤春夫编纂《车尘集》的核心宗旨，即以大和民族之文化精神来承继中国的古典文化。

第四章 《车尘集》正文编选研究

广义地讲，翻译活动并不仅仅是指两种语言之间（语际）转换的实践过程，还包括一切与之有关的活动，其中，对源语文本的编选就是翻译实践过程中重要的一个环节。研究某部译作的编选特色，既包含了对译者采用的编辑体例的探讨，也涵盖了对译者编辑旨趣的阐发。文化翻译理论认为，译者在翻译实践过程中具有主体性。所谓“主体性”通常指主体在对象性活动中本质力量的外化，能动地改造客体、影响客体、控制客体，使客体为主体服务的特性。[①] 具体到翻译活动中，其内涵是指主体自身文化价值观、审美倾向以及为实现对象性活动结果的主观能动性。而基于主体性的翻译活动，则是指译者通过主动性的、目标性的、选择性的调动自身文化价值观以及审美倾向实施所有的翻译行为，并最终产生译文。实践证明，译者的文化观、审美观等意识形态在翻译实践过程中往往可以成为建构译者、原作者、源语文本、译语文本、读者等之间发生交际、产生共鸣的“文化场”。对源语文本的组织、编选则是这一“文化

① 王玉樑：《论主体性的基本内涵和特点》，《天府新论》1995 年第 6 期，第 34 页。

场”启动的开始。有论者认为，译者对源语文本各种要素的甄选以及编排，可以看作是其以自身对特定文化语境的选择性适应开展的对各种符号的协调过程，其目的就是建构起源语文本与译语文本互文关系①的一种可能，决定着最终翻译结果的优劣。从这一角度来说，探析译者对源语文本各种要素的编选和组织无疑是理解其文化观、审美观等文学思想的重要切口，在文化翻译研究中具有极大的价值。

一　基于“女性崇拜”文化意识的编选观

（一）日本的“女性崇拜”文化意识

女性，在日本国一直处于一个非常特殊的地位：从表象看，她们从属于男性，是这个标准男权社会典型的附属品。但事实上她们“敏感”“善变”“喜好精致”“崇尚行动甚于崇尚思辨”等特征却又潜移默化地影响着日本男性的精神世界，组构了他们的一切社会文化行为。因此，从性别文化学角度来说，女性才是日本文化真正的

---

① 互文性（intertextuality）是20世纪60年代由朱丽娅·克里斯蒂娃（Julia Kristeva）提出的。她认为，互文性就是一篇文本中交叉出现的其他文本的表述，即每一个文本都同其他文本相互指涉，都是对其他文本的重新改造，互文性强调的是文本与文本间的相互指涉、感应、接触、渗透、转移等作用，它关注文本的非确定性和非中心性，体现了语言和文本以及整个文化体系之间的关联性和综合性。

支配者和主导者。[①] 据考，日本的这一根深蒂固的文化意识形态的发端可以追溯至日本的原始社会时期。4—5 世纪，彼时日本民族在大陆文化的强烈辐射下得以诞生。同其他许多民族一样，日本民族也高度崇奉能够为人类提供永恒保护，可以重塑生命力的太阳，将其奉为太阳天神。但是，日本民族认为主宰天神世界，具有至高无上地位的太阳天神是一位名副其实的独立女性神——天照大神，这同其他民族神话中作为男神配偶、从属、陪衬而存在的女神之地位是完全不同的。而形成日本民族这一认知的主要原因就在于他们认为女性是一切生命的源头，具有天生的自然权威性，当女性与永恒的太阳结合，生命就将得到永存。于是乎，女性天照大神自然而然地成了古代日本民族尊崇和崇拜的首位神。日本古代典籍《神皇正统记》中就曾记载："大日本神国也。天祖始肇国基，日神永传皇统。……我国系神国，万事皆由天照大神安排。"[②] 应该说，天照大神是始于初民非理性幻想的产物，但实际上，她很快便成了日本原始宗教特定的支撑根基，具有了在人间的代言人，即萨满教[③]和稻作文化的女巫，神话造就的膜拜偶像亦由此逐渐演化为宗教崇拜的神灵，促进了原始集体主义的形成，进而建构起了时间跨度极长的母权统治社会，被称为日本"女帝的世纪"。然而，正如董波在其《女性崇拜及其嬗变——日本古代史的一条根本线索》一文中所指出

---

① 董波：《女性崇拜及其嬗变——日本古代史的一条根本线索》，《世界民族》2011 年第 4 期，第 79 页。

② 叶舒宪、李继凯：《太阳女神的沉浮——日本文学中的女性原型》，陕西人民教育出版社 1992 年版，第 3 页。

③ 萨满教是一种以"巫"为本的宗教，而巫以女性居多。在汉语中，"巫"的本义即女巫，男巫称"觋"。另 7 世纪之前，中国史籍中称日本为"倭"。

的："女性作为神，法力无边；但作为人（母权社会统治者），却有柔弱的一面，需要男性的保护，于是群雄并起，争夺'保护者'的角色。"① 因此，这种源自宗教文化崇拜的母性政权最终还是以男权社会的建立而告终结。但是这种终结只是剥夺了女性手中掌握的权力，却无法湮灭自远古以来即以固化了的女性在精神层面的权威，女性崇拜依然牢牢占据着日本文化的主导地位。尤其是进入平安时期后，女性的这种文化权威态势更加明朗化。首先是"女手"② 的社会化使"女文字"平假名开始成为日本的公用文字，其次是女性文学大量出现，例如《源氏物语》《枕草子》《蜻蛉日记》《更级日记》等。尤其是由女官紫式部写就的《源氏物语》通过对女性悲剧命运和源氏这一男主人公对女性的崇拜、迷恋和认同的描述，不仅明确体现出对"女性崇拜"这一文化意识的推崇，还凭借佛教的思辨力表达了一种源于日本原始女巫传统的宗教性文化内涵，即心灵与外在之物在情感之上的共振以及所有人事最终都将面临虚幻无常、万事皆空的结果。

18 世纪后，《源氏物语》这种明显的与汉文化"文以载道"相悖的文学"慰藉"功用得到了宣扬日本文化独立的"国学"大师本居宣长（1730—1801）的青睐，进而从中提炼出了日本第一个正式的美学概念"物哀"。由此可以确定，在"物哀"这一审美概念源发的过程中，女性崇拜作为文化意识是其根本的、核心的主导线索。

① 董波：《女性崇拜及其嬗变——日本古代史的一条根本线索》，《世界民族》2011 年第 4 期，第 80 页。

② 日本平安时期，女性文学大量出现，贵族女性用万叶假名来书写和歌、日记、物语等文学作品。其书法流利自如，具有独特的风格，被称为"女手"。

而从这一层面去理解“物哀”，那么其所刻意追求的所谓感物而哀，从自然人性出发，不受道德、权力约束，对万物包容、理解、同情，尤其是对思恋、哀怨、寂寞、忧愁、悲伤等心理情绪要有充分的共感力就不难理解了，因为这一切都是基于女性细腻思维的感兴，是女性特有的文化心理和行为的全面观照。换言之，“物哀”之于女性崇拜，是宗教文化主导下的某种审美意识的觉醒。也正由于此，自古至今，女性在日本男性的文学书写范式内的审美符号价值一直是非常清晰的，即从始至终女性都被视为一个表现“物哀之美”的具象。这也是日本男性文学家们的作品总是非常明确地出现讴歌、赞美女性或者直接表达出女性化韵味和倾向的真正原因所在，正像日本著名作家川端康成所说的“女人比男人美应该是我国文学永恒的基本主题”①。关于佐藤春夫翻译《车尘集》的缘由，有论者认为这是他痴迷中国古典文化的一种使然，也有学者称这是他对千代爱恋的写照。但我们认为，同川端康成等日本作家一样，佐藤春夫的文化思想中亦有着根深蒂固的“女性崇拜观”，而《车尘集》正是他这种文化意识与其所执念的“物哀”文化审美理念相互结合的一个产物。

（二）“女性崇拜”打造的《车尘集》作者群像

《车尘集》是一部女性诗歌译集。关于选择女性诗人的作品的原因，佐藤春夫曾做出过如下的解释：“因吃过选择名著的苦

① 转引自谢建明《川端康成：女性美和爱的旋律》，《人大复印资料·外国文学研究》1992年第9期，第14页。

头，因此才选择那些不会被原作过度困扰、诗情简单的巾帼须眉者之作……”① 如此之说，无疑是在宣示其以诗为主的编选原则。然而如果我们将视线集中于《车尘集》的这些诗作者身上却能发现，事实并非如佐藤春夫所述，实际上这些女性诗人无一不是经过了精心的甄选方才与《车尘集》牵手。

《车尘集》源语篇共计涉及了32位女性作者。这些女子虽然出身不一，但绝大多数都具有一个共同的特征，即貌美才高，却命运多舛、结局潦倒。例如《春望词》的作者薛涛，幼年为官宦之女，生得眉清目秀，聪慧异常。然其父死后，为生活所迫，年仅16岁即沦为歌妓和清客，虽频频出入官府，与元稹、韦皋等著名男性诗人多有往来，却一生未嫁，孤老终生。再如宋代诗人朱淑真，美貌如花，才学罕有，因双亲尽失，被迫下嫁市井之夫，苦熬岁月，最终抑郁而亡。还有唐代诗人鱼玄机，其姿色倾国，天性聪颖，却在18岁做了补阙李亿之妾，后不容于李妻，被送入道观，最终被京兆尹温璋以打死婢女之罪处死。此外，还有风华之年自杀身亡的明代名妓景翩翩，刚刚步入良缘便戕死于匪患的贾蓬莱，一生追逐爱情而不得的马月娇，婚姻失意流浪江湖的王微，少年富贵年老却陷入贫困境遇的杜秋娘，青年守寡毁容度日的纪映淮，等等。总之，在《车尘集》作者群中，如这般身世令人嗟叹的女子可谓比比皆是。她们在表面上都呈现出美丽、风雅和高傲，但其内心却都蕴藏着无以名状的悲伤，带着深沉而纤细的悲哀性格，交织着女性对自己悲苦

① ［日］佐藤春夫：「唐物因緣」，『定本佐藤春夫全集』（第22卷），臨川書店1999年版，第181頁。

境遇的哀怨。可以说，“颜色如花，命如秋叶”是《车尘集》作者群体最为显著的一个共有特征，而这一特征显然是其入选《车尘集》的重要原因之一 。

在《女性与崇高美》一文中，佐藤春夫对于女性之美曾提出过自己的见解，他说：“如果人能从其他人类中看出崇高美，那么他生活在这世上应该是很幸福的。换句话说，这和在眼前看到了神是同样的道理。特别是作为男性，如果有人能从妇人当中看到崇高美，那他实在是令人艳羡的……”“我从现在的人和男人当中没有看出过崇高美，相反，却能从妇人当中看出可怜美。从某种程度来说这是可以看作与崇高美相反的美。当她们散发着母性的光辉时，就能看到这种美。当看到这个可怜美发挥到极致时，我觉得也许就能感觉到崇高美。”① 在这段论述中，佐藤春夫对女性美的特征进行了界定，即“可怜”。同时，他还将其赋予了一种源自西方的参照物，即“崇高美”。针对他的这一观点，我们首先需要厘清什么是“可怜美”和“崇高美”。首先来看“可怜美”。谈及这一概念，需要首先追溯至日本的中世纪时期。彼时日本和歌文论的独立意识正在兴起，为有别于汉诗，壬生忠岑在其《和歌体十种》一书中，开始尝试以“词”与“义”（即“心”）为依据，从审美角度对和歌种类加以划分和界定，并使用了“幽玄”“余情”等日本独特的概念。之后，藤原公任（966—1041）在其《新撰髓脑》《和歌九品》两书中进一步阐述了“词”与“义”的范畴。他认为“心”就是作者内在的思

① ［日］佐藤春夫：「女性と崇高美」，『定本佐藤春夫全集』（第 34 卷），臨川書店 1999 年版，第 310 頁。

想感情，“词”就是具体的遣词造句、语言表现，“姿”，即壬生忠岑强调的“体”就是心词结合后和歌总体的美感特征。他指出：“和歌须要‘心’深、‘姿’清”，“‘心’与‘姿’二者兼顾不易，不能兼顾时，应以‘心’为要；假若‘心’不能‘深’，亦须有‘姿’之美”①。此后这一观点成了“幽玄”所倡导的“姿幽玄”，并在江户时期进一步被俳谐论开创者松尾芭蕉（1644—1694）借鉴并引申，成为其美学理论“寂”论中的“寂之姿”。松尾芭蕉认为，和歌的最高境界就是“寂”，而“寂”的外在表现状态就是“しおり”，也即所谓的“枝折之美”“细柔之美”，其意是将犹如弯折枝条那样的柔软、曲折，蔫萎、可怜、可哀视为“美”。② 由此反观佐藤春夫所强调的女性美的“可怜”之特质，显然是同松尾芭蕉“寂论”范畴内的“枝折之美”是相互对应的。也就是说，这种“可怜美”是一种可以诠释“物哀”审美本质的美，也即“悲哀与美相通”。

再看佐藤春夫谈及的第二种美：崇高美。作为欧洲美学范畴内的概念，其基本内涵是指人对有限和无限的体悟和超越，因此，崇高可以说是审美意识的最高级形态，是一种“无限美”。它的产生一方面直接和人的心灵意义联系在一起。康德说：“真正的崇高不能含在任何感性的形式里，而只涉及理性的观念……崇高也不存在于自然的事物里，而只能在我们的观念里去寻找。”③ 当我们面对艺术或自然、事物时的一种瞬间的感悟，心灵通向存在，崇高亦即生成。

---

① 王向远：《日本古代文论的千年流变与五大论题》，《北京师范大学学报》（社会科学版）2014 年第 4 期，第 116 页。

② 王向远：《论“寂”之美——日本古典文艺美学关键词“寂”的内涵与构造》，《清华大学学报》2012 年第 2 期，第 74 页。

③ 姚君喜：《崇高美的当代阐释》，《兰州商学院学报》2002 年第 5 期，第 15—21 页。

另一方面崇高的产生还和人面对虚无时的命运感紧密相关，正是在对命运和虚无的体悟中，艺术呈现出来的是人的有限和无限的对立，崇高则是这种对立的超越。基于这一观点，席勒指出："崇高美实际上彰显的是一种道德的人格审美意蕴，是生发于悲情中、雄壮中的带有悲壮色彩的美感。"① 就此而言，"崇高美"所推崇的"心灵论"与日本的"物哀"之美所崇尚的"感兴论"有异曲同工之妙，二者都是源自内心情感所生发的审美。但"崇高美"的无限性较"物哀"之美更为高尚、广袤。佐藤春夫能将这一被誉为最高级别的审美范畴与女性的"可怜美"相提并论，并由衷地赞美二者在审美境界上的并驾齐驱和无分高低，可见这一女性之美在其心中的位置之高。可以说，在他的视域中，女性一旦具有了"可怜美"，她便如同天照大神一般具有了至高无上的"母性的光辉"，同时也就拥有了可以使人内心生发出悲哀、怜悯、同情、爱怜、感动等情绪的力量，令"物哀"精神由此得到深刻的体味。因此，这种美实际上是一种与崇高的"无限美"意义等同的"极致美"。由此我们也就不难体会到，佐藤春夫将视线聚焦于一众身世可怜的中国女性诗人身上的深刻用意了，因为女诗人娇柔的美貌、可悲的身世、无常的命运共同构成了佐藤春夫所追寻的"可怜美""极致美"，而靠近她们的作品显然可以与这种美共舞，从而在其中完成对自身"女性崇拜"文化意识和"物哀"审美倾向的确认，实现由这种意识和倾向主导的中国女性作者与日本文学审美范畴之间的互文。

---

① 参见张宏梁《论"崇高美"的质的规定性》，《云南社会科学》1997 年第 6 期，第 89 页。

（三）“女性崇拜”引导的源语文本甄选

佐藤春夫为《车尘集》正文甄选了48首中国古典诗歌。这些诗歌多数为抒情诗，少数为风景诗，每一首都词义清丽、意蕴悠远、音律优美，给人以无限的美感。如果从日本传统美学角度去审视这些特质，会发现可以用一个经典的日本美学概念界定它们，即“幽玄之美”。“幽玄”一词源于中国，但基本上只应用于宗教哲学领域，极少时候会作为形容词出现于诗文之中。但这一生僻的词汇在引入日本后，其词语自身及其内涵却逐渐发展成一个被广泛使用的、独特的文学概念和美学范畴。10世纪初期，由纪贯之编纂的《古今和歌集》第一次使用“幽玄”这一词汇。此后，各种歌论不断地以“幽玄”一词对和歌的深度模式做出描述。在这一过程中，“幽玄”既可以表示创作主体，称为“心幽玄”，也可以指代作品本身，称为“词幽玄”，还可以指代心与词结合后形成的艺术风貌或风格，表现“姿”或“风姿”，称为“姿幽玄”，因此，“幽玄”逐渐演变成了一个固定的、具有最高统驭性的歌学概念。[①] 平安时期后期，随着日本佛教日渐强盛及其对和歌歌学的支撑，本就出自宗教哲学的“幽玄”一词亦便具有了不可泯灭的宗教“神圣性”，而这也使其成了“脱俗”“雅化”的象征，从而奠定了日本平安时期文学贵族化的基础，由此也形成了以宫廷贵族的审美趣味为主导的审美思潮——“物哀”。从这一角度说，“幽玄”是“物哀”得以形成的基础，二者可谓是一脉

① 周建萍：《“幽玄”范畴的审美阐释》，《徐州师范大学学报》（哲学社会科学版）2005年第4期，第52—53页。

相承，我国学者王向远教授指出："如果说'物哀'是理解日本文学与文化的一把钥匙，那么'幽玄'则是通往日本文学文化堂奥的必由之门。"① 在他看来，"幽玄"是高贵、脱俗、典雅的代名词，但实际上"幽玄"所代表的就是一种美的形态，是一种基于形式而又飘逸出形式之外的美感趣味。它是日本平安时期贵族文人阶层所崇尚的那种优美、含蓄、委婉、间接、朦胧、幽雅、幽深、幽暗、神秘、冷寂、空灵、深远、超现实、"余情"等审美趣味的高度概括。正如世阿弥所说："唯有美与优雅之态，才是'幽玄'之本体。"②

反观《车尘集》所收录的诗歌，主要是在两个方面表现出了这种"幽玄之美"的意蕴。首先是体现了"幽玄"所特有的寂静和寂寥之感。也就是说，这些诗歌都有着一种类似于鸭长明所说的"面对无声、无色的秋天夕暮，会有一种不由自主潸然泪下之感"的意蕴。更会使读者在阅读之时产生与品味和歌"芦苇茅屋中，晚秋听阵雨，倍感寂寥"时相同的心境。以下看几个具体的诗例：

三月即事

三月春无味，杨花惹晓风。

莫行流水岸，片片是残红。

春通常被视为拥有着万物复苏、欣欣向荣的景象，但在景翩翩的这首意蕴"伤春"的诗歌中，来自春花、春水的喧嚣被消弭，只

---

① 王向远：《释"幽玄"——对日本古典文艺美学中的一个关键概念的解析》，《广东社会科学》2011 年第 6 期，第 149 页。

② 叶渭渠：《物哀与幽玄——日本人的美意识》，广西师范大学出版社 2002 年版，第 96 页。

剩下落寞水边的满地落花，倾诉着作者孤独的心绪。显然，这一场景与有着“幽玄之美”经典之称的“落樱”可谓有着异曲同工之妙。

绝句

杏花一孤村，流水数间屋。
夕阳不见人，牯牛草中宿。

该诗一开始便奠定了一种冷寂、孤独的情感基调。夕阳之下寂寞的乡村中，只有着静静绽开的杏花和一头被阉割过的正在独自栖息的公牛。正如吉川发辉所说：“诗歌淡淡地写着景色，渲染着忧愁，甚至只让人感到了空寂和伤感。”①

秋泉

冷色初澄一带烟，
幽声遥泻十丝弦。
长来枕上牵情思，
不使愁人半夜眠。

在中日文学中，“秋”绝不仅仅是季节的单纯表述，大多数情况下，“秋”都带有“哀伤”这一特定的情感色彩。但就《秋泉》而言，作者在“哀伤”的气韵之中更刻意添加了“静”的要素：如烟的泉水、空灵的水声、寂静的深夜、不眠的女子……使读者立刻便

① ［日］吉川発輝：「佐藤春夫の『車塵集』——中国歴代名媛詩の比較研究（序）」，新典社 1989 年版，第 192 頁。

能从中体悟到一种源自空幽之中的悲切。

夜月

寒湖浮夜月，
清浅几廻波。
莫道无情水，
情人当奈何。

寒冬的夜晚，明月在湖面上洒下清辉，清澈的湖水似乎变得浅显，涤荡着水波……作者以一个“浮”字和一个“浅”，精确地铺陈出冬湖的安静、清冷和深邃，可谓是道出了“幽玄”的真谛。

其次，《车尘集》所收录的诗歌表现出了“幽玄”的“余情”之美。所谓“余情”之美特指和歌字里行间所具有的那种特殊的、飘忽摇曳、不可思议的、缥缈的美的气氛和情趣。这种美感实际上就是中国诗学所强调的“神韵”“留白”那样的意境美，好似“采采流水，蓬蓬远春”的美妙非常而无所不至，亦如“蓝田日暖，良玉生烟”，昭昭可感却似有若无。可以说，这种具有“余情”之美的诗句在《车尘集》中几乎是随处可见、信手可拾，例如“杨柳杨柳，袅袅随风急，西楼美人春梦中，翠帘斜卷千条入”“别路云初起，离亭叶正飞”“阳春二三月，草与水同色”等等，无一不表现出了这种难以言状的，含蓄而悠远的意象美。

基于篇幅，此处无法对《车尘集》所有的诗歌进行细致的分析，但可以明确的是，“幽玄”之于《车尘集》所收录的诗歌而言的确是一种共性特征。也就是说，佐藤春夫在甄选源语文本时是否具有“幽玄之美”是一个重要的考量标准。

实际上，除了“幽玄”，《车尘集》的源语诗篇还具有另一个非常明显的特征，即明确的非经典化倾向。首先，《车尘集》所收录的诗歌体裁既有古体诗，也有近体诗（包括律诗和绝句），但其中很多都是以格律自由、词义浅显、诗情朴素、旋律优美为特征的民谣风格的诗作，数量高达 18 首，占到了收录诗歌总数的 1/3 以上。其次，《车尘集》虽然收录有不少著名女诗人，如薛涛、鱼玄机、朱淑真、刘采春等人创作的作品，但所甄选的诗作却都不是她们的代表之作。相较于《唐诗选》《白氏文集》等从古至今蜚声于日本的汉诗文本来说，《车尘集》更给人以一种角落拾遗之感。对此，佐藤春夫本人也曾给予了确认，在 1948 年出版的诗集《玉笛谱》书序中写道：“吾省自身之微力，不敢触名家之雄篇，但仅采摘草丛之无名细花耳。有识之士之嘻笑或已成激励吾身之鞭乎。”[①] 这一自陈虽属自谦，却也有意无意地将《车尘集》原语篇类型界定在了“草丛之无名细花耳”这个框架之中。然而，尽管诗作籍籍无名，单纯浅显，但这些诗作却无一不具有一种有别于经典诗歌的独特优美意蕴，正如奥野信太郎所说：“《车尘集》中所收的从六朝至明清时代女性诗人的数十篇作品并非是点缀庭院的第一枝迎春花，但每一首都像一只烛火将树叶衬得发亮……”[②] 佐藤春夫在其《美的世界》一文中，也曾针对《车尘集》作者之一夷陵女子的《夷陵歌》进行过如下评价：“这不是诗歌而是歌谣，它的体裁自由，韵律美妙，很有俗谣趣味。籍籍无名的乡野姑娘之作竟能传达此番情趣，可见纯粹的诗歌

---

① ［日］佐藤春夫：「玉笛譜」，『定本佐藤春夫全集』（第 1 巻），臨川書店 1999 年版，第 325 頁。

② ［日］奥野新太郎：『車塵集・序』，武藏書院 1929 年版，第 10 頁。

与俗谣的界限仅一线之隔。"① 另外，他还在《原作者其事及其他》一文中评价《子夜歌》说："《子夜歌》佳者体裁古朴，简洁明了，情真意切，可谓秀绝不朽之歌。"② 自原始时期，日本民族就因地理、环境等因素对自然有着天生的亲近感，这使其自然观中蕴含了"万物有灵"和"天人合一"的理念。即若想把握住"有灵"的自然，就要在精神上与之"和谐合一"。"寂"③ 就是以这种追求万事万物"真实"和"自然"为核心思想的审美概念，概括来说就是"自然、真实即美"。从无声处、细微处、暗沉处、俚俗处挖掘美的元素是"寂"最为关注的核心，而这一着眼点也使"寂"在当时雅化文学的大背景下，将对"真实、自然"的追求转化成"高悟归俗""风雅之寂"这一具体表现形式。王向远教授对此进行了精辟的阐述，他说："'风者'，风俗也、世俗也、大众也、民间也、底层也、俚俗也；'雅'者，高尚也、个性也、高贵也、纯粹也、美好也。'风雅'的实质就是变'风'为'雅'，就是将大众的、底层的、卑俗的东西予以提炼与提升，把最日常、最通行、最民众、最俚俗的事物加以审美化，就是从世俗之'风'中见出美，也就是通常所说的'俗'与'雅'的对立统一。"④ 从这一角度来说，佐藤春夫选择非经典化的诗歌文本作为源语文本，显然是在以"寂"的审

① ［日］佐藤春夫：「美の世界」，『定本佐藤春夫全集』（第26卷），臨川書店1999年版，第133頁。

② ［日］佐藤春夫：『車塵集　原作者の事とその他』，武藏書院1929年版，第67頁。

③ "寂"（さび）是日本古典文艺美学，特别是俳谐美学的一个关键词和重要范畴，与"物哀""幽玄"并列为日本三大美学概念，"俳圣"松尾芭蕉及其弟子常常把俳谐称为"风雅"，所以"寂"就是俳谐之"寂"，亦即蕉门俳论所谓的"风雅之寂"。

④ 王向远：《论"寂"之美——日本古典文艺美学关键词"寂"的内涵与构造》，《清华大学学报》（哲学社会科学版）2012年第2期，第66—75页。

美视域对中国女性诗歌作品进行定向性的挖掘。

前述论及了“女性崇拜”文化意识之于日本大和民族的深远意义。但是，自江户时期起，随着男性政治权利的逐渐稳固以及汉文化的大规模引入，儒教所宣扬的“男尊女卑”观念开始出现。当时正值“庶民文化”高潮，以武家女训书《女大学》为代表的一系列有关书籍成为藩校、私塾和寺子屋等平民学校的必备读物，因而得到了最为广泛的传播。“女人别无主君，以夫为主君，敬慎事之，不可轻侮，妇人之道，一切贵在从夫。”① 成为日本男权社会为女性规制的必须遵守的准则。如此，尽管天照大神所承载的“女性崇拜”情结仍然停留于所有日本人的内心深处，但从表征上，女性已沦落到了接受贱视的地位。在这种社会现实呈蔓延的趋势下，男性很难再对具体的、真实的女性抑或其文学作品有什么顶礼膜拜之心了。换言之，从这一时期起，对女性的崇拜重新又回归了神话。然而，作为日本传统文化最重要最根本的决定因素之一，“女性崇拜”意识的减弱势必会导致其传统文化，尤其是“物哀”这一国粹审美价值观的渐入没落，可以说，这是以佐藤春夫为代表的，最早从西学东渐狂热风潮中觉醒过来的日本传统文化拥趸者们绝不希望看到的。于是，甄选具有“幽玄之美”意蕴的女性诗作，在为日本读者带来重温“心幽玄”“词幽玄”“姿幽玄”机会的同时，唤醒其潜意识层面的民族文化意识根基；以朴素无华之女性写就的具有大俗化雅美感的诗作来对抗男性诗人的所谓经典，用以昭示女性所具有的才华和能力，成了佐藤春夫引导读者重拾“女性崇拜”情结，进而自觉

① 参见李卓《日本妇女社会地位的演变》，《日本研究》1998 年第 1 期，第 50 页。

步入日本传统文化审美世界的一个重要手段。“花虽无名，但不掩其之美，歌虽俚俗，却难消其风雅”，这正是佐藤春夫基于“女性崇拜”文化意识和“物哀”审美观念赋予《车尘集》的真实内涵。

二 “雪月花”恋歌搭建的《车尘集》正文结构

（一）四季与爱交织的诗歌类属划分

通常认为，译诗集正文的结构编排不仅能反映出诗集的整体艺术构架特色，而且是编译者文化观和审美倾向以及编纂意图的主要外化形式之一。编译者通过对集内诗歌进行类目划分和顺序排列安排，向读者传递出该部诗集最主要的艺术特点、文化基调和思想主旨，引导读者发现和理解诗集的内在意义以及作者的精神构造。因此，从本质上来讲，诗集正文的结构编排与其诗文作品内容一样同属于编者整体叙事话语中极为重要的一个部分。

所谓类目划分即是将收录的所有诗歌按某个依据分为数个或十数个组目，组目前可添加亦可不添加小标题。诗歌排列顺序则是指在组目内依据某种成规对诗歌进行再度排列。而早期汉文化圈诸国在进行诗集编纂（编译）时，一般都会遵循缘起于中国的以诗歌内外部因素为依据划分诗歌类目的原则。诗歌内部因素包括诗歌的主题、体裁、功用、题材等，而外部因素则较为繁冗，不仅能以诗歌作者的性别、年龄、生活时代、职业、地位、族群、地域、信仰、地位等进行划分；还可以将诗歌的传播方式、生成场合、流布区域等作为划分依据。因此，诗集诗歌类目的划分往往具有多态的特性。① 例如我国划分诗歌类目的源头《诗经》，就是分别以诗歌的外部因素和内部因素为依据建构起了“风”“雅”“颂”三个部立。再如日本的《重刊贞和类聚祖苑联芳集》（以下简称《贞和集》）则是将近三千首诗词按功用因素分为了“颂古、经教、语录、礼塔、造塔、赞”等六十五类。另外，诗歌类目划分往往会受到编纂者主观意识和经验、文化语境、接受语境的影响而出现差异，从而呈现出某种特定形态体貌。所以，诗歌类目划分又具有明显的动态性特征。例如我国南北朝时期的文化理念与西周时期出现较大不同，故由萧统等人编纂的《昭明文选》② 就放弃了《诗经》对诗歌内外因素兼而用之的形式，主要根据诗歌内容所反映出的功用、风格、体裁、主题等内部因素进行诗歌类目划分，分为“赋”“骚”“诗”“颂”“箴”“铭”“史论”等三十九种。其中对诗、赋两类文体又进行了二级分类。赋体分京都、郊祀、耕籍、畋猎、纪行、游览、宫殿、江海、物色、鸟兽、志、哀伤、论文、音乐、情十五个子类；诗分“补亡、述德、劝励、献诗、公宴、祖践、咏史、百一、游仙、招隐、反招隐、游览、咏怀、临终、哀伤、赠答、行旅、军戎、郊庙、

① 张羽：《诗歌总集编选与古今诗歌文化语境变迁》，博士学位论文，复旦大学，2012年，第208页。

② 《昭明文选》又称《文选》，是现存的最早一部汉族诗文总集，由南朝梁武帝的长子萧统组织文人共同编选。

乐府、挽歌、杂诗、杂歌、杂拟”24个类别。[①] 由此可见，编者对诗集内部诗歌类目的划分是一种复杂的，会受到多方因素影响的自主文化行为。

《车尘集》正文共收录48首中国古代诗作。若遵从上述诗歌类目的划分依据，这48首诗歌可以划分为多种类目形式。首先，以诗歌内部因素可划分为以下几个类目：第一，按诗体格式可分为五言四句诗歌36首，七言四句诗歌10首，其他格式2首。第二，按体裁可分为古体诗和近体诗，前者共计11首，包括《阳春歌》《清溪小姑歌》《映水曲》《咏残灯》以及七首《子夜歌》。后者为余下的37首，其中格律诗为19首，“歌”“词”“曲”等非格律诗为18首。第三，按题材可分为即事感怀诗、写景抒情诗、闺怨诗、艳情诗等。第四，按功用可分为咏怀、哀伤、劝励、乐府、赠答和杂诗等。第五，按诗歌特点可分为非经典化诗歌和民谣类诗歌。其次，以诗歌外部因素还可划分为两个类目：第一，按诗歌产生年代（作者生活时代）可分为六朝时期11首、唐朝11首、宋朝5首、元朝1首、明朝20首。第二，按作者身份可分为闺秀、平民、妓女三类。然而纵观《车尘集》的诗文类目安排，这些内外部因素都是以散乱、跳跃的形式出现的。换言之，诗歌的体裁、题材、产生地域等均不是佐藤春夫用以划分《车尘集》诗歌正文类目的依据。那么，我们是否可以据此认为《车尘集》的诗文是处于一种随机布局的状态呢？实际上，这种假设完全是以中国古典诗歌总集的编纂成例来观照

---

① 张少康：《〈文心雕龙〉的文体分类论——和〈昭明文选〉文体分类的比较》，《江苏大学学报》（社会科学版）2007年第1期，第55页。

《车尘集》的结果。我们一旦跳出这一惯常意识的桎梏，则会发现《车尘集》诗文类目划分不仅泾渭分明，且具有与中国古典诗歌类目划分截然不同的气质。

通过仔细阅读可以发现，《车尘集》收录的四十八首诗歌按顺序可分为四个组别：第一组为第一首《金缕衣》至第十六首《三月即事》，共计16首；第二组为第十七首《有怀》到第二十六首《采莲》，共计10首；第三组是从第二十七首《咏怀》到第三十七首《秋泉》，共计11首；最后一组是第三十八首《夜坐作寄友》到第四十八首《子夜歌·其十九》，亦为11首。而这四组诗歌实际上是佐藤春夫依据季节时序进行的划分，这从《车尘集》原语篇所包含的词汇即可以得到确证。首先，在第一组的16首诗歌中有14首诗作均明确包含有直接描述“春天”或者意喻“春天”的词汇，如“春光”“阳春”“春风”“春梦”“春江”“春鸟”“春愁”“蝴蝶”“燕子”“杨花”“杨柳”“杏花”“风花”“三月”“花开”等。而第二组的10首诗歌中则有9首充满了夏天的气息，所用的标志性词汇有“水禽”“竹榻”“绿波”“凉飔”“萍开”“凉沁”“朝露”“荷花”“见莲”等。第三组的11首诗文中，其中有8首是直接以“风已秋”“水又秋”“满庭秋”“叶正飞”“秋风吹”“落叶依枝”“冷色初澄”等词汇对秋的景色进行描述。最后，第四组的11首中也有8首诗作包含有“露华冷”“残灯”“鸣寒机”“微寒骨”“孤寒”“寒湖”“霜下草”“西去雁”等描述严冬肃杀气韵的词汇。此外，如果细究没有直接应用表现季节词汇的诗作，我们也可从其意蕴中体会到对季节的映射，例如第三组《醉罢》的起句“醉罢月已明”，其中的“月”则在俳句季语[1]中明确代表“秋天”之景象。第四组中的《子夜歌·其十九》结句“有何比松柏”中的“松柏”亦属于冬之季语。

从《车尘集》原语篇即可看出，中国古典诗歌对于季节的表现是极为重视的。陆机于《文赋》中就曾对此进行过阐发：“遵四时以叹逝，瞻万物而思纷；悲落叶于劲秋，喜柔条于芳春。”[2] 刘勰在其《文心雕龙·物色》中亦说：“献岁发春，悦豫之情畅；滔滔孟夏，郁陶之心凝；天高气清，阴沉之志远；霰雪无垠，矜肃之虑深。”[3] 尽管如此，中国古代的诗集却很少以季节作为收录诗歌的类目划分依据。这种类目划分通常只出现于所谓的类书[4]之中。如《北堂书钞》《艺文类聚》《初学记》《太平御览》等唐宋大型类书中，均辟有“岁时部”，其下再分春、夏、秋、冬与各岁时节日等细部。但是，与中国古代相反，在日本传统歌集之中，这种类目划分依据却得到了十分普遍的应用，亦被称为“四季分类法”。

四季分类法最早出现于日本的第一部和歌集《万叶集》（759 年前后问世）之中。该诗集收有自仁德天皇时代（5 世纪前半）至淳仁天皇天平宝字三年（759）三个多世纪的和歌 4530 余首，划分为杂歌、相闻、挽歌三个类属，其中只有第八卷和第十卷的和歌被划分为春夏秋冬杂歌和春夏秋冬相闻二部。这一时期，和歌中对四季

---

① “季语”，即表示春、夏、秋、冬及新年的季节用语，是日本具有民族特色的歌学概念，在其俳句中应用最为广泛。

② 张晓青：《中国古典诗歌中的季节表现以中古诗歌为中心》，博士学位论文，中国社会科学院，2012 年，第 3 页。

③ （南朝）刘勰：《文心雕龙》，范文澜注，人民文学出版社 1958 年版，第 693 页。

④ “类书”是中国古代采掘群书，辑录各门类或某一门类的资料，随类相从而加以编排，以利寻检、引用的一种古典文献工具书。

风物的描述多用来承载和表现“恋情”，是作为“恋情”的附属而出现。因此，《万叶集》中的“四季歌”分类实际上并不纯粹。到893年（宽平五年），由菅原道真编纂的《新撰万叶集》（上、下卷）[①] 问世，其收录的218首和歌分别被划分进春、夏、秋、冬、恋五部，由此形成了日本歌学史上第一部名副其实的以季节作为依据进行和歌类目划分的和歌集。但在《新撰万叶集》中，这种划分法的使用依然处于不成熟阶段，如一些本应属于恋部的和歌散落于四季部立之中，而后又在“他出歌”中被重新编入了“恋部”[②]。总之，《新撰万叶集》呈现出的仍是一个编辑规范性没有得到统一的初级“四季分类法”。时至905年，由纪贯之编纂的第一部敕撰和歌集《古今和歌集》将所收录的1100首和歌分为13个类属，即春歌、夏歌、秋歌、冬歌、贺歌、离别歌、羁旅歌、物名歌、恋歌、哀伤歌、杂歌、杂体歌、大御所歌。其中四季部作为最重要的一个部立收录和歌342首，占全部诗歌的30%之多。而且，与《万叶集》和《新撰万叶集》不同的是，四季部立中的和歌完全是对四季和花鸟风月的咏颂，这使四季分类法的运用得到了极大的规范，并得到后期和歌集编纂者的广泛应用。也就是说，从《古今和歌集》开始，“四季”开始成为日本和歌集正式而规范的类属划分依据。正如佐藤春夫在其《紀貫之のこと》一文中指出的那样：“这种排列方法（指按季节时序划分诗歌类属）在《古今和歌集》中比比皆是，而后来

① 《新撰万叶集》的诞生，填补了日本第一部和歌集《万叶集》与第一部敕撰和歌集《古今和歌集》之间的歌史空白，其和歌汉诗共存，首创四季分类法，在日本和歌史上占有重要的地位，但是否为菅原道真编纂目前尚存疑。

② 梁青：《〈新撰万叶集〉中和歌与汉诗的对应——以主题文为中心》，福建省外国语文学会2008年年会论文集，2008年，第3页。

的《二十一代集》以及各朝各代敕撰集都是以《古今和歌集》作为分类的模本。”①

日本古典歌学立论的基础是中国古典诗学，但日本人在编纂本国独立的诗学文集时却独出心裁，创立了“四季分类法”，其原因可以归结为两方面因素的影响。一方面是大和民族自然观的推促。在日本文化传统中，人与自然的关系被视为最初始的也是最具特色的命题。大和民族也就此形成了“山川草木悉皆成佛”② 这种以自然为中心的宗教自然观。而日本所处的地理位置十分特殊，这使其成为一个自亚热带景观到亚寒带风土特征兼收并蓄、四季分明的国家。因此，在他们看来，春、夏、秋、冬时序变化实际就是自然轮回发展的一个缩影，是自然赐予人类劳作、生存的背景色板。于是，感悟“季节”之美便成为大和民族敬畏、崇拜自然的一种体现。日本歌人因此逐渐构筑起了所谓的“雪月花”③ 创作观，并创作出极具日本独特审美意蕴的“四季歌”，正如松尾芭蕉说的“以四时为友，而劳身心于花鸟之中。”④ 而四季分类法也正是这种创作观的一种延伸，是大和民族美意识的集体性表征。另一方面则是日本歌学独立性的发展所致。平安时代，日本对中国诗论与诗学进行了大规模的引进和吸收，风、雅、颂；赋、比、兴等的诗歌类属划分方式也由

① ［日］佐藤春夫：「紀貫之のこと」，『定本佐藤春夫全集』（第22卷），臨川書店1999年版，第319頁。

② ［日］伊東俊太郎：『日本人の自然観——縄文から現代科学まで』，河出書房新社1995年版，第21頁。

③ “雪月花”是日本人集体美意识的表征，在日本传统文化中占据着重要的地位，泛指自然界一切美好的景物。日本矢代幸雄博士曾对此说道：“以‘雪、月、花’几个字来表现四季时令变化的美，在日本包含着山川草木，宇宙万物，大自然的一切，以至人的感情的美，是有其传统的。”

④ ［日］松尾芭蕉：《奥州小道》，郑民钦译，河北教育出版社2002年版，第61页。

此进入日本古代文论之中，并得到广泛的实践。但随着中日文化交流的进一步深化，日本古代文论开始显现出独立意识。纪贯之在《古今和歌集·假名序》中即说："和歌始于天地开辟之时。……天上之歌，始于天界之下照姬；地上之歌，始于素盏鸣尊。"① 另外，他还将汉诗称为"虚饰之歌、梦幻之言"，认为汉诗的盛行导致和歌的堕落。对此，王向远教授指出："《古今和歌集·假名序》从起源上否定了汉诗与和歌形成的渊源关系。……在和歌与汉诗的对照中显示了自己的价值判断，体现出日本和歌刻意摆脱汉诗影响，自觉地确立和歌特有的审美规范的意图。"② 从这一角度来说，选择与中国古典诗歌集截然不同的分类依据已然成了日本诗学独立意识的一种自觉。

针对《车尘集》的四季分类法吉川发辉指出："被看作《车尘集》底本的《名媛诗归》是按原作者生活时代划分编成，但《车尘集》却是按四季为顺序进行划分。这源于春夫具有的尚古精神……"③ 应该说这一论观的表述较为准确，但并不明确。首先，《车尘集》其他的文本结构编排中有很多地方效仿了中国明代的女性诗集，譬如附录、点评、序跋等，但编译者偏偏在诗文正文，这个诗集主体结构的建构中规避了中国古典诗集的编纂体例成例，而采用专属于日本传统歌学的分类方式。就此而言，佐藤春夫的"尚古"

---

① 参见［日］小鳥憲之、新井栄蔵『新日本古典文学大系　古今和歌集』，岩波書店 1989 年版。

② 王向远：《日本古代文论的千年流变与五大论题》，《北京师范大学学报》（社会科学版）2014 年第 4 期，第 116 页。

③ ［日］吉川発輝：「佐藤春夫の『車塵集』——中国歴代名媛詩の比較研究（序）」，新典社 1989 年版，第 20 頁。

就不是单纯的效仿，而是在刻意“崇尚日本传统文化的独立精神。”换言之，彰显并输出自身特定的文化意识形态，才是佐藤春夫采用这种编排法的深层次的话语机制。其次，佐藤春夫采用这一分类法同时也表现出了他的实用主义。如前所述，大正时期的汉文化相对于西方文化思潮来说已进入了式微的境地。这一时期绝大多数日本文化人都在某种程度上排斥和疏离汉学更是一个不争的事实。正如佐藤春夫所说：“……然而，那个时候，从明治末年到大正初期，在文坛上对支那文学多多少少表示关心的，好像只有亡友芥川龙之介和我自己而已。”① 可以想见在这种现实背景下，日本读者与《车尘集》中的诗歌原初创作语境、文化语境脱节是在所难免的。这就在一定程度上造成了汉诗所蕴含的文化、社会、艺术意义的丰富性出现流失，既不利于读者与其发生交际，更不利于作者精神内涵的顺利输出。而佐藤春夫遵循日本传统诗学模式对诗歌类属进行划分，其意图无非是要重构出一个日本读者熟识的接受语境，从而拉近日本读者与中国古典文化的距离，使《车尘集》迅速得到更多读者的认同和喜爱。

目前，有关研究均认同《车尘集》采用的四季分类法是效仿了《古今和歌集》，如吉川发辉、朱卫红等。但如果将两部诗集进行细致的比较，便可以看出，《车尘集》的类属划分实质上与《古今和歌集》还是有很大区别的。在《古今和歌集》中，“恋歌”与“四季歌”是被分为两个类属的。“四季歌”部立中即使有寄情于四季

---

① ［日］佐藤春夫：「唐物因縁」，『定本佐藤春夫全集』（第22卷），臨川書店1999年版，第180頁。

风物类似于恋歌的和歌，但也与“恋爱”无关，均为感悟季节之作。然而在《车尘集》中，每一个季节部立中的诗作都包含有大量的，不同意蕴的“恋”的题材。首先来看春部。春部共有16首诗歌，其中的《春望词二》《春望词三》《愁怀》《夷陵歌二》《感怀一》《子夜歌一》《子夜歌二》《自调》《怨词一》《咏蝶》《暮春江上别》《送别》《三月即事》13首都属于恋歌范畴。细读之下，所有诗作更能品味出一种对恋情的渴望和期盼。如黄氏女的《感怀》：

栏杆闲倚日偏长，短笛无情苦断肠。
安得身轻如燕子，随风容易到君旁。

其次，在夏部的10首诗作中，共计有《池上竹》《子夜夏歌》《酥乳》《子夜歌二十六》《子夜歌十一》《采莲》六首为“恋歌”，而其所展现出的多为恋情得以实现的欢愉。如张文姬的《池上竹》：

此君临此池，枝低水相近。
碧色绿波中，日日流不尽。

再次为秋部，11篇诗作中，《临镜》《啰唝曲》《赠汗巾》《醉罢》《秋思》《咏怀》《青溪小姑歌》《子夜歌八》《秋泉》9首为“恋诗”，描述的却都是等待恋人的寂寥心绪，如赵金燕的《临镜》：

忆昨花前别，秦淮水又秋。
朝来怯临镜，孤影空自愁。

最后的冬部同样录诗11首，恋诗则有《寄外》《闺情》《咏骰子》《初冬有寄》《夜月》5首，主要刻画的是恋情的失去和终结，如温婉的《初冬有寄》：

万木凋落苦，楼高独凭栏。
绣帏良夜永，谁念怯孤寒。

不难看出，《车尘集》诗文中的“恋情”是与“四季”并行存在的另一个类属划分方式。而这个类属的设置既不似《万叶集》《新撰万叶集》中的凌乱，也不同于《古今和歌集》的刻板。它如同季节时序一样，沿着情感的发生、发展进行铺陈。在这一过程中，四季时序的演变与恋情情感的变化之间建构了相互的指涉和对应，以四季的转瞬即逝烘托“恋情”的“虚无”，以“恋情”的不可掌控渲染四季的“无常”，从而赋予四季一种鲜活的气息，并为“恋情”涂染上斑斓的色彩，进而架构起人事活动与自然景色相互交织的诗文组织框架。从某种程度来说，佐藤春夫的这种结构编排设计与吉田兼好的《徒然草》更为接近。① 它超越了《古今和歌集》单纯的四季分类形式，使审美对象具有了叠加的层次感。

（二）自然与世事交融的诗歌顺序安排

除了诗歌类属分类，佐藤春夫对《车尘集》正文诗歌的顺序安排也是独具特色的。可以看到，佐藤春夫对《车尘集》诗文正文页面的设计与中国明代女性诗歌总集也是大相径庭的。后者往往排版

① 吉田兼好（1283—1350）是日本南北朝时期的著名歌者。《徒然草》是其创作的随笔集，内容始终是在季节推移中去捕捉景色的美，同时把人事活动也交织在自然景色之中，说明人的活动随自然变化而变化的规律。

极为紧凑，点评和注释也一并排列于诗歌之前或之后，总体略显凌乱。而《车尘集》则是一诗一页，译诗位于左上，原语篇位于右下。从排列形式上看极为简洁且错落有致，显然是为赏心而作。但若细究则会发现，这种汉、和并存的编辑方式实际上在《新撰万叶集》《和汉朗咏集》等日本古典和歌集中是被广泛应用的。故就这一点而言，佐藤春夫的“尚古”思维仍然是极为清晰的。

此外，从48首诗歌的整体排序来看，佐藤春夫似乎并没有设定一个特别严格的排序规范。以春部16首诗歌为例，其中有11首诗歌是沿着迎春→春到→弄春→春往→逝春的脉络进行排序的，但《金缕衣》《子夜歌二》《自调》《子夜歌一》《怨词》五首诗歌没有融入这一脉络之中。再如秋部也是如此，部立中以《咏怀》的风已秋、《临镜》的水又秋、《送兄》的叶正飞、《秋思》的满庭秋、《咏怀》的秋风吹、《青溪小姑歌》的落叶依枝、《秋泉》的冷色初澄描摹出秋季的不断推移，而在其中也分散了若干与这一意境演变关系不大的诗作。因此，从这一角度来说，《车尘集》诗文的整体序列应该存在着编译者一定程度上的主观随意性。可是，若从《车尘集》每一个部立的首尾诗作来看，这种随意感则立即就会荡然无存。以下来看《车尘集》各部的首尾诗作：

春部：

金缕衣

劝君莫惜金缕衣，劝君惜取少年时。

花开堪折直须折，莫待无花空折枝。

愁怀

满眼春光日日新，花红柳绿总关情。
欲将郁结心头事，付与黄鹂叫几声。

三月即事

三月春无味，杨花惹晓风。
莫行流水岸，片片是残红。

夏部：

有怀

竹榻清人梦，花香媚酒杯。
觉来有幽趣，明月满妆台。

采莲

风日正清明，荷花蔽州渚。
不见采莲人，只闻花下语。

秋部：

咏怀

白藕成花风已秋，不堪残睡更回头。
晚云带雨归飞急，去作西窗一夜愁。

秋泉

冷色初澄一带烟，幽声遥泻十丝弦。

长来枕上牵情思，不使愁人半夜眠。

冬部：

夜坐作寄友

夜半灯花落，液泪满铜荷。

乃知消息理，荣华忧患多。

夜月

寒湖浮夜月，清浅几廻波。

莫道无情水，情人当奈何。

子夜歌十九

年少当及时，嗟跎日就老。

若不信侬语，但看霜下草。

在上述诗作中，春部和冬部我们分别按诗集顺序纳入了前三首诗，这是由于佐藤春夫在诗文排序中仍然设置了人事和自然两条线索。人事线索即是诗集首位诗作《金缕衣》和最后一首诗作《子夜歌十九》，其他的诗作则是自然线索。从人事线索看，二诗都是以“劝慰少年，珍惜年华”为主题，其中“直须折”对应“当及时”，“空折枝”对应“霜下草”，意喻韶华易逝、需当及早爱惜之意蕴，并由此形成呼应对合之势。虽然二诗并没有述说“恋情”，但实质上是与诗歌的“恋歌”类属形成了相互指涉，并共同建构出一帧人生无常，需淡然面对的图景。齐珮认为佐藤春夫在诗文排序上作出这样的安排与他的人生体悟和爱情历程有关，她说："选集中的诗作从春到冬，经历了恋心的朦胧、相思的煎熬、漫长的等待直到恋爱达成，同时人生也由青春走向了终老。毋宁说这样的编排就像人生的缩影，文本与编译者的人生经验相互印证，构成了内在的对话关系。"① 其时，佐藤春夫与千代子近 10 年的恋情仍然未有明确的结果，而这种结构的形成显然与佐藤春夫面对人生短暂、虚幻无常而无可奈何的心态不无关系。

再来看余下的每一个部立的起始诗和结束诗。从《愁怀》的"满眼春光日日新"到《三月即事》的"片片是残红"，《有怀》的"竹榻清人梦"到《采莲》的"荷花蔽州渚"，再从《咏怀》的"白藕成花风已秋"至《秋泉》的"冷色初澄一带烟"，从《夜坐作寄友上阕》的"夜半灯花落"至《夜月》的"寒湖浮夜月"，都若隐若现地勾勒着一个季节的推迁过程。值得一提的是，这 8 首诗歌所表现出的季节变化并非是春去夏来，夏去秋至，秋去冬临，冬去春返。相反，它们所呈现出的是春已孕夏，夏已通秋，秋现冬意，冬存春芽，即四季更替却相始终的意境。正如吉田兼好所说："草色转青，梅花结蕊，树叶之落，非叶落而后芽生，乃不堪幼芽自下萌生而落。迎节令之气已备于下，故久待的时序方能迅速发生。"② 佐藤春夫于诗文顺序上进行这样的安排，显示出他是在以一个发展动态的视野审视四季的转瞬即逝和循环往复，所传递出的是一种隐匿于唏嘘人生无常背后的"希望"之念。可以说，《车尘集》的诗文

① 齐珮：《佐藤春夫与中国古典闺秀诗——以〈车尘集〉的编选为视点》，《日语学习与研究》2014 年第 3 期，第 90 页。

② ［日］吉田兼好：『徒然草』，文东译，中国长安出版社 2009 年版，第 56 页。

排序一方面是起到了对其诗歌类属中“季节”“情感”等构架意义的注释和深化；另一方面则将“人生”这一新的组织构件添加进来，与“季节”“情感”一起搭建了严谨的、有序的立体三角结构，其所汇聚的顶点则指向了佐藤春夫对自然和生命之关系的感悟。正如他所说的：“人类的一切，包括生命、宗教、哲学、艺术等等，都直接发源于自然之中。”① 在他看来，在人以自身与大自然进行较量的过程中，人类会认识到自己的渺小和软弱，从而产生了一种被压抑的、苦闷的情感，并进而形成一种希图挣扎和摆脱的人生态度。相对于西方民族多选择对抗自然的行为，日本民族面对这种苦闷情绪时，往往会有意识地、自然地缩小或消弭自己的意志，将瞬间的情感与物质的永恒同一化，以达到人与自然最大化的交融，这就形成了日本文学中“物哀”的美学境界，即“人的无常观”生发了审美意识。② 由此可以看出，在佐藤春夫的编选观中，自然是人类生命、文化、审美的发端，生命作为自然的客体，以特定的文化观念和审美意识呼应自然，而在这一过程中，“物哀”便成为集大成之所在。正向邱紫华先生所说：“作为审美意识，‘物哀’起源于日本人对自然美的感悟，自然美是日本全部文化形态之美的原型，自然美观念是日本美学的基石，其美学范畴序列也是以自然美为逻辑起点的。可以说，日本美的相位首先是自然美和色彩美的相位。没有最初的自然美感和色彩美感，也就不会有种种艺术美的欣赏与创造。在这个意义上讲，自然美和色彩美是日本审美意识的原型。树木花草从

---

① ［日］佐藤春夫：「風流論」，『定本佐藤春夫全集』（第19卷），臨川書店1999年版，第229頁。

② ［日］吉田兼好：『徒然草』，文东译，中国长安出版社2009年版，第56页。

发芽、成长以及开花结果的生命历程使日本人有了最初的生命轮回与变化的感受；日月星辰的变化规律和风花雪月的瞬时即逝强化了生命的短暂无常的感伤心理。这就是说，从生命感导致季节感，从季节感导致出艺术创造的‘季题’，最终使人生发出‘感物而哀’的审美意识。”①

三 小结

作为翻译活动的审美客体——文本，其被审美接受者，即读者接纳的过程都是其力图将外来文化融入本民族既定的文化审美体系的选择过程。由于这一客体具有异域性及杂合性，因此，作为翻译活动主导者的译者首先需要将源语文本转换成译入语读者所熟知或显而易见的审美范畴，才能促使其自觉地完成对文本的接纳。应该说，佐藤春夫对《车尘集》源语文本的组织和编选很好地实现了这一翻译目标。在组织和编选过程中，佐藤春夫不仅巧妙地将中国古典女性诗歌与日本传统和歌的季节感合二为一，完美地实现了源语与目的语之间的互文，而且还在“女性崇拜”这种日本原初文化精神的引领下，精准地完成了源语文本与日本传统文化的结合，由此展示出他对于日本传统文化意识与审美观念的理解和认同，即以日

① 邱紫华、王文戈：《日本美学范畴的文化阐释》，《华中师范大学学报》（人文社会科学版）2001 年第 1 期，第 60 页。

本传统文化意识的“女性崇拜”为基础，以文学审美概念“物哀”为根本线索，并延伸至“寂”论、“幽玄”理念的日本文化和审美感性论、形态论、态度论的一种高度概括。也正是这种文化意识和审美倾向主导了佐藤春夫的主观能动性，使其对《车尘集》源语文本的组织和编选完美地建构起了源语与译入语在文化和审美范畴内的互文空间，消弭了因文本异域性及杂合性带给读者的陌生感，成就了中国古典文化在日本近代汉学式微背景下的一次重生。但不得不说的一个事实是，中国古典文化得以重生后的形态俨然增加了许多日本传统文化的色彩，这令其原有的形态正在渐行渐远。

第五章 《车尘集》翻译研究

诗歌是一种语言高度概括，并具有独特的民族性音律特征的极富艺术性的文学体裁。从理论上讲，对诗歌进行语际和文化层面的转换是非常困难的，正如吉川发辉所说："翻译的时候，不论是哪种语言，都不是简单地将一种语言换成另一种语言。尤其是将具有押韵和音韵美的，像歌曲一样的汉诗转换成韵律完全不同的日语，同时保持意蕴相同，韵律也相同。与其说这非常艰难，倒不如说几乎是不可能的。"① 也正由于此，相当多的人认为诗歌翻译只能是一个再创造的过程，只有创造性的翻译才能确保诗歌艺术价值的体现，正向 Neubert 所说："在完成某部译作的过程中，中间人（笔译者和口译者）不得不求助于新颖的方法来对旧信息进行解码。他们不得不运用创造性，因为译入语中的各种手法与源语并不完全相同。……为了获得一个恰当的译文，必须寻求新的资源。在付出这些努力的时候，创造性发挥着显著的作用。"② 实践证明，译者"创

① ［日］吉川発輝:「佐藤春夫の『車塵集』——中国歴代名媛詩の比較研究（序）」，新典社 1989 年版，第 22 頁。

② Neubert, Albrecht. *Postulates for a Theory of Translation*. in Danks& al. , 1997, pp. 1 – 24.

造性”翻译目标的实现需要以合理的翻译策略为基础，以适当的翻译方法和技巧来完成。也就是说，审视译者对翻译方法、技巧的运用，对翻译策略的制定乃是我们探析其“创造性”翻译内质的重要路径。

一 《车尘集》诗歌译文文本分析

在汉诗褪去高贵和风雅渐入式微的日本近代文坛，《车尘集》能够得到非常广泛的关注可谓创造了一个不小的奇迹。这一结果与佐藤春夫所采用的翻译模式有密切关系。众所周知，日本的汉诗和译自古以来便以“训读”作为翻译方法，但佐藤春夫却突破了这一千余的成例，采用文雅定型句式（五七调、七五调等）进行翻译。就近代日本诗坛而言，这无疑是一个创举。五七调和七五调等都是日本和歌的基本调式，与汉诗音律有着本质上的区别，也就是说，佐藤春夫所采用的翻译方法会不可避免地使汉诗的内容、形式、音律等要素出现变化。正像他自己所说：“一旦译诗从原诗中独立出来，具有了自己独特的韵律和强烈的感情时，原诗和译诗意蕴上的差异便会成为一个很大的问题，可以肯定的是会极大地损坏原诗的诗意。”[①] 以下我们将对《车尘集》48首诗作的翻译进行具体分析，以

① ［日］佐藤春夫:「漢詩の翻訳」,『定本佐藤春夫全集』(第35卷)，臨川書店1999年版，第422頁。

厘清佐藤春夫采用这种翻译方法的效果。

金缕衣

劝君莫惜金缕衣
劝君须惜少年时
花开堪折直须折
莫待无花空折枝

綾にしき何をか惜しむ
惜しめにただ君若き日を
いざや折れ花よかりせば
ためらはば折りて花なし

这是一首七言四行诗，但从押韵和形式上来说，并非严格意义上的七言绝句。该诗具有口语化特征，起承结三句最后都以“i”音结尾，韵律较为单调。正如佐藤春夫所说的，“莫惜”“须惜”等叠词皆押第二字“xi”韵，虽然突出了全诗的诗意，但没有达到近体诗的韵律美和声调。原因在于同一个字的尾音为最初两句的第四字，由此降低了声调和韵律美。另外，整首诗同样发音的文字较多也阻碍了声调的流露。译文将全诗统一为五七调，其中使用“惜しむ”“惜しめ”“折れ”“折りて”“を”等日语特有的“ヲ”音的重复出现，再现了原诗中的叠韵效果，使译诗具有跳跃的流动旋律。此外，译诗起承两句基本保持了诗歌的原意，声调亦具有实感；但转结两句没有表达出原诗中隐含的余韵，略显遗憾。

愁怀·其二

满眼春光色色新
花红柳绿总关情
欲将郁结心头事
付与黄鹂叫几声

まばゆき春のなかなかに
花も柳もなやましや
むすぼほれたるわが胸を
啼けうぐひすよ、幾声に

这首诗歌主要表现了作者悲伤、郁结的心情因美丽春天的触动而越发沉重，只能将这种痛苦托付给黄鹂，从其叫声中进行发泄。从译文看全篇均为七五调，起句的“满园春光”译作“まばゆき春の”是一个不错的处理，“色色新”译作“なかなかに”，可谓是照搬了原诗的节奏，且效果极佳。另外承句译作“花もやなぎもなやましや”，其中用了三个“や”，两个“な”，显示出译者在极力追逐韵律和声调的效果，但从整体来看，这一句韵律数与起句相同，既具有腔调，又符合原意，翻译效果极佳。而与起承两句相比，转结两句译文都存在与诗歌原意偏差较大的问题。先来看转句，译文为“むすぼほれたるわが胸を”，佐藤春夫为表现七五调的韵律美，特意添加了一个“ほ”。可是这样却使译文没能充分表现出作者郁郁寡欢的意蕴。结句亦是如此，其译文作“啼けうぐひすよ、幾声に”，在“よ”和“幾声”中故意空了一个字，这样虽使译文具有

了较好的节奏感，却使原句表达愿望的意思变成了一种带有命令的意味。我们如果将词句直译为“うぐいすに託して、幾声か啼いてもらいたいものだ”，就可以看出诗句对这种极度悲伤心情的描述。在《原作者其事及其他》中，佐藤春夫说：“在海涅的小曲中，有这样一句诗‘心中的恋情化为夜莺的歌声’，其所表达的意义和这首绝句有异曲同工之妙。”由此可以看出，佐藤春夫并没有完全理解《愁怀·其二》所蕴含的作者情感，忽视了诗中那种排遣心中痛苦的愿望，这可能是转结两句与原意出现较大偏差的原因吧。

春望词（其二）

栏草结同心
将以遗知音
春愁正断绝
春鸟复哀鸣

音に啼く鳥

ま垣の草をゆひ結び
なさけ知る人にしかべせる
春のうれひのきはまりて
春の鳥こそ音にも啼け

该诗起、转、结三句都翻译成了七五调，承句则为八五调，韵律美非常明显，但原意传达不足。原诗起句的“栏”为名词，意为“栏杆旁的草”，但被译成了形容词词性的“ま垣の草”。如此一来，即变成了采摘野草，与原意不符。承句节奏极佳也比较贴合原意。转句则有较大问题，原诗“春愁正断绝”译作“春のうれひのきはまりて”，其意接近“春愁断肠”，而原意却是“断绝”之意，二者之意所离甚远。最后是结句“春の鳥こそ音にも啼け”意为春鸟啼啼，不断地鸣叫着。可如此翻译便使原意中的“复哀”之意，也就是再一次哀鸣的意蕴明显不足了。总之，在该诗的翻译上，佐藤春夫似乎投射进了自己的一些诗想，将“忧愁”这一诗情变成了“愁极”，以致原意出现了变化，应该算作译者的一个半创作作品。

春望词（其三）

风花日将老
佳期尚渺渺
不结同心人
空结同心草

春のおとめ

しづこころなく散る花に
なげきぞ長きわが袂
情をつくす君をなみ
つむやうれひのつくづくし

该诗翻译全篇统一为七五调，且以轻柔的“ナ”音贯穿，形成一种由女子轻叹声建构起的流动的声幕，令人回味无穷。先来看起承两句，译文“しづこころなく散る花に、なげきぞ長きわが袂”为意译。佐藤春夫的翻译完全脱离了原诗的束缚，却没有失去原意，非常难得。而为了符合转结句“不结同心人，空结同心草”的韵律，佐藤春夫将此二句译作“情をつくす君をなみ、つむやうれひのつくづくし”，以“つ”音调整音节，逼真地传达出了原诗那种类似郁郁不乐的少女叹息的情感，其译文对幽艳和纤细情感的描写与原诗的意境几乎不相上下。但是转句采用第二人称这一点对传达原意造成了一定的妨碍。另外，转结两句中“不结”与“空结”、“同心人”与“同心草”为对仗，佐藤春夫在翻译时使用了つくす、つむ、つくづくし等含“ッ”音的叠韵，表现出刻意靠近原诗韵律的意图。但“同心草”被译作“つくづくし”则是为保持韵律美，而牺牲了原意。从以上分析可以看出，与《春望词・其二》的翻译相比，这首《春望词・其三》的译文应该说格调更加清新，韵律更加优美，但就其天马行空的译文意思而言，更应该将其视为一篇出色的创作。

阳春歌

阳春二三月

草与水同色

攀条摘香花

言是欢气息

薔薇をつめば

きさらぎ弥生春のあかり

草と水との色はみどり

枝をたわめて薔薇をつめば

うれしき人が息の香ぞする

这首诗的译文起承两句为七六调，原诗中均以名词结尾，但译文之中却换之以形容词。从音律来看，原诗以“e”音作结，译文以“ri”作结。由此可以看出，在这两句的翻译中，佐藤春夫有尽可能令韵律和押韵靠近原诗的尝试。值得一提的是，将承句中的“草与水同色 ”译作“草と水との色はみどり”虽贴合原意，但却有着强调“和水草为同一种颜色”的意思，实际上，承句的意思是指春正酣时，地上草色青青，繁盛无比，与同样碧绿的水一个颜色。在《爱的世界》一文中，佐藤春夫即说过对这句诗的理解：“草与水同色大概是因为水草茂盛的缘故。”因此，做出这样的翻译可能与其对该句的认识有关。另外，转结两句的译文为七七调，转句译为“枝をたわめて薔薇をつめば”与原意相去甚远，原诗的“香花”被直接翻译为“薔薇”，还特别注了假名“さうび”。而结句中的“うれしき人”是由于我听闻“欢”为爱人之意，相比于古人所咏吟的月待花的香味与袖香，更给人一种肉体感和近代感。总体来说，这首诗虽然是五言诗，但不像五言绝句一样按照一定的韵律押韵，属于“乐府”类的一种歌谣。最大的特点就是情景交融，流露出了真情实感。佐藤春夫对这一点，尤其诗所描写的男女之间丰富细腻的感情意蕴拿捏得比较准确，其翻译延续了原诗的热情，虽然韵律与原诗有所不同，但显得更加优美，可谓是一篇出色的译文。

夷陵民歌（其二）

杨柳杨柳

袅袅随风急

西楼美人春梦中

翠帘斜卷千条入

謡

やなぎや柳

なよなよと風になびきてしどけなし

色香も深き窓のいと春の夢いまうつつなし

すだれ捲くれてのぞき入る千條のやなぎ

这是一首声调优美，韵律自由的歌谣。起句为七调，译文以呼唤的声调来展现节奏，尽可能合乎了原诗的音韵，既充满韵律美，又比较贴合原意，是一句很不错的翻译。承句译作五七五调式的“なよなよと風になびきてしどけなし”，也是充满了韵律美，但相比起句，对原意的传达不够充分，没有译出杨柳枝婀娜的身姿，反而将重点放在了对疾风的描述之上。在转结两句的译文中，佐藤春夫可能是为了维持这种韵律，对原意牺牲较多。先来看转句，为较为特殊的七五七五调。佐藤春夫将原诗“西楼美人”译成“ 色香も深き窓のいと”，意为“窗里那姿色娇艳的美人”，虽比较符合原意，但少了原诗“西楼”所建构的令人遐想的诗境。再看译成七五七调的结句，这一句整体上延续了这首民谣声调优美的特征，但对原意舍弃较多，例如译者将原诗的“斜卷”译为“捲くれ”。但“斜卷”应为“斜めに捲きあげる”之意，如果只是“捲くれる”的话，就变成了“自然卷上来”。在《美的世界》中，佐藤春夫曾说到这首诗的诗想：“楼外，风稍显得有点粗暴，吹乱了杨柳枝。楼中有一位美女正迷迷糊糊地做着春梦。楼内外都是一副春的景象，任风吹拂的柳条卷入帘中窥看美女的睡姿。”① 由此可见，佐藤春夫对这首《謡》的意蕴理解是很准确的，但其译文并没能更好地体现这种诗想，想来应该仍是韵律要胜于意思传达的理念所致。

感怀（其一）

栏杆闲倚日偏长
短笛无情苦断肠
安得身轻如燕子
随风容易到君傍

よき人が笛の音きこゆ
おばしまのわがつれづれに
憂き笛ぞいよよ切なき
なぞわが身つばくらならぬ
風に乗り君がり行かぬ

原诗起承两句“栏杆闲倚日偏长，短笛无情苦断肠”，两句形成对句。“栏杆”对“短笛”，“闲依”对“无情”，“日偏长”对“苦断肠”，真情实感极为充沛。从韵律来说，起承两句均押“ang”韵，韵律有些单调，但对句的应用则弥补了这一问题。从全诗内容来看，起句写作者自己的百无聊赖，承句借潘的笛声责备男子的无情。春

① ［日］佐藤春夫：「美の世界」，『定本佐藤春夫全集』（第10卷），臨川書店1999年版，第207頁。

夫将这两句译作七五调“おばしまのわがつれづれに、憂き笛ぞいよよ切なき”。这两句译文每句均为十二音，既具有韵律美，又传达出了基本的原意，可谓是极为出色的译文，需要关注的是，起句中的“栏杆”“日偏长”并没有在译文中得到具体体现，而是采用意象的翻译方式进行了表达，这应该是佐藤春夫的一次新的尝试，非常成功。再看原诗的转结两句“安得身轻如燕子，随风容易到君傍”，这两句是对起承两句的情感进行了进一步的显化，诗句间流露出热情少女的期待爱恋的怀春心情。转句译作“なぞわが身つばくらならぬ”，结句译作“風に乗り君がり行かぬ”，韵律数亦为七五调，大致看来这两句的翻译不逊于起承两句，但结句中将“随风容易”译作“風に乗り”则属于误译。

子夜歌（其二）

宿昔不梳头

丝发被两肩

腕伸郎膝上

何处不可怜

女ごころ

むかし思へばおどろ髪

油もつけず梳きもせず

ひとたび君に凭り伏して

わが身いとしやここかしこ

这篇译文语言清新，格式工整，为七五调的四行十二字，可以看出佐藤春夫有刻意追求韵律的意图，但同时也造成了有损原意之憾。起句译文“むかし思へばおどろ髪”应该说是一个极富韵律感的翻译，但将“宿昔”译作“昔”，使原诗刻画的平日里就浪漫、热情的女子形象有所缺失，更像一个记忆中的女子。如果将这一意蕴延续至承句的译文“油もつけず梳きもせず”则会发现，该句没有了实际存在的意义，有画蛇添足之感。另外，转句译作“ひとたび君に凭り伏して”，也是因过于注重韵律美的保持，没有传达出原诗刻画的那种野性、充满热情的女性形象。结句わが身いとしやここかしこ，也是对韵律美的追求胜于了对原意的传达，原诗中的那种热情女子的媚态损失较多。

自调

览镜独无语
凝眸意似痴
遥遥无住着
若箇是相思

ほほ笑みてひとり口ずさめる
鏡とりでてうつとりと
うつけ心のまなざしや
見入るもとほきうはのそら
恋ぞうれしきかくもこそ

整首诗被译成统一的五七调。虽韵律、节奏极佳，但仍存在原意传达不佳的问题。原诗起句以“览”“独”字写出了深闺女子的寂寥无奈。而这两个字并没有被翻译。由于起句脱离了原意，因此，承句也没有对原意进行传达，反而是有了叙述女子空虚寂寥之意。转结两句比起承二句翻译得好，一定程度上反映出了原意的意思，但其内涵仍然没能完全得到表达。

子夜歌（其一）

芳是香所为
冶容不敢当
天不夺人愿
故使侬见郎

むつごと
紅おしろいのにほふのみ
色も香もなきわれながら
願ひ見すてぬ神ありて
わが身を君に逢はせつる

《子夜歌》为《乐府诗集》中一种具有民谣格调的诗歌，其诗歌的押韵、用词都是非常自由的。就这首诗歌而言，其起句中就有“芳”和“香”两个同义词存在，而这种情形在近体诗中是不应出现的。从佐藤春夫的译文来看，与上一首同样翻译为七五调的四行十二字，起承两句译文翻译仍然是在追求韵律，但难能可贵的是这两句都比较贴合原意，译出了原诗的自谦之意。但是转句译作“願ひ見すてぬ神ありて”，丧失了原诗“庆幸”的语气，而加入了期待。结句原意是转句的延续："因为上天的眷顾，我才见到了你。"译文"作わが身を君に逢はせつる"则表达出男性吸引女子之意，背离原意较多。总之，在这首诗的翻译上，佐藤春夫主要是在考虑韵律如何更美，而非是靠拢原意。

怨词（其一）

岂曰道路长
君怀自阻止
妾心如车轮
日日万余里

怨ごと

通ひ路いかで遠からむ
みこころゆゑぞ通はざる
わが思ひこそめぐる輪の
日々に千里をたどれるを

应该说，《怨词·其一》是《车尘集》中不多见的能够兼具声韵和原意的诗歌之一。译文皆为七五调。起句"通ひ路いかで遠からむ"和承句"みこころゆゑぞ通はざる"极富韵律感，且与直译"なんで路が遠いからと言って厭うか、ただあなたが心配するからと思って、行くのを止めただけのことである"的意思几近吻合，较为准确地表现出作者因路途遥远，无法前去看望丈夫的哀切心绪。转结二句写的是作者的思夫之情，情感鲜明而强烈，这一点在佐藤春夫的译文中得到了较好的表现。但结句译作"日々に千里をたど

れるを”，虽然表达出作者的上述情感，但“万余里”实际是一个虚词，象征作者思夫的心情，译文对此处理得则有些过于明确，缺少了一种意象。

咏蝶

薄翅凝香粉
新衣染媚黄
风流谁得似
两两宿花房

蝶を詠める

かろき翅のおしろいや
黄にこそにほへ新ごろも
みやびは誰か及ぶべき
花を臥戸にふたり寝るとは

原诗起承两句的意思需要结合在一起方才完整，即起句描写蝴蝶翅膀的美丽，承句则对翅膀进行了进一步的美化。起句译作七五调的“かろき翅のおしろいや”，虽然具有韵律美，但原意传达与直译的“うすい羽に脂粉がきらびやかに出ている”相比存在不足。承句译文亦为七五调，与直译的“蝶の新羽は媚びるかのように黄色で、見てうらやましいくらいである”相较，佐藤春夫的译文失去了原意诗想，更像是一个具有节奏美的新创作。而这两句译文连在一起，失去了原意的先陈述美丽，后进行强调的顺序，前后关系变得非常模糊。另外，转句译文也是七五调，这一句较起承两句翻

译都要好，在一定程度上兼顾了韵律与原意。结句则译为七七调，译文“花を臥戸にふたり寝るとは”虽有实感，却略显平庸，欠缺余韵。例如原诗“两两宿花房”，既隐含了作者对双宿双飞爱情生活的向往之情，又延续了作者诗歌起承两句渲染的春天的美丽。而译文中采用“ふたり寝るとは”虽然表达了这种原意，但过于直白，没有了原诗余韵袅袅的气韵，着实令人遗憾。总之，整个译文对韵律美的追求胜于原意传达，导致了整首诗的诗想明朗化不足。

绝句

杏花一孤村
流水数间屋
夕阳不见人
牯牛麦中宿

水彩風景

杏咲くさびしき田舎
川添ひや家おちこち
入日さし人げもなくて
麦畑にねむる牛あり

这首诗基本为七五调，但承句中的“家おちこち”则打破了原有的七音调。对此佐藤春夫认为这是一种说明式的结构，给人的印象会更加动人深刻。译诗起句应该说比较好地体现出了原诗孤独的情感基调。但承句译文中，以“川添ひ”对应“流水”应该是不错的翻译，遗憾的是，佐藤春夫为了保持韵律美，特意加了一个感叹词“や”，如此反而模糊了原诗的诗情。另外，将“数间屋”翻译成“家おちこち”，与原诗在语义上出现误差，原诗的“间”并非是译文中“座”的意思，而是指“梁柱和梁柱之间的空距”“房间大小单位”。再看转结二句，转句可谓深得原意，但结句将“牯牛”简单翻译成了“牛”，没能体现出原作者借被阉割过的“牯牛”二字，象征未亡人的自己无依无靠的孤单意蕴。最后来看一下佐藤春夫对诗题的翻译，《水彩風景》实际上并没有昭示出原诗中未亡人空虚、孤寂的情绪，反而显示出孤村的闲散春色，应该说，从诗题来看，译者并没有完全读懂原诗的内涵。

暮春江上送别

一片潮声下石头
江亭送客使人愁
可愁垂柳丝千尺
不为春江绾去舟

行く春の川べの別れ

岩にせかるる川浪や
人に分るるわが嘆き、長々しくも
徒ら堤のやなぎ糸たれて
去りゆく舟を得つなぎもせず

《车尘集》中收录的译诗多为四行四十八字，只有这一篇为四行六十二字，是《车尘集》译文中字数最多的，而且这首诗歌作为变律诗使用的调式也比较特殊。起句通过潮水拍打石头营造出

了一种“静寂”的场景，但译文“岩にせかるる川浪や”却有着“轻声呼唤着”之意，这与原诗诗想显然是大相径庭的。承句是《车尘集》中唯一一句十九个字的七五七音律的译文，原诗起句“一篇潮声下石头”如果直译是“川の流れがどっと音を立てて岩石の上から流れ落ちる”，即借江水拍岸之声写环境的寂静、寥落，因此承句可以理解为“人に分るるわが嘆き、長々しくも”。但译文“人に分るるわが嘆き、長々しくも”的前半部分即已很好地表达出了这种惆怅的情绪，加上后半部分反而显得画蛇添足，甚至使得对这种情绪的体认淡薄了许多。转句译作“徒ら堤のやなぎ糸たれて”，为一行十七字的五七五调，译文虽然尽量兼顾了韵律和原意，但明显可以感到仍缺乏原诗的实际情感。结句“不为春江绾去舟”译作“去りゆく舟を得つなぎもせず”，以七七调作结。虽大致得其原意，但仍有语言不足之憾。可以说这句诗的重点在于“春江”和“去舟”两词，这两个词形成句中对，并且暗含着原诗的主旨，即春随江水而去，如果客人乘坐的小舟也离去的话，剩下的只有无边的寂寞。然而，译文音律虽美，但从中却很难体会到这种意蕴。

送别

淼淼春江上

孤舟去莫留

思君若流水

日夕伴行舟

おなじく
春の江のながれはろばろ
ゆく舟やとどまりもせず
わがこころ水にかも似る
朝ゆふべ君を追ひつつ

原诗被译为五七调，这使该诗译文的整体韵律十分优美，但同样也出现了与原意不合的问题。首先来看起句，原诗有“广阔的春江上”之意，可直译为：“ひろびろとした春の江の上では”，因此从这种原意看，将“淼淼”译为“はろばろ”不如“ひろびろ”来得准确。其次，承句的译文“ゆく舟やとどまりもせず”总体看翻译不错，但原诗的“孤舟”仅仅译作招呼词“舟や”，就缺乏“孤舟”的实感了。由于起句的“淼淼”和承句的“孤舟”为对句，通过这两个词的对比，可更添诗作的寂寞之情。因此，这两个词语作为关键词在译文中没有得到很好的表达，就直接影响了起承两句原意的整体表现。再看转结两句。原诗中“思君若流水，日夕伴行舟”，使得爱恋和思念之情更加鲜明。而佐藤春夫将转句译作“わがこころ水にかも似る”，过于注重韵律，导致原诗为近乎断定的语气，译文却成了一种淡淡的愿望语气。再有结句的译文“朝ゆふべ君を追ひつつ”，总体看尚可，但将“日夕”翻作“朝ゆふべ”有些不准确。还有将“伴行舟”译作“君を追ひつつ”，虽然把舟拟人化是一个新颖的创作意念，但原诗中强调“水与舟”是连在一起的，译文中却变成了水追随舟的景象。从佐藤春夫将标题翻译为“おなじく”来看，他可能将这首诗看作是《行く春の川べの別れ》

的续篇了，认为赵今燕是针对送别同一个人创作的两首诗。但实际上《送别》的创作时间要早于《暮春江上送别》，而且前者转句有“思君”一词，写送别“恋人”时的心情，后者则在承句中写了“送客”，是为送客而作。可能佐藤春夫对这一点的误解影响了他对这首诗的翻译。

三月即事

三月春无味
杨花惹晓风
莫行流水岸
片片是残红

行く春

あぢきなの春のをはりは
朝かぜにやなぎなびくと
行くなかれ川べの岸に
ちり果てて花ぞいさよふ

该诗被译为五七调。起句富有韵律美，以“春のをはりは”来表现原诗黯然自伤的语气，效果不错。但承句译为“朝かぜにやなぎなびくと”则只保持了韵律美，其原诗的意思表达不充分。译文意为“晓风舞柳枝”，但诗歌原意为“杨花在晨风中飞舞”，暗喻残春的到来以及作者怅然哀伤的心绪，这种意蕴在译文中没有得到体现，这一句直译为“柳が暁の朝風を招く”。相比之下，直译对杨花随风飘飞的诗境的把握较佐藤春夫的翻译更为准确。转结两句意在通过告诫“不要行走于河岸边，以免看见落花引起伤悲”来抒发作者的幽怨，直译为“すべてが落花である”，写“あちこちに落花があるよ”，而佐藤春夫的翻译“行くなかれ川べの岸に”与直译相比，就缺乏了直译中对原诗“莫”字所带命令语气的体现。而紧接着，结句的“ちり果てて花ぞいさよふ”所表达的意思就变为对花期的陈述，因此这两句实际上意义就无法进行勾连了。总之，这首诗有一定的“误译”问题。

有怀

竹榻清人梦
花香媚酒杯
觉来有幽趣
明光满妆台

そぞろごころ
夢こそ清けれ竹の寝椅子に
杯あまけれ花のかをりに
目ざめてそぞろに楽しからずや
月かげさやかに櫛笥を照らせり

佐藤春夫似乎不知道这首诗用平静的心态写王稚登没有迎娶马月娇一事，并且是以嘲讽的心情表达出来的，因此译诗没有充分传达出原诗的诗想。第一句就用回忆的方式写到“竹榻清人梦”，写过去的无常。承句“花香媚酒杯”，假托周围之物与现在的情况，写过去的愿望。译文起句很罕见地译成了八七调，但仍然是韵律美而原意失，例如“清人梦”被译为具有嘲讽意味的“夢こそ清けれ”，实际上，作者只是陈述自己入梦一个场景。另外，承句“花香媚酒杯”暗含了作者的单相思，译文中却没有表示出这种意思。另外，转句中“觉来”本意为“醒来”，但译文却作“目ざめて”，为“熟视，转为熟虑”之意；还有“有幽趣”译作了“そぞろに楽しからずや”，明显是为了维护韵律而牺牲了原意。与上述三句相比，结句句尾“照らせり”比较接近原意，算得上较好的翻译。总之，这首诗歌的翻译声调和韵律都很不工整，且韵律、意义也不佳。从《原作者其事及其他》一文中可以看出，佐藤春夫似乎并不了解马月娇和王伯谷之间的单相思故事，或许正由于此，原诗的诗情才没能反映在译文中。

沙上鹭

沙头一水禽
鼓翼扬清音
只待高风便
非无云汉心

白鷺をうたひて

はまべにひとり白鷺の
あだたに打つ羽音もすずし
高ゆく風をまてるらむ
こころ雲ゐにあこがれて

译文均为七五调。起句较好地传达出了原诗那种借水禽振翅、鸣叫所渲染的安谧、美妙的意境，尤其是译者将“沙头”大胆译作“はまべ”（水边）非常恰当，使这一句立时便具有了想象的空间。相比之下，承句则稍微逊色一些，译文中的“あだ”为“徒劳”之意，但原诗中的“鼓翼”却不是徒劳的，而是水禽在等待风来后高飞的机会。因此，译成“あだたに打つ”就偏离了原意，也使整首诗失去了平衡，造成后两句没有了存在的意义。转结两句从译文整体来看，无论是韵律还是贴合原意都要优于起承二句，但仍存在一些瑕疵，例如原诗转句“只待高风便”为肯定句，为“只等到风来之时便要高飞而去”之意，但译文的语气却变为了推测。另外，原诗结句用了双重否定表示肯定，而译文则带了一丝愿望式的色彩。总体来说，佐藤春夫对这首诗的诗想理解是比较准确的，只是以韵律为主导的翻译理念使他疏于对原意的关注了。

池上竹

此君临此池
枝低水相近
碧色绿波中
日日流不尽

池のほとりなる竹

池にのぞめるくれ竹や
枝は水の面にしだれつつ
みどりは日日に池水の
波にそそぎてつきもせず

译文为七五调式。起句基本保持了原诗用词的优雅，但原诗是以拟人的手法描写池边的竹子，即从侧面对竹子进行描写，而译文则变成了祈使句，拟人的含蓄感被削弱了。承句原诗描写了竹子与水相邻的静态美景，但译文“枝は水の面にしだれつつ”却具有了动作态势，意为竹子正在向水靠近。这一句的意蕴可通过直译“枝が水面に低くたれさがっている”感受到。转结两句的意思是映在碧绿的竹影里停留于日日流动的水中，永远也不会消失。译作“みどりは日日に池水の、波にそそぎてつきもせず”，将这一原诗意象进行了交叉，音律和腔调都极美，但这两句直译“みどり色をした深い池の水の庭にある竹の影は、日々は池水に押し流されても一向に尽きなく、依然として池水の中に映っている”。由此可以看出，佐藤春夫的译文缺少了实际感情，以致原诗的内在意蕴没能表达完整。另外，从译文的抒情性来说，也较原诗逊色。实际上，《池上竹》是一首格调极为高雅的诗歌，可谓是以优美的词句勾勒出了一帧淡彩水墨画，这样的诗作的神韵往往内敛而含蓄，极难把控，也导致了翻译的难度增高。

水槛

近水人家小结庐
轩窗潇洒胜幽居
凭栏忽闻渔棹声
知有小船来卖鱼

川ぞひの欄によりて
川ぞひの小家のかまへ
窓ゆかしよき庵よりも
立ちよれば櫓の音ひびき
小船来て魚を買へとぞ

译文全篇为七五调，但由于每句都用十二个假名来刻意保持韵律的优美，以致原诗的诗情出现了部分丢失。例如起句译为“川ぞひの小家のかまへ”重点放在了房屋上，没有体现出幽居之趣，再如将承句中的“轩窗”翻译为“窓ゆかし”，失去了原诗以“水边屋小小窗口”来表现静寂的美感。结句译文“小船来て魚を買へとぞ”，虽然给人一种真实的既视感，但原诗体现出的从“听”入感觉的冷清的水边风景画的意蕴就逊色了许多。在《美的世界》一文中，佐藤春夫就这首《水槛》写道：“这大概描写的是苏州一带的风景。……这一风景富有静寂之趣，仿佛使人看到了一篇构图巧妙，充满水墨色彩的小品文，以及一首与此相映成趣的素雅诗。”① 由此可知，佐藤春夫对该诗诗意的理解是准确的，但其翻译与原诗相比，实感仍然相差不少。正向吉川发辉所说“如果原诗是一幅引人陶醉不已、栩栩如生的风景画的话，译文的画面则褪色，失去了原文的色彩”②。这或许也是追求韵律美的结果吧。

① ［日］佐藤春夫：「美の世界」，『定本佐藤春夫全集』（第10卷），臨川書店1999年版，第229頁。

② ［日］吉川発輝：「佐藤春夫の『車塵集』——中国歴代名媛詩の比較研究（序）」，新典社1989年版，第183頁。

子夜夏歌

日永倦游赏
枕簟集凉飔
便欲同甘梦
那堪日落迟

夏の日の恋人

つれづれの夏の日ねもす
うたたねの枕すずしや
かよへかし夢はかたみに
君来ます夜をまちがて

这也是《车尘集》中韵律极佳的一篇译文。全诗翻译为五七调。原诗起句中的“日永”译成“つれづれ”稍有不妥，“日永”给人以“酷热漫长”之感，这一点在译文中没有体现。另外“倦游赏”没有翻译出来，但整句译文给人以一种夏日无所事事的感觉，这种诗想倒是与原诗有些吻合。承句为了与起句格式和意蕴统一加入了“うたたね”，使原诗的单纯的环境描写增加了人参与其间的感觉，诗人想象的丰富令人惊叹。转句则有些脱离原意，原诗有“希望一起入梦”的意思，暗示女子希望与情人相拥而眠。但译者在“夢はかた”之后加上了时间助词“み”其意就变为了“梦的回忆”，与原意不符。结句原诗中的“日落”呼应了起句的“日永”，这一对仗并没有在结句的译文中表达出来，因此，整句译文过于抽象，实感不足。

叹水曲

轻鬓觉浮云
双蛾出拟月
水澄正落钗
萍开理坐发

水かがみ

浮ぐもの鬢、月の眉
水草さけてかんざしの
落ちたるあたり澄みわたる
水を鏡になほすおくれ毛

起承二句为七五调，译作“浮ぐもの鬢、月の眉”，以十二个假名就翻译了原诗的起承两句，但如此译法与直译的“（水の中に映っている）軽いこめかみはまるで浮き雲のようである（映在水中的鬓角就像浮云一样）”“両眉はまさに三日月のようにみえる（眉毛就似一弯娥眉月）”相比较，可以发现存在缺乏实感、意蕴不佳的问题，即佐藤春夫的翻译没能充分体现出浮云和弯月的灵动以及美人栩栩如生的姿容。转结两句中转句为七五调，结句为七七调，佐藤春夫将其译为三行三十八个假名。其中将“萍开”译成“水草さけ”可谓传神，但是与直译的“簪が澄みきった水底に落ちているようである。その澄んだ水でちょっと垂れ髪を整う（发簪落入了清澈的水中，正好借这澄澈的水面整理散落的头发。）”相比，仍然有传达原意不足之嫌，似乎译诗的意象抢了原诗意象的风头，再反

观佐藤春夫以十二个假名翻译起承句，以三十八个假名翻译转接句的罕见的特殊翻译方式，可以说这篇译文更像是译者为了保持韵律美的创作。

酥乳

浴罢檀郎抚弄处
露华凉沁紫葡萄

乳房をうたひて

湯あがりを　　うれしき人になぶられて
露ににじむ時　　むらさきの葡萄の玉ぞ

此二句为赵莺莺《酥乳》的转结两句，佐藤春夫在《原作者其事及其他》一文中讲述了自己节选这两句的理由：“起承两句‘粉香汗湿瑶琴轸，春逗酥融白凤膏’虽具有文学美，但几乎没有任何意义，因此不作翻译。”然而，其真正的理由应该是如果以五七调或七五调将四句全部翻译出来，那么译文就不能只有四行。也就是说，只有舍弃起承两句，才能保持韵律和格式。可见，译者依旧没有摆脱韵律的束缚。转句将“浴罢”译作“湯あがり”，与原意较为符合，但将“檀郎抚弄处”译作“うれしき人になぶられて”则与原意有出入，这里应作主格式“男性のなぶるところは”。另外，转句的翻译与原诗相比有些突兀，缺少了对美人胸部的描述铺垫，使译文缺少了实感。原诗结句“露华凉沁紫葡萄”的“露华”为“つゆまたは美しいつゆ（美丽的露珠）”之意，即是“露”的雅语。但佐藤春夫的译文“露ににじむ”仅传达出了“露”，而其所隐含的

“美丽”则没能确切地表现出来。另外，春夫将“凉沁紫葡萄”译作“むらさきの葡萄の玉ぞ”，与直译的“湯から上がって露ににじみながらも気持ちはすっとして乳房は紫色の葡萄のようである”相比，描述女性胴体之美不够充分。

子夜歌（其二十六）

依作北斗星
千年无转移
欢行白日心
朝东暮迁西

恋愛天文学

われは北斗の星にして
千年ゆるがぬものなるを
君がこころの天つ日や
あしたはひがし暮れは西

原诗为《子夜歌》中韵律最好、格调最高的一首诗。译文也是《车尘集》中少有的兼顾了韵律之美和原意表达的上乘之作。译文全部统一为七五调。起承二句“われは北斗の星にして”“千年ゆるがぬものなるを”很好地体现出了陷入恋情之中的少女对情人的一片真情，尤其是“にして”“ゆるがぬ”的运用恰到好处，使原诗意蕴表现得极为分明。另外，译者在转句中加入了“ 君がこころ”，使原诗的意思具有了明确的所指（原诗未带主语），更易于读者对男子心智不坚的形象进行理解。最后的结句与其他三句相比，意蕴表达稍差，原诗意为男子的心就像天上的太阳一样朝三暮四，语气中有着幽怨和不满，但译文“あしたはひがし暮れは西”只是延续了转句的意思，并没有表达出女性这样的怨怼情绪。

子夜歌（其十一）

我念欢的的
子行由豫情
雾露隐芙蓉
见莲不分明

朝の別れ

思ひつめては見えもする
君ゆきがてのうしろかげ
おぼろめきつつ蓮さへ
花も見わかぬ朝ぎりに

该诗译文亦为七五调。总体特点仍然是重视韵律。但由于原诗运用了隐喻，使诗的意思表达十分抽象，不容易理解，因此，翻译这首诗歌的难度相对较大，这也加重了译文偏离原诗意思的程度。起句“我念欢的的”，原意为“我思念你的感情是实实在在，明明白白的”。但译文“思ひつめては見えもする”则为再三烦恼后我又看见了你。承句“子行由豫情”意为“你却是表现出犹犹豫豫的情感”。这里的“行”意指男子在恋爱中的表现，佐藤春夫却将其理解为“走、离开”之意，而且译文中没有对“由豫”进行翻译，使整句诗歌的意思变成了“我在看你离开的背影”。再看转结二句，

原诗的意思为“迷雾遮住了荷花，使人看不清楚”，暗喻男子对女子的爱情态度模模糊糊。应该说，这两句较起承两句翻译得要好，比较明白地传达了原诗字面上的意思。但就因译者对起承两句理解有误，以致转结二句并没有表达出女子的幽怨之情。吉田精一在《日本近代诗鉴赏》中，就佐藤春夫翻译的这首诗曾作如下评论：“……《朝の別れ》的情感与同样写妓女情的竹夫人所作的《水調子》（河东节）［ちぎれちぎれの雲見れば、ゆうべ寝ぬ身のとけしなや。雨もつ空の泣きたくば、ここへ来てねよ伴なわん（中略）］有相通之处。”由此可见，佐藤春夫的这篇译文更倾向于以优美的韵律抒发女子对离去男子的思恋，而非表现女子的内心哀怨。

采莲

风日正清明
荷花蔽州渚
不见采莲人
只闻花下语

採蓮

さわやかに風や日かげや
花はちす汀をつつみ
見えもせじ蓮採る子や
花がくれかたちふ声す

该诗全篇作五七调，重点仍是在音律之上。从起句看，原诗诗想虽然得到了一定表达，可译者刻意在“風”和“日かげ”的后面

加上了“や”，使译文没有了如直译“風もさわやかで空も晴れている”那种和风、煦日、晴空交融的意境。承句也是如此，总体翻译不错，但“蔽州渚”是指莲叶茂盛遮住了沙洲的样子，译文作“汀をつつみ”，虽保证了韵律之美却未完全传达出原来的茂盛之意。另外，在对转句的翻译中，佐藤春夫同样是为了保证五七调的音律数，在句尾加了一个“や”，使原诗的“孤寂”之感淡薄了许多。而结句“花がくれかたちふ声す”虽然是一个很好的翻译，但这种翻译方法同样没有体现出原诗将花与人对比，使“采莲”情景更加鲜活的意境。可以说，这篇译文几乎是对采莲的意象描写，而原诗内蕴的“孤寞”之感则表现不足。

咏怀

白藕成花风已秋

不堪残睡更回头

晚云带雨归飞急

去做西窗一枕愁

はつ秋

白蓮さきて風は秋

ねざめ切なく見かへれば

雲あしはやき夕ぞらの

夜半や片しく袖に降るらん

起句为七五调，采用了直译的方法，虽然在一定程度上传达了原意，但语气较原诗弱，而且缺少原诗的实感。承句和起句一样译作七五调，其中将“更回头”译作“見かへれば”意思相差不大，但将“不堪残睡”译作“ねざめ切なく”则差强人意。转句译作“雲あしはやき夕ぞらの”，既有节奏感，实感也表现不错，但受到一句十二个假名、七五调的束缚，原意表达不充分，没有充分传达出“晚云”一词所带的强烈的语气感，在《原作者其事及其他》一文中，佐藤春夫就“晚云”一词曾说道：“转句中的‘晚云’作‘晓云’。但如果不作‘晚云’则缺少了诗情。考虑到在支那南方有午睡的习惯，午睡之后回头看晚云也不是不可能的。”或许佐藤春夫如此翻译与他的这种理解有关。再看结句“ 夜半や片しく袖に降るらん”，韵律非常流畅优美，但缺陷仍然是没能充分地传达出原诗那种自暴自弃的诗感和急切的语气。但吉川发辉认为这句翻译不失为一个出色的半创作作品。

临镜

忆昨花前别

秦淮水又秋

朝来怯临镜

孤影空自愁

秋の鏡

別れしは昨、花さく日

いま秦淮の水は秋

朝うたてきかかがみには

わが面かげぞいたましき

这是一篇七五调的译文。佐藤春夫将起句译作“別れしは昨、花さく日”，故意将“昨”标注假名为“きそ”，将“花前”特意译作“花さく日”，很明显是在模仿《万叶集》中和歌的写法。虽说这样翻译很不错，但问题是修饰过多，依然有着过于重视韵律美之嫌。承句的翻译采用了直译法，使该句的翻译保持了与原诗意思的吻合，但如此一来，起承两句则出现了对立，以致诗歌的实感有些模糊。转句“朝来怯临镜”，想到自己老去的容颜，早上都害怕照镜子，将自己的失落淋漓尽致地表现了出来。但译文“朝うたてきかかがみには”，并没有充分传达出老年女子这种落寞的心态。结句“孤影空自愁”，以寂寞、悲伤的情感作结。译文作“わが面かげぞいたましき”，依然没有充分传达原意。例如，“孤影”译作“わが面かげぞ”，不能引起“孤影”的实感。另外，“空自愁”译作“いたましき”，这与原意有很大出入。原诗以一个“空”字否定了下面的“自愁”，但译文却很难反映出这种强烈的语气。相较之下，这首诗歌的起承两句译文要明显优于转结二句的译文，由此也可确定，这种韵律之美凌驾于传达原意之上的翻译方式实在是佐藤春夫不愿放弃的。

啰唝曲（其一）

不惜秦淮水
生憎江上船
载儿夫婿去
经岁又经年

秋の江

うたてしや秦淮の水や

おぞましや江に浮ぶ舟

わが夫をのせて去にしより

流れけむ、年を幾年

起句翻译为七五调的“うたてしや秦淮の水や”不仅具有韵律美，并且较好地传达出了原意强烈的否定意味，翻译相当成功。承句译作五七调，韵律之美一如既往，但译文要逊色许多。原诗中的“生憎”，为“彻底讨厌”的意思，表达强烈的憎恶之情，但译文作“おぞましや”，不仅失去了实感，而且没有体现出“彻底讨厌”的意蕴，有些不恰当。转句亦为五七调，译者将“载儿夫婿去”译作“わが夫をのせて去にしより”，乍看翻译得比较好，既有实感，也有韵律，但仔细考量则会发现，其中的“儿夫婿”是一个独立名词，每个字也都有具体的意思。而译文仅仅译作了“夫”，显得过于粗犷，没有了原诗的精致。另外，结句的“经岁又经年”也译作了五七调“流れけむ、年を幾年”，佐藤春夫为保持韵律的一致，还刻意根据五七调定律在“む”和“年”之间空一格。但如此一来，削弱了原诗整体的气势，使独守空闺女子的寂寞和怨怼没能充分表达出来。

赠汗巾

愁听玉漏夜偏长

薄命如侬固自当

一缕机丝聊寄恨

莫教抛榔阿谁旁

手巾を贈るにそへて

うれひぞ長く更くる夜に

身をこそうらみ一すぢに

織りてまゐらすものをしも

誰がよき閨に人や捨つらむ

该诗起句为七五调，译文没有将原诗中的“听”“玉漏”等词翻译出来，使这一句内在的那种听觉上的诗想没有表达完整。另外，原诗的承句几乎没有译出，转结句则译为七五调、七五调、七七调的三句：“身をこそうらみ一すぢに ”“織りてまゐらすものをしも”“誰がよき閨に人や捨つらむ ”意为“恨此身呀，只能寄望于一缕丝绦，而我织就的汗巾不知会抛向何方”。由于省略了原诗承句，后续译文与起句显得有些脱节，甚至有些不知所云，这显然是译者刻意追求韵律的结果。实际上，中国的七言诗余韵悠长，其内涵是相当丰富的。如果硬性地将这类诗作翻译成七五或五七调这种容量相对较小的假名诗，其难度是可想而知的。佐藤春夫显然意识到了这一不足，所以采取了意象转换的手法进行再创作。

醉罢

醉罢月已明

照我还照君

如何君不见

只见天边云

月は空しく鏡に似たり

酔ひざめの月のさやけさよ

君をも照らすものからに

君がすがたは見えもせで

ただわりなきの天つ雲見ゆ

该诗为七五调，起句译作“酔ひざめの月のさやけさよ”，这是一个很好的翻译，将“醉罢”译为“酔ひざめ”与诗的原意极为契合，但将“月已明”译作“月のさやけさよ”，则与原意相去甚远。承句译作“ 君をも照らすものからに”，与原文相比缺乏一些实感。例如原诗用“照我”和“照君”加强语气，但译文则没有特别准确地体现出这一点。另外，转句原文句首以“如何”这种问句加强语气。句尾使用“不见”采用疑问与否定的表达方式，更加重了这种语气，相比之下，译文中的这种语气体现要弱得多。最后，结句中的“只见”译作了“ただわりなきの”，“天边云”译作了“天つ雲”，与原诗诗意相去甚远。此外，转结两句的“不见”与“只见”为对句，以相反视觉效果的词语强化诗歌的思念之情，译文中也没能体现出来。

送兄

别路云初起

离亭叶正飞

所嗟人异雁

不得一行飞

秋の別れ

別れ路に雲湧きうかび
葉は散るよ峠の茶屋に
かなし、人、雁にあらねば
一つらに飛ばんすべなし

译文为五七调，整体而言，这首诗是《车尘集》中翻译较好的一首，起句“別れ路に雲湧きうかび”译得较好，兼顾了韵律和原意。但承句则显示出韵律美胜于意思传达的不足。例如“离亭”与起句中的“别路”一样在原诗中作动名词使用，但译文中译作了名词“峠の茶屋”，与直译“茶屋を離れる”相比，偏离了这一动名词特有的意义。另外，从原诗可以看出，起承句为即景描写，转结二句为情感描述，这两部分以转句开头的“所磋”二字相连，即“所磋”在此起到了承上启下的作用。佐藤春夫对此理解非常准确，在转句翻译中没有直接使用“かなしや”，而是以“かなし”“停顿”“人”“再停顿”制造出一种抑扬顿挫的读感，巧妙和精准地表达出了作者发出“所磋”时的无限哀愁。结句“一つらに飛ばんすべなし”也是接续了“かなし”而来，这样就使译文具有了实感并且比较好地表现出了原意，这种翻译手法着实令人赞叹。

秋思

再叹多情是足愁
况当风月满庭秋
洞房偏与更声近
夜夜灯前欲白头

秋ふかくして

わかきなやみに得も堪えで

わがなかなかに頼むかな

今はた秋もふけまさる

夜ごとの閨に白みゆく髪

这是《车尘集》译文中问题较多的一首诗歌，佐藤春夫把起承两句翻译为七五调："わかきなやみに得も堪えで　わがなかなかに頼むかな。"可以看出，这两句的节奏感很强，语句清新，但有脱离原意的问题。起句尚不明显，承句则较为突出，"风月""满庭"两个情景均被忽略了，使整句诗的实感非常薄弱。再看转结句也是如此，原诗中的"更声""灯前"也是没有译出，进一步强化了译文的无力感。另外，结句被译为七七调，韵律很好，但原诗中的"欲白头"被译为"白みゆく髪"，描写过于直白，以致原诗中所包含的凄凉感情荡然无存。从译文的整体来看，佐藤春夫舍去了很多实景的翻译，使译文过于抽象化，这既与其执念于韵律有关，还与其对作者鱼玄机的理解紧密相连。从《原作者其事及其他》一文中即可看出，他与森鸥外不同，森鸥外独特欣赏鱼玄机的诗文，而他只对受情欲之苦、多情而忧郁的鱼玄机那唯美的女子心理产生共鸣。因此这首诗与其说这是佐藤春夫的翻译，毋宁说这是他以原诗为框架，抒发自己内心情感的创作。

咏怀

几点愁人泪

不许春风吹

吹到长江里

江流无尽期

恋するものの涙

恋するものの涙を

な吹きはらひそ秋風

吹きて河べにいたらば

ながれは尽きせじ

这首诗的译文属于《车尘集》中少见的变律诗，起承转三句为七四调，结句为四四调，但均存在较多问题。首先，佐藤春夫将该诗诗题译为“恋するものの涙”，意为“恋爱之中的相思泪”，如此便将原诗“悲哀”的主旨变成了“热恋诗”，原诗的意境大变。其次，起句译文中忽略了“几点”一词，将“愁人泪”翻译成“涙を”，没有充分传达出原诗中悲伤情绪。最后，原诗承句的意思应为“悲しい涙が秋風に吹かれて長江に入るのを許すな”，而不是“吹きはらってしまうな”的意思。这样翻译使原诗“不许”的否定意味在译文中单薄了许多。另外，原诗转句中的“长江里”为“长江之中”的意思，但译文则作“河べにい”（河边），意蕴上完全不同。由于转句“长江”与结句的“无尽”相对应，因此尽管结句以“いたらば”对原意的贴合做得很好，但“河边”一词的使用，则使转结句的意思无法相连，很可能造成读者对诗歌的误解。

青溪小姑曲

日暮风吹

落叶依枝

存心丹意

愁君未知

もみぢ葉

日はくれ風ふき

枝に葉は落つ

もゆる思ひは

君に知られず

原诗同《子夜歌》一样有着叙事诗歌的特征，其诗每一句的第四个字都以“i”音结尾，韵律较为单调，却朗朗上口，其中所蕴含的情感亦十分强烈、明显。从译文看，均为变律的七调式，翻译也基本符合了原意。起句“ふき”一词所载意象可以说将原诗“日落风起”的清冷意蕴表现得非常到位。承句译为“枝に葉は落つ”，但原意有着落叶依傍树枝，似落未落的意蕴，这一点译者没能把握好。转句原意为“心中有了浓浓的爱意”，佐藤春夫则译为“もゆる思ひは”（爱意如火一般燃起）应该说是发挥了诗人的想象。结句有所欠佳，原诗有“忧虑、害怕”之意，但译文使用了肯定语气，与原诗意思不符。

子夜歌（其八）

谁能思不歌

谁能饥不食
日冥当倚户
惆怅底不忆

思ひあふれて

思ひあふれて歌はざらんや
飢えをおぼえて食らはざらめや
たそがれひとり戸に倚り立ちて
切なく君をしたはざらめや

这应该是《车尘集》中唯一一首全部采用直译手法翻译的译文。尽管如此，佐藤春夫依然遵循了其“韵律”为先的翻译准则。全篇均为变律的七七调。起承两句均为十二字，格调极为工整。但原诗中的“思”应为“思念，相思”之意，属名词，而“思ひあふれて”却为“思绪澎湃”，属动词，如此一来，原诗所蕴含的女子相思苦恋之情便被消弭了。转句与原意较为贴合，尤其是“たそがれひとり”表现出了女子孤独、寂寥的心绪。结句则表意不佳，译者以“切なく”对女子思念情郎的感情进行了强调，但原诗的“惆怅”意味则没有体现出来。从译文中可以看到，四行译诗中有三句是“以ざらめや”结尾的，这明显是译者在刻意地追求韵律和节奏。但如此一来，原意表达在直译的手法下也便出现了缺陷。因此，佐藤春夫在此采用的直译法并不纯粹。

秋泉

冷色初澄一带烟

幽声遥泄十丝弦
长来枕上牵情思
不使愁人半夜眠

秋の瀧

さわやかに目路澄むあたり
音に見えしかそけき琴は
かよひ来て夜半のまくらに
寝もせず人恋うる子を

首先来看诗题。佐藤春夫将“泉”译为“瀧”与原意不符，在原诗的泉水轻不可闻，但译诗的泉水却变成了声响大的瀑布，这是一个全然不同的意象。其次来看译文。译文每一行均为五七调十二音。原诗起句中用“冷”字修饰月亮，增强了“秋月”的哀伤意象。但译文忽略了“一带烟”的翻译，以“さわやか（清爽）”一词给人带来一片澄澈，这脱离了原诗悲秋的意蕴。承句“音に見えしかそけき琴は”没有翻译“幽声”“遥泄”，一方面仅以“琴”字根本不能传达出“十丝弦”一词的视觉效果；另一方面也无法传达出泉水流动的趣味，而且“音”还有了两种解释。考虑到诗题只能是“瀑布的声音听起来像琴声”，感觉有些不恰当。再看转句，与原诗因相思而无眠的感觉相反，体现出一种明快的恋爱心境。最后的结句，几乎感觉不到原诗的伤感，反而可以体悟到一种与转句相接的恋爱的热烈。在这首诗的翻译上，佐藤春夫基本没有采纳原诗的词汇，更背离了原意，可谓是创作了一首全新的爱情诗。

夜坐作寄友（上阕）

夜半灯花落
液泪满铜荷
乃知消息理
荣华忧患多

ともし灯の教へ

ながき夜の灯に結ぶ丁字の
燭涙となりたまるを見れば
今はた知りぬ世のことはりを
時めける人うれひしげしと

该诗译文为七七调式。从译文整体来看，仍然是以韵律美为主。在起句“ながき夜の灯に結ぶ丁字の”中，佐藤春夫刻意加入了自己的诗想，将灯花译为丁香色的灯火，这一创想令原诗具有了一种活色生香之美。承句平铺直叙，原诗的“液泪”引申为“燭涙”，不仅贴合原意，更易于读者体认。转接句也基本保持了原意，总之，这是一首较为忠实于诗作原意的翻译。

咏残灯

残灯犹未灭
将尽更扬辉
唯余一两焰
才得解罗衣

残燈を詠みて

ともし灯の
消ぬがに見えて
なかなかに
帯解く間は燃えまさりつつ

译文起句译成了一行五音，承句译作“消ぬがに見えて”，可以看出译者是准备以十二字来传达原诗起承两句“残灯犹未灭，将尽更扬辉”的意思。这种翻译手法显然是《叹水曲》的一种延续，但与直译的“残燈はまだ全部消えていないが、夜がふけるにつれて、そのともし灯は益々光辉を放っている。（残灯没有完全熄灭，夜深了，烛火燃烧得更盛)”进行比较，可以看出这十二字只传达了起句的意思，承句“扬辉”的意思则完全没有了踪影。转句译作五音“なかなかに”，虽然保证了与原诗音节相同，但无论是听觉抑或视觉，译文均没能表现出原意。结句“仅得解罗衣”译作“帯解く間は燃えまさりつつ”可谓是对原意贴合最好的一句。原诗描述了女子在灯尽扬辉之时面对情郎宽衣解带的娇羞心态，译文以“燃えま”来描述原诗的意蕴，一语双关。既指灯在燃烧，又在暗示心在燃烧，把女子局促不安、紧张害羞的形象表现得非常逼真，而且“間”字的应用更突出了这一诗想在视觉上的特点。

寄外

泪湿香罗袖
临风不肯干
欲凭西去雁

寄予薄情看

つれなき人に

風は勿おしそう衣の

なみだに沾じし袖たもと

西する雁にことづくて

つれなき人に見せましを

译文四句均作七五调，起承句“風は勿おしそう衣の、なみだに沾じし袖たもと”与原诗顺序正好相反。起句译文“風は勿おしそう衣の”基本脱离了原诗的意思，意为“风在吹动着衣袖”。佐藤春夫这样翻译显然是为了追求整体译文七五调的韵律美，应该属于半创作。承句则与原意较为贴合，但对原诗诗想的体现依然不足。再看转结两句译文稍胜起承两句一筹。转句中的“ことづくて”虽然传达了原意，但是过于抽象，更有靠拢起承两句场景的意图，无法充分体现原意。结句中的“見せましを”中的“見”为文语，表明佐藤春夫仍是在强调该句的韵律美，而对原诗中的那种妻子孤寂、无依无靠的心绪的体现则要弱化了许多。

夜坐作寄友（下阕）

客中频见月

贪立露华冷

徘徊敛衣袂

愁人未见影

旅びと

草まくら月は飽かなく
立ちつくし濡るる夜露に
さまよひて衣手さむく
己が影は見つつかなしも

这首诗与上阕诗为一首诗歌，佐藤春夫将其分为了两首，译文均为五七调。与该诗的上阕译文相比，这篇译文的韵律更加优美，格式统一，节奏鲜明。起句中，译者根据自己的想象为译文设定了一个原诗没有的意境“旅行的夜晚”。应该说这种意境的确能够极大地表现出日本和歌所追求的那种静寂、哀凉之美，就这一点而言，佐藤春夫的创作性翻译还是基于其最本质的“物哀”文化观而来。承句以“夜露”表达了“露华冷”的意境。转结两句亦是出现了为韵律而舍弃部分原意的问题，例如“敛衣袂”译成了“手さむく”，与原意不符。结句“己が影は見つつかなしも”虽然具有哀伤之意，但与原诗比较，语气过于淡薄。

贫女吟

夜久织未休
戛戛鸣寒机
机中一尺练
终作阿谁衣

貧しき女の詠める

寝もやらで長き夜ごろを

梭の音ひびきもさむき
この機のこのねり絹は
織りあげて誰か着るぞも

这首诗的起句、承句均为七五调，韵律很强，而且尽可能地靠近了诗歌的原意，描述贫家女子独自在深夜织布的场景。但细究之下，原诗的“未休”“戛戛”“寒机”等词汇所表现出的女子的辛苦和寂寞在译诗中的表现却逊色了许多。与之相比直译的“夜遅くなるまで機織りしてやまない”“ぎいぎいと音を立てながら梭を休みなく動かしている”在意蕴上显得更为契合。另外，佐藤春夫在翻译诗歌的转结句时并没有刻意地追求韵律，转句使用了口语体，结句也没有完全转换成和歌式，这在《车尘集》中较为罕见。因此相比起承句，这两句更接近原作的诗想。但这两句韵律数和一句十二字的手法不变，如这般既顾及韵律，又兼顾诗意者在《车尘集》中并不多见。

闺情（其三）

夜静还未眠
蛩吟遽难歇
无那一片心
说向云间月

夜中の思ひ

しづけさを寝もいね難く
虫だにもやめぬ歌あり
いかでかは思ひなからむ

語るらむ　雲間の月に

译文全篇为七五调。起句译为“しづけさを寝もいね難く”，韵律很美，但原意表达略微逊色一些。例如原诗的“夜静”有“深夜”之意，但“しづけさ”却并没有这个意思。承句亦是如此，原诗“蛩吟遽难歇”表面看来是在描述蟋蟀的低吟，但实际上是在述说作者的寂寞心境，强化夜晚的“闺房寂寞”，但是译文“虫だにもやめぬ歌あり”表达出的却是“爱恋”之意，这就与原诗的诗想相去甚远了。再来看转结两句。转句译文为“いかでかは思ひなからむ”，较好地贴合了原诗的意蕴。但结句则不如转句，“語るらむ”“雲間の月に”的运用不佳，使原意中包含的“寂寞”之意境没有得到充分的体现。

咏骰子

一片寒微骨

翻成面面心

自成遭点污

抛掷到如今

骰子を詠みて身を寓するに似たり

枯れさらばうた骨の屑

これがみなさまの御心配

汚点をつけられ申してより

はふり投げられてまづ斯様

原诗译文也是变律诗，起句译成五七调的“枯れさらばうた骨の屑”，其中“寒微骨”译作“うた骨の屑”似有不妥，而且译者为保持韵律美又添加了“枯れさらば”，以致译文没有表现出原意中妓女命如草芥的意思。承句八五调，虽是按意象翻译，但与原意有很大出入。转句为七六调的变律，音律不够完美，但译出了原诗自我嘲讽的内蕴，不失为一句忠实转达原意的翻译。结句亦为七六调，却舍掉了一部分原诗的意思，没有继续传达出原诗自暴自弃的情感。从这首诗整体的翻译来看，佐藤春夫似乎是在追求意象，这样一来，译文便缺少了原诗那种实感，也缺乏诗的韵味。

子夜歌（其十）

欢从何处来
端然有忧色
三啼不一应
有何比松柏

松か柏か

どこでどうして来やつたか
凛々しい主がうれひ顔
三度よぶのに知らぬふり
松か柏かきのつよい

这首诗歌全文被译成七五调，依然是韵律美而意不达。起句“どこでどうして来やつたか”省略了对“欢”的翻译，使原诗中以“欢”暗喻的情郎变成了一个普通的男子。承句翻译较好，在保

持韵律美的前提下尽量靠近了原意。转句中译者以“三度よぶ”对应“啼”很好地表现出了原诗的诗想。但结句不论是从意思还是声调来看都有些差强人意。“松柏”通常用作形容人具有坚忍不拔的性格。而原诗则意不在此，作者只是用“松柏”来进一步形容男子沉默的神态，是对承句的呼应。但译文用了“つよい”，这就不是形容男子沉默的神态而是在描述男子的性格，呼应的对象也变成了转句中“不回答”这一具体的行为。另外，虽然译文承接了原诗的疑问语气，但“松か柏か”对应“有何”则十分不妥，也没能很好地体现出原诗的意思。

初冬有寄

万木凋落苦
楼高独任栏
绣帏良夜久
谁念怯孤寒

人に寄す

人目も草も枯れはてて
高殿さむきおばすまの
月にひとりは立ちつくし
嘆きわななくものと知れ

译文均为七五调。起句译作“人目も草も枯れはてて”虽以节奏为主，意思次之，但充满实感，对原意传达较好。承句译作“高殿さむきおばすまの”，粗看翻译得尚佳，但细究则显示出一个重大

问题，即原诗承句为名词结句，一句话表现出了一个完整的意思，且与起句相连，共同渲染荒凉冬季给作者带来的孤寂之感。承句的译文却是以格助词作结，不能单独完整表达一个意思。如此一来，这句译文就不能与起句相连，而只能与转句“月にひとりは立ちつくし”连接，否则其意思表达就不够完整。这显然与原诗大相径庭了。再看转句，译作“月にひとりは立ちつくし”，一方面如果脱离了承句，也无法体现出直译的“閨房の佳宵が永年にめぐってこない（闺房良夜不曾到来）”意蕴；另一方面原诗的“绣帏”“夜久”均没有译出，译文显得没有实感，过于抽象。另外，结句翻译得也欠佳，原诗“谁念怯孤寒”，以反问的方式发问，译作“嘆きわななくものと知れ”却表现出命令的语气，虽然仍然具有韵律美，但没能传达出原意。总之，原诗主要刻画了作者寂寞、孤独、寒冷的样子，诗想是一句胜似一句，呈递增状态。但译文中没有体现出来这种状态。另外，译文没有使用原诗的对句法，这使原诗整体的真情实感单薄了许多。从《原作者其事及其他》一文中可知，佐藤春夫对温婉的身世并不了解，据《青泥莲记》一书记载，温婉原为良家女，父亲染病故去，家庭破产，又没有子嗣，家庭贫穷，迫于生计，她被母亲卖给娼妓家，成了一棵“摇钱树”，因此悲伤和郁闷一直环绕着她，所以她的诗歌全部是悲哀、寂寞之调。从佐藤春夫的译文以及诗题可以看出，他可能是将这首悲伤的诗歌理解为了“爱情诗”，因此在翻译的时候过于推崇韵律美，将重点放在节奏感而不是意思传达上。

夜月

寒湖浮夜月

清浅几回波

莫道无情水

情人当奈何

月をうかべる波を見て

冬の湖月をうかべて

さざらなり寄せてよる波

心なの水とは言わじ

人恋ふるこころさながら

该诗全篇为五七调式，起句为保持这一调式特地在“湖”字上注上了假名“うみ”，虽然此举使译文与原诗比较贴合，但“冬の湖”与“寒湖”相比，在视觉和听觉上还是有些诗想上的逊色。承句译文中将“なり”和“なみ”“よせ”与“よる”错杂在一起，韵律很美，但与原诗明显的“凌波荡漾”之意蕴相比仍然有些生硬。转句译文的实感很强，但原诗用的是“莫道”这种命令语气，译诗却采用了否定语气，显然没有传达出原意。结句原诗表现出了作者的放弃心态。而译文则表达了作者的“思念之心”。对比之后，依然是原意上的偏差。实际上，从佐藤春夫翻译的诗题即可看出，他理解的《夜月》是“请托浮在月夜湖面的水波书写恋爱之心”，而不是原诗所承载的作者自身的可悲和寂寞。因此，他的译法也就无可厚非了。

子夜歌（其十九）

年少当及时
蹉跎日就老
若不信侬语
但看霜下草

霜下の草

若き命は東の間の
よろめき行くや老来へ
わが言の葉をうたがはば
霜に敷かるる草を見よ

这首诗的译诗诗风十分自由，语言清新，且具有韵律，属于一篇创作性的译文。译文全文均为七五调。其中起承句中都运用了日常惯语，如起句中的“束の間の”，承句中的“行くや老来へ”，显得节奏分明，寓意简洁，与原诗腔调相符，但对于原诗的诗想表述似有不足。起句“年少当及时”有着很强烈的劝告意味，但译文更注重对“年少”这一时间的变化状态的阐述，语气不足，令人无法体会出这首诗歌内蕴的浓浓的爱意。承句的问题在于没有对“蹉跎”进行明确的翻译，没能传达出原诗“犹豫不决，就会渐渐变老，再没有机会了”的意思。相比之下，转结两句翻译比较好，韵律及原意的传达均比较到位。

二 《车尘集》翻译方法与技巧及翻译策略研究

综合上述的译文分析可以看出，佐藤春夫所采用的翻译方法和技巧可以大致分为三种，第一种是“直译”，即在译文中尽可能地保持原文的内容、形式和意蕴。如《はつ秋》的起句“白蓮さきて風は秋”（原文：白藕成花风已秋），《秋の鏡》的承句“いま秦淮の水は秋”（原文：秦淮水又秋）等。第二种为“意译”，是指在忠实原文内容前提下，摆脱原文结构的束缚，使译文符合译语规范，将源语意义以目的语做释义性解释。如《秋の江》的起句“うたてしや秦淮の水や”（原文：秦淮水又秋）、《春望词·其三》起承句“しづこころなく散る花に、なげきぞ長きわが袂”（原文：风花日将老，佳期尚渺渺）等。第三种为“创译”即不同程度地抛弃原文的意义和形式，创造性地对原文进行处理的翻译方法（在此我们将所谓的“改译”“仿译”“合译”“减译”等使原诗意义和形式发生改变的翻译方法均归属为“创译”）。不可否认，“创译”是《车尘集》译文中应用最多的一种翻译方法，几乎每一首诗歌，每一句诗句中都会有它的身影出现，有的诗歌甚至是全文采用“创译”进行翻译。通常认为，“创译”的作用有两个，其一是用于词语的再造，例如梵语中的“塔婆”（Stupac）就被我国译者按其音、义以缩略音译为“塔”，这可称为翻译“创造性对等”[①] 的体现。这在《车尘集》译文中是有所体现的。例如《阳春歌》转句“攀条摘香花”中的“香花”被译为“蔷薇”；《秋泉》诗题中的“泉”被译为“瀧”等等。其二是指对文学作品，尤其是诗歌进行创造性的解构和重组。台湾学者钟玲将美国翻译家庞德、韦理等人在翻译中国古典诗歌时普遍存在的背离原文并添加自己主体性诗想的翻译方法称为“创意英译”，指出：“创意英译”的目的就是译者用优美的英文把自己对中国古典诗歌的主观感受呈现出来。[②] 应该说，这种翻译方法摆脱了“原文的制约性”，赋予了译者最大的翻译自由度，但其终极目标仍然是要达成译文对原文在意象层面尽可能忠实。这也就有可能造成“创译”对原文意思和形式不同程度的“损毁”。例如庞德对王维《竹里馆》的翻译：

独坐幽篁里，Sitting in mystic bamboo grove，back unseen
弹琴复长啸。Press stops of long whistle
深林人不知，Deep forest unpierced by man
明月来相照。Moon and I face each other.

由起句的译文可见，译者忽略了对“独”字的翻译，并将同时指涉环境和心境清幽的“幽”字译为“mystic”，由此使原诗“心境清幽”的禅境变成了竹林深幽的自然环境。此后，译者又通过添加“back unseen”与转句“Deep forest unpierced by man”呼应，进一步

① 创造性对等的翻译方法是“重写”，或者如释意学派所说的“重新表达”。只有通过“重写”或“重新表达”。才能达到“原文作者用译语的创作”这一标准。参见郭建中《创造性翻译与创造性对等》，《中国翻译》2014 年第 4 期，第 12—13 页。

② 钟玲：《美国诗与中国梦——美国现代诗里的中国文化模式》，广西师范大学出版社 2003 年版，第 34 页。

强调竹林繁茂浓密的荒野景象。而当结句与“Sitting”“Press”“face”三个动态动词并置后，原诗静态的诗人就变成了一个与大自然互动的赏月者。不可否认，庞德的“创译”在一定程度上契合了原诗对自然的描述，同时将读者带入了一种原诗所不具有的动感的美的体验过程。但另一方面，这也使原诗所具有的最为紧要的意蕴——禅意的诗想被彻底消弭了。应该说，这是庞德以其“旋涡主义诗学”理论作为基础对中国古典诗歌的诠释。

反观佐藤春夫对《车尘集》的翻译，同样可以看到许多相似的处理手法，可见佐藤春夫的“创译”也受到了西方翻译思潮的影响。但庞德提出的翻译中国诗歌应“尽可能地贴近原诗具象的力量”①却并不是他所要遵循的准则。从其译文中可以发现，在进行“创译”，甚至是“直译”或“意译”时，他都是以确保日本歌学的“韵律之美”为翻译的核心原则的，这也是佐藤春夫有的诗歌采用“直译”“意译”的真正原因。对此，佐藤春夫有着自己的见解，他说：“一旦译诗从原诗中独立出来，有了自己的韵律，就会极大地损坏原诗的诗意，这种翻译与即便牺牲点韵律美，也要忠实传达原诗意思的翻译进行比较，我认为前者要优于后者。因为没有韵律美的诗即便它如何忠实地传达出原诗的意思，它都算不上是一首优秀的译作。约翰·班维尔说过：‘诗最重要的就是要捕捉到它的韵律’，虽然他是西方人，但这句话确实是放之四海而皆准的名言。……”②

① Fenollosa, Ernest and Ezra Pound, *The Chinese Written Character as a Medium for Poetry*, San Francisco: City Lights Publishers, 2001, p. 15.

② 佐藤春夫：「漢詩の翻訳」，『定本佐藤春夫全集』（第35卷），臨川書店1999年版，第422頁。

由此我们可以看到，佐藤春夫采用“创译”翻译手法具有鲜明的目的性，即追求和歌的“韵律之美”要优于以“创译”去达成与原诗神韵上的契合。实际上，作为一个翻译者，佐藤春夫“创译”的目标非常清晰，他说：“……但如果译诗完全忽视了原诗意思的话，那也算不得是一首特别出色的译诗。……总之，在翻译的时候，任笔墨飞驰的快意或多或少都会有损于原意，但我们应该确保可以通过其他的方式对缺失的原意有所补偿。”① 观其译文应该承认，佐藤春夫的确在不少译文中尽可能地表现出了这种“补偿”的意图，但“韵律为王”的原则显然掣肘了这种“补偿”的广度和深度，以致“原诗的具象”难以弥补，有的甚至是“误补”或“错补”。这也是从汉诗角度审视《车尘集》最大的不足和遗憾。

毫无疑问，“韵律”是佐藤春夫翻译《车尘集》时最为关注的一个要点，而他之所以如此执念于此，与他制定的翻译策略有着极为密切的关联。所谓翻译策略是指译者在翻译过程中为实现特定的翻译目的所依据的原则和所采纳的方案集合，通常分为“异化”和“归化”两种策略，在英国《翻译学词典》（*Dictionary of Translation Studies*）中，“异化”策略的定义为在一定程度上保留原文陌生感、故意打破目标语言常规的翻译策略。“归化”策略的定义为采用透明的、流畅的风格以最大限度地淡化原文陌生感的翻译策略。② 进一步讲，前者是将读者带向原作者，尽可能强调源语的语言、文学、文

---

① 佐藤春夫：「漢詩の翻訳」，『定本佐藤春夫全集』（第35卷），臨川書店1999年版，第422頁。

② Mark Shuttleworth and MoiraCowie, *Dictionary of Translation Studies*. Manchester: St. JeromePublishing, 1997, pp. 43－44.

化特质，使读者尽可能领略到异国文化的面貌。而后者则相反，具有“译文受众取向”，可使源语归入译语国的文化价值体系之中，从而充分满足译语国读者的阅读、理解需求，进而获得高度认可。通常认为，“异化”和“归化”并不是完全对立的，二者在一定条件下可以相互转化，因而往往会并存于译文之中。通过上述对《车尘集》译文的分析可以看出，佐藤春夫事实上只采用了“归化”策略，即部分或者全部舍弃汉诗在音律、内容、结构、形态、意蕴等方面的原有特征，将其重塑成了具有日本传统诗学之美的和歌。如前所说，尽管在不少的诗句中可以看到佐藤春夫有着靠近原诗文化特征的意图，但相较于其上述对汉诗大刀阔斧的改造，不得不说，佐藤春夫在翻译《车尘集》的过程中之于“归化”策略是有着一定程度的“极端”倾向的。众所周知，佐藤春夫拥有着深厚的中国古典文化情结和修养。他自己也常常以日本大正时期最后的“支那爱好者”自居。因此，在一般人看来，佐藤春夫的翻译至少应该具有些许令汉诗在日本重新“开枝散叶”之目的。但从他对“归化”翻译策略的选择来看，这种目的显然并不在其考虑之列。那么，佐藤春夫是因何确立了这种翻译策略呢？笔者认为关键的原因应该有四个，其一，这种策略是对佐藤春夫“解构主义”翻译观的呼应。解构主义翻译观实际上消解了文本的中心性，从根本上动摇了“忠实”原则的基础，因此，译者要做的不是去复制性翻译原文的意义或内容，而是“亲切而细致地（在译文中）连通原文的意指方式”① 即

① 李红满：《解构主义对传统翻译理论的冲击》，《解放军外国语学院学报》2001 年第 3 期，第 77 页。

可。在这种翻译观引领下，译文和原文都成了“纯语言”的“可认碎片”（recognizablefragments），会基于译者主体性的认知而进行有目的的重组。“归化”策略实际上就是对译者主体性认知的一种具体的描述，是佐藤春夫翻译观的一个基本框架。其二，这种策略是佐藤春夫推促“日本传统文化”回归的一种手段。吉川发辉指出：“春夫不是这种方法（指采用文雅定型句式进行翻译）的发明者，这一方法也不是江户时代开创的，最早可以追溯到十二世纪七十年代，那个时候就已经有人这样使用了。因此，春夫是一个复古者。”① 不可否认，《车尘集》的译文用词典雅、古朴，音律清新、优美，无论从视觉还是听觉抑或心灵的感受都给人一种极致的日本古典美的享受。然而，在“欧化”风潮的冲击下，这种日本古典歌学独特的美却早已“直上重霄九”，与人间的视野渐行渐远。可以说，佐藤春夫的这种“归化”翻译策略实际是为在西方“科学论”中飘摇的日本近代读者重新拉开了日本传统文化久违的美丽风貌。其三，这种策略是佐藤春夫文化民族主义文化观的全面体现。林语堂在其《论翻译》一文中曾开宗明义地说：“谈翻译的人首先要觉悟的事件就是翻译是一门艺术。翻译，尤其是诗歌翻译，是最应该被视为译者对艺术的一种实践。”② 而针对艺术，佐藤春夫在《日本文学传统之我见》一文中曾如是说：“因为文艺更多的是感情，不是自然科学，也不是社会科学，具有许多民族性，这如同具有不同个

① ［日］吉川発輝：「佐藤春夫の『車塵集』——中国歴代名媛詩の比較研究（序）」，新典社 1989 年版，第 248 頁。

② 罗新璋：《翻译论集》，商务印书馆 1984 年版，第 417— 432 页。

性的人一样。没有民族性便不能成立，这就是艺术。"[①] 如前所述，和歌是日本大和民族传统诗学的象征，更是佐藤春夫自身文化观念精华的一个缩影，文学艺术是表现民族精神最鲜明的形式这一认识是佐藤春夫文化观的基础。然而，汉文化母体地位的强势，西方文学思潮的冲击，都在不同程度上导致了日本文学民族性的衰退，在这一现实背景下，若想实现日本民族文化的重新崛起，就必须首先将"他者"的文化转化为独属于"我们的"文化，以此从根本上改变由"他者"进行主导的意识形态。从这一点出发，借助翻译的"归化"策略，将汉诗改写为和歌对于佐藤春夫来说，显然就成了其重树民族文化大旗的最佳路径。其四，佐藤春夫试图以这种策略来展现"日本传统文化"的东亚强势地位。韦努蒂在《译者的隐身——一部翻译史》一书中说道："归化翻译实际上是一种帝国主义式的文化掠夺行为。"[②] 如前所述，大正时期，中国与日本之间的社会、经济乃至文化位相都发生了极为明显的变化，而这种变化给日本文化人带来的最直接的感受就是民族优越感。因此，使日本从文化角度雄踞于东亚的地位得到确认便成为一个具有强烈民族心的文化人所必须践行的职责。显然，在佐藤春夫的文化观中"文化民族主义"成分是显而易见的。

---

① ［日］佐藤春夫：「日本の文学伝統の私見」，『定本佐藤春夫全集』（第12卷），臨川書店1999年版，第399頁。

② Lawrence Venuti. "Strategies of translation". In Mona Baker (ed.), *Routledge Encyclopedia of Translation Studies*. London and New York: Routledge, 2001, p. 240.

三 小结

“创译”是译者最具创造性的翻译行为，它在方法论上超越了传统翻译学的一切翻译模式，将“翻译”与“创作”完美地统一在了一起，因此“创译”可谓是翻译臻于至境的方法，也只有“创译”才能成就真正的诗歌译文。但是，从对《车尘集》译文文本的分析中我们可以体会到，“创译”不仅受制于译者的翻译素养以及技艺，而且要受到其文化观、审美观甚至是政治观的规约，实际上是译者主观认知的一种客观体现。而这种认知反映在具体的翻译实践中便成了译者计划性制定的某些翻译策略。因此，可以说，翻译策略与“创译”的展开、完成有着极为密切的关联，决定着“创译”这种具有极高自由度的翻译模式是否会因译者倾向性的掌控而出现偏离翻译本质的问题。从这一角度来说，在由源文化与东道文化的亚文化形态的共同建构的新的语境架构中，佐藤春夫对原诗作的诗学阐释实际上是体现在基于翻译策略的翻译方法和技巧之中的。郭沫若先生在其《谈文学翻译工作》一文中曾说道：“翻译是一种创造性的工作，好的翻译等于创作，甚至还可能超过创作。”① 余光中先生也指出：“真有灵感的译文，像投

① 罗新璋：《翻译论集》，商务印书馆 1984 年版，第 329 页 。

胎重生的灵魂一般，令人觉得是再创造。"[①] 从这一角度来说，尽管佐藤春夫处于某种目的在一定程度上偏离了原作的意蕴，但其仍然无愧于一个优秀的翻译家。

① 参见郭建中《创造性翻译与创造性对等》，《中国翻译》2014 年第 4 期，第 10 页。

第六章　《车尘集》副文本研究

副文本（paratext）概念实际上是一个现代文学理论研究术语，是针对文学作品中边缘性资料的一种总体描述。这一概念是 20 世纪 70 年代由法国叙事学理论家杰拉德·热奈特（Gerald Genette）在其《副文本：阐释的门槛》（*Paratexts：Thresholds of Interpretation*）一书中最早提出的。他认为，任何一部文学作品都必须由正文本和“副文本”构成。副文本可以分为书内副文本和书外副文本两个部分，前者指涉标题、扉页、序跋、插图、附录、注释等与作品正文本紧密伴随的，且有利于读者理解正文本信息的文本资料。后者呈现的信息则属于正文本外部空间的资料，如针对作品进行的访谈、评论、相关私人日记、信件以及与作品有关联的其他书籍资料等非伴随性文本资料。这些副文本虽然相对于正文本是作为次要文本而存在的，但它们却是进入文学作品的“门槛”：“它们是包围在正文本周围的旁注或补充材料，是正文本的延长……为正文本提供了一种丰实的生态环境和氛围，有时甚至提供了一种官方或半官方的评论……”；“副文本在文本中不仅标出了文本和非文本的过渡区，而且标出了其交易区，性质上基本是语域和策略上的空间。……其美学意图不是要让文本周围显得美观，而是要保证文本命运和作者的创作宗旨一致。”[①] 换言之，在副文本研究的视域中，作者（译者）之所以要设置副文本，其最主要的目的是获取理想的读者，“让他们根据副文本的提示最大限度地接近正文本的意义和自己的艺术意图……”[②] 副文本所发挥的是协调文本与公众、文本与潜在读者和真实读者之间关系的作用，使他们在此能基于编译者的思想线索来建构自己对于正文的期待视域。[③] 应该说，《车尘集》的时代尚没有“副文本”之说，但佐藤春夫对“副文本”的运用可谓达到了“精进”的地步。在《车尘集》中，他共计设置了五部分的“副文本”，为标题、副标题、序文、附录和跋。就其编排结构而言，不仅有着对中日古典诗歌选集相似内容的借鉴，更有着彰显其文化特质的、独具匠心的设计和发挥，从而使这部分内容的结构编排突破了简单的线性排列，形成了一个环环相扣、极为稳固、严谨的“链条”。而在这个“链条”中，每一个“副文本”不仅具有独立的言说，还与其他“副文本”形成了文本互涉，被赋予了崭新的意义，极大丰富和拓展了正文的意蕴空间，共同搭建起一个佐藤春夫与读者进行叙事交际的入口。

① Gerard Genette Paratexts. *Thresholds of Interpretation*. Trans. Jane E. Lewin. New York: Cambri - dge University Press, 1997, p. 407.

② 未桃香：《副文本对阐释复杂文本的叙事诗学价值》，《江西社会科学》2009 年第 4 期，第 39 页。

③ 期待视域意指“在一部作品出现时人们对它的反应、预先判断、语言的和其他的行为之总和”是德国接受美学代表人物尧斯提出的核心主张。

一 标题——预设的心理通道

标题在《现代汉语词典》中被解释为“标明文章、作品等内容主旨的简短语句”。即标题具有对全文核心思想和基调的“概括”作用。但就实践而言，一个标题要完成概括、统摄全文意旨，达到形义相合，还应该具备“标引性”和“辖制性”。所谓“标引性”一是指标题要具有吸引作用，即通过制造悬念，激发读者阅读联想；二是要具有引导作用，为读者理解作品进行指向。“辖制性”则是指标题对整个作品的谋篇布局具有设计、管辖和制约的作用。① 也正基于此，标题必然间接地反映或直接地、片断性地记录了篇章话语的宏观结构，是在一定的认知语境中对篇章宏观结构在概念上的映现和突显。②

《车尘集》的标题包括正标题“车尘集”和副标题“中国历朝名媛诗抄”两个部分。从随后的序文可知，正标题的命名取自南朝时期齐国名妓苏小小所作的《楚小志·章华台》中的名句“美人香骨，化作车尘”中的“车尘”二字，附于“集”之前成题。标题直接采用汉字，未加入日文；是与日本自古以来绝大多数的汉诗译集设置标题的成例保持了一致。这应该是《车尘集》最初传递出“尚

① 尹世超：《标题语法》，商务印书馆 2005 年版，第 58—61 页。
② 郑贵友：《汉语篇章语言学》，外文出版社 2002 年版，第 215 页。

古”意蕴之处。而从语义上看，“车尘”为“集”的定语修饰语，起着限制篇章独特形象意义以及读者阅读联想的作用，同时也初步预定了作品语义结构展开的路径。“车尘”日语写作为“車塵”，即车在行进中扬起的细小的尘埃。由此，以这一词汇限定的“集”便有了以下几种内涵，第一，以“车”表示“行进于路上”，意喻时光的迁延和流逝。以“尘”代表在时光荏苒中出现的那些如尘土一般的诗作，就此界定出《车尘集》收录诗歌的朴素、自然、平凡等基本特征。第二，“塵”在日语中通常有着“模糊”“朦胧”“微细”等语义，还象征着“难以捕捉”“迅疾湮灭”等意象。而这正是日本人崇尚的“物哀”① 审美的一种具化表现。此外，“塵”还暗喻“车行而尘飞，一切都将归于湮灭”。这从某种意义上说，显然是佐藤春夫为读者预设了一个有关“死亡”的信息通道。既揭示了《车尘集》收录诗歌的历史推迁历程，同时也为之后提及芥川龙之介埋下伏笔，更有着促醒读者以日本特有的“死亡审美观”作为阅读前置的意图。由此可以看出，佐藤春夫对“车尘”二字的设置实质上是为这本诗集渲染了一种特定的“日本美”的底色，引导读者以自身熟识的美学意识去与编译者的交际意向②达成契合。第三，“塵”在日语中还有着“世俗”“红尘”之意。而这种语义在汉诗文语境

---

① “物哀”（もののあわれ）是贯穿于日本民族艺术趣味和审美情绪的重要观念，也是众所公认的日本文学最为独特和普遍显现的美学特征。“物哀”中的“物”是客观存在的一切，包括人类、自然物，社会世相，人情百态等等，“哀”则是指人的所有主观情感，是人对“物”的存在状态进行审美体验后所生发的慨叹、感悟和描述。而“物哀”即二者达成“物心合一”，以主体对客体朴素而深厚的情感为基础，用含蓄、细腻、静寂、哀婉的格调渲染内心的悲哀、感伤等情绪的过程。

② 交际意向（communicative intention）包括两方面的内容，一是说话者凭借所说的话具体要表达的意思，二是说话者凭借听话人对于其意图的识别而希望表达的意思。换言之，即说话者所说的内容和说话者通过话语要具体实现的内容。

中则会用于对薄命女子、风尘女子的描述。来看苏小小的《楚小志·章华台》全文："章华台旁土城故址，云是灵王细腰宫也。舞榭歌台，烟消尽灭，美人香骨，化作车尘，惟留得破寺钟声，共白杨萧萧相和耳。"章华台别名"细腰宫"，系美人向楚灵王邀宠之地。故苏小小的"美人香骨"指涉的自然是这些作为玩物的可怜女子死后湮灭于尘的悲凉境遇。从这一角度来说，"塵"显然有着说明《车尘集》诗歌正文的青楼诗作特征的意思。大正年代，中国对于多数日本知识分子而言依然是一个带有异国情调的精神栖息地。而来自这方既熟悉又陌生之国度的女性，尤其是具有赏玩性质的青楼女性的诗作势必会带有更多的神秘风情。因此，这一标题的设置显然有着刻意满足读者猎奇心理，进而激发其阅读热情的意味。

正如 Radden 所说：和标题相关的概念实体可以构成一定的认知参照点，并在一定的认知域内，为语篇的宏观结构提供心理通道。这种使语篇宏观语义结构具有心理可及性的转喻①功能，可称为"标题篇章内的参照点效应"。可以说，《车尘集》的正标题正是在日本美学的认知语境框架下，以"车尘"二字作为这种心理认知的参照点，将读者的阅读视域引申至中国古典特定群体所创作的诗歌作品这一层面。此时，在语篇接受者的认知环境内，这一标题也便具有了之于《车尘集》整体一叶知秋的效果。

《车尘集》标题的另一部分是副标题。这一标题设置对于诗集来说应该是非常新颖的。因为在近代以前，甚至包括近代初期，汉文

① 转喻就是以观念的邻近性（contiguity）为基础的联系（association）。可以被看作一种在一定认知域中的由此及彼的自然的推理图式。

化圈诸国的诗集（包括译诗集）都几乎只设一个标题，没有设置副标题的成例。副标题是近代之后由西方传至东方的一个舶来的文化产物。因此可以说，佐藤春夫为《车尘集》设置副标题显然是受到了西方标题范式的影响。这也使《车尘集》的标题具有了正标题尚古，副标题崇外的特点，可谓是独具特色。同时这也昭示出佐藤春夫在《车尘集》上力求古今融合，中西交汇的创新编纂意图。

通常认为，副标题与主标题具有极为密切的关联性，主要有五种关系：第一是总说和分说的关系，以副标题对主标题作进一步的说明。第二为概括和具体的关系，由主标题进行概括性陈述，由副标题将主标题的概括内容具体化。第三是内容与形式的关系，由主标题点明作品内容，由副标题明确正文体裁。第四是虚与实的关系，通常是主标题虚写，留出悬念，副标题实写，对主标题的虚进行解释。第五是原因与结果的关系。由正标题交代结果，副标题陈述原因。而莫家泉先生针对正副标题曾做过如下形象的阐释：“正副标题的外在特点和标志是相同的，但正题简，副题详；正题上，副题下；正题大，副题小。”① 概而言之，正标题处于标题的主导地位，是标题部分的核心，用于说明和概括作品的主旨和基调；而副标题则属于从属地位，主要用于对主标题进行补充和说明。

具体到《车尘集》中副标题与正标题之间的关系，应该是上述所说的第四种虚与实的关系。主标题的“虚”是说它的具象只是一种艺术化的、诗化的语言结构，而其所包蕴的美的意境以及与原诗作及其作者有关的一切都是一种内在的、隐性的表述。而副标题的

① 莫家泉：《正副标题关系种种》，《语文知识》1999 年第 12 期，第 42 页。

“实”则是指标题以“中国”“历朝”“名媛”“诗抄”四个词汇明确地释明了诗集中收录诗歌的来源、具体创作时间、作者身份以及作品体裁，形成了对诗集正文的一种具体的介绍。此外，这四个词汇还与正标题的内在意蕴分别进行了对应：“中国”对应“红尘”，“历朝”对应“车行”，“名媛”对应“美人”，“诗抄”对应“集”，使正标题内在的艺术性的意境得到了外显，以此完成了对正标题的补充和说明。应该说，佐藤春夫采用这种正副标题“虚实互补”的标题结构具有两个方面的效果：其一是拓展了诗集标题的功用。据考，无论是我国还是日本，古典诗集诗题多数为短题，如中国的《诗经》《汉乐府》《名媛诗归》；日本的《万叶集》《经国集》《和汉朗咏集》等等。可以看出，这样的标题对诗集全貌的概括往往有着令人“管中窥豹”的不足。而副标题的运用可以克服这一不足，使标题在确保诗性言说之美的同时又具有了对诗集内容的详细说明，扩大了诗集标题对读者阅读视线的吸聚能力。其二是使标题克服了汉文化圈中古典诗集标题或冗长烦琐或隐晦艰涩之不足，呈现出简洁、明确的西学特征。这种特征与当时的日本文化语境是极为契合的，这也使《车尘集》更易获得当时日本多数读者的注意和认可。

值得一提的是，佐藤春夫在“副标题”中使用了“名媛”一词来具体描述诗集原语篇作者的身份。根据《现代汉语词典》，“名媛”有两种解释，一是指有名的美女，二是指名门闺秀，日文词义与之相同。以此看来，佐藤春夫对“名媛”一词的使用与正标题所含意蕴有些不符，至少没有起到说明《车尘集》中青楼女性作者群体的作用。但从我国明清两代女性诗歌总集以及根据这些诗集编选的日本翻版女性诗集来看，“名媛”一词应用得极为普遍，如我国的

《名媛诗归》《历代名媛诗归》，日本的《名媛诗归绝句抄》二卷、《历代名媛诗文》等等。这些诗集中同样收录了大量青楼作者的诗作。经查证《中国古文献大辞典》文学卷发现，“名媛”一词在东方古代典籍中，尤其是明代诗歌总集中更多的是指擅长琴、棋、书、画、诗或者是德行出众的才女，也可谓之“才媛”。因此，从这一点来看，佐藤春夫应该是基于上述使用成例以及这一解释才直接借用了这一词汇，其所意指的应该是《车尘集》作者群体的一个总的基本特征。但是，“名媛”一词并非是东方的特有名词。19 世纪末至 20 世纪初，工业革命的风潮席卷了整个欧洲，欧洲整体迅速崛起的同时也造就了一大批新兴的资产富有者，而他们的女眷与当时的王公贵族一样可以出入奢华交际场所，亦被称为“名媛”。而相较源自于古中国的“名媛”，此“名媛”在日本则更被人熟知。因此，佐藤春夫运用这一词汇更应该有着加大副标题西方气韵的意图。由此也可以看出，《车尘集》实际上应该是佐藤春夫试图对中、日、西三种地域文化进行交融的一个书写场所。

汉诗之于日本人是一种熟悉的外来文化模式，它的浩繁也是日本人所熟知的。而利用正标题保持诗集的美，用副标题来廓清所收录诗歌的性质，比起使用文本流手段，作品的特性、诗性显然会更为清晰。应该说，标题作为《车尘集》的首个副文本实际上是组构了一个与正文作品宏观结构在概念上具有临近性的子结构，它有效地概括了诗集的主旨和基调，容纳了编译者特定的内容和意蕴，并以此钳制了读者对原本复杂繁冗的汉诗整体的想象，为读者提供了一个自觉进入作品正文的理由。

二 序文——“物是人非”中美的永存

“序”是一种文体，起源于《诗经》，亦被称为“叙”“引”。唐刘知己在其《史通》卷四《序例第十》中针对“序”谈道，“孔安国有云序者，所以序作者之意也。窃以《书》列典谟，《诗》含比兴，若不先叙其意，难以曲得其情。故每篇有序，敷畅厥义”①。即“序”可连释文本之微言大义，阐明作者之创作意图。宋王应麟在《辞学指南》中也曾对“序”进行阐释：“序者，叙典籍之所以作。……西山先生曰：‘序多以典籍文书为题，序所以作之意’。”②在他看来，“序”可对创作缘起与写作背景进行交代。此外，明徐师曾的《文体明辨序说》道“《尔雅》云：‘序，绪也。字亦作叙言其善叙事理，次第有序，若丝之绪也。’”③ 就是说“序”可阐明作者的写作思路、文本结构设计，还能指导欣赏。由此可见，“序”是直接指涉正文本，并对其以及相关构成解释和说明的特定性文章。因而与其他副文本相较，“序”是确立作品意义的最主要的副文本资料。

佐藤春夫为《车尘集》共设置了4篇序文，第一篇引用了明代

---

① （唐）刘知几：《史通》卷4《序例第十》，浦起龙通释，上海古籍出版社1987年版，第172页。

② （南宋）王应麟：《辞学指南》，玉海二百卷附《辞学指南》4卷，文渊阁四库全书本。

③ 徐师曾：《文体明辨序说·序》，人民文学出版社1962年版，第2页。

女诗人薄少君的悼夫诗第34首的起承二句“浊世何争顷刻光，人间真寿有文章”；第二篇是佐藤春夫亲自撰写的，献给亡友芥川龙之介的致敬语“芥川龍之介がよき霊に捧ぐ”（献于芥川龙之介灵前）；第三篇则是由奥野信太郎写的他序；最后一篇则是与正标题出典一处的南朝时期齐国名妓苏小小所作《楚小志·章华台》中的名句“美人香骨，化作车尘”。可以看出，《车尘集》的序文设计与东方古典诗集有着较大的差异，首先从序文文体来说，除他序外，其他三篇都不是东方古典诗集序文惯常使用的说明文、叙述文或散文，而是“诗歌”和“短句”两种文体。通常在序文位置出现这种简洁形态的文体时，一般被称为“题词”。题词亦是一种从古至今应用普遍的序文文体，形式多样，除诗词和短句外，还可以由韵文、短文等构成。但是题词更多的是由他人撰写，或彰显一书之本末、指义、文辞等，或表达对作者的勉励、评价、称颂、祝愿及缅怀。然而，《车尘集》中这些看似为“题词”的序文似乎并不具备这些功用性。尤其是其中的第二篇“致敬语”也非他人所撰写。如果按其作者划分，该篇序文更应该归于自序范畴，但其同时又异于自序的所有成例。总之，从文体这一角度来说，《车尘集》的序文虽有着遵循古意的内容，但其大部分却是跳脱了古代编纂的规约，具有了一种独出心裁的近代感。其次，《车尘集》的序文为多序结构。通常“一书多序”在文学作品，尤其是古籍中还是比较多见的，例如《古今名媛汇诗》便有朱之蕃、于文龙、张正岳三人写作的三篇序文；《名媛诗讳初编》亦有钱谦益、王猷定、丁圣肇等人写作的序文。而在这种“多序”情况下，编纂者往往会根据序文成文的时间、序文作者的身份和地位、序文篇幅的长短、重要程度等进行排序，以此来规整“多序”可能导致的不必要的阅读纷扰。然而，从佐藤春夫对《车尘集》几篇序文的安排来看，并没有遵循古代诗集的这种排序成规，甚至可以说是毫无顺序，大有信手拈来放置之感。

参考既往相关研究可以发现，对于《车尘集》序文的研究十分匮乏，仅有吉川发辉和齐珮两位学者有所涉及。吉川发辉主要针对第一篇、第二篇序文进行了探讨，他认为，第一篇《悼亡诗》与第二篇“致敬语”的连续排序是由于两者具有同质性。因为薄少君是为悼念丈夫的早逝，并为其祈福而作了百首《悼亡诗》，这暗合了佐藤春夫以“致敬语”追思亡友芥川龙之介的哀痛和惋惜之意。他还指出“致敬语”的设置实质上点明了《车尘集》的立书原因，他说：“（致敬语）不用说是意味了芥川在《车尘集》成立中起到了一定影响，而献于芥川龙之介灵前则是表达对他的感谢。”[①] 也就是说，薄少君的诗句与“致敬语”实际上形成了一种相互呼应的关系，且“致敬”语同时还承载了阐明“成书原因”的作用。而我国学者齐珮则认为《车尘集》的正标题与薄少君、苏小小诗句的设置具有一定的关联性。她说：“……此句（指薄少君的诗句）与选录的《楚小志》诗中的名句‘美人香骨，化作车尘’在结构编排上并置，在意义上形成互文关联。所谓‘美人’‘香骨’是指集中选录的具有悲剧色彩的女性诗人们，她们短暂、宿命般的人生犹如车尘，多情多恨、起伏跌宕过后最终灰飞烟灭，消失在滚滚历史的车轮之下，唯一能够继续承载她们的爱恨情仇、继续向世人诉说悲欢离合的只

① ［日］吉川発輝：「佐藤春夫の『車塵集』——中国歴代名媛詩の比較研究（序）」，新典社1989年版，第18頁。

有集中编译的传世诗作，是为《车尘集》之命名初衷。”① 在她看来，序文中的薄少君与苏小小的诗句是为“点题”而设置的。因此，二者在编排顺序上无分前后，是一种并列关系。两位前学虽只是对部分序文进行了研究，且视点和论观也有较大的差异，但对于《车尘集》序文整体结构的研究而言，无疑都是筚路蓝缕的垦拓。我们从中亦得到了一个极为明确的信息：看似随意设置的四篇序文之间以及序文与其他正副文本之间都应该有着某种密切的关联性。

首先来看第一篇序文《悼亡诗》，这首诗作节选是《车尘集》序文的入口。如果从诗作诗题及其创作背景来看，该诗有着非常浓郁的“死亡”“悼亡”气息。但是佐藤春夫并没有登录它的诗题，后面的“他序”以及《原作者其事及其他》中亦没有对作者薄少君其人其事进行介绍。据考，该诗虽收录在多部明代女性诗歌总集之中，但流入日本的诗集中只有《名媛诗归》中收录了该诗，且这首诗作从没有出现在和译诗集之中，也就是说《车尘集》是首部收录该诗的诗集。从这一角度来说，昭和时期的一般读者是不会从所节选的诗句“浊世何争顷刻光，人间真寿有文章”之中立刻体会到上述说的“死亡”“悼亡”气息，而只会从中领悟到“唯文章永存”的意蕴。那么，就这一点而言，《悼亡诗》显然是在预告和暗示诗歌正文均是传世的优秀之作，如此便起到了接续标题的作用，使读者从标题处生发的阅读期待在此得到了进一步的确证。

其次来看第二篇序文“致敬语”。虽然芥川龙之介是日本著名的

① 齐珮：《佐藤春夫与中国古典闺秀诗——以〈车尘集〉的编选为视点》，《日语学习与研究》2014 年第 3 期，第 89 页。

作家，同时也是佐藤春夫的密友，但不得不说单看这篇序文仍然是非常突兀的。因为仅从“致敬语”是感受不到芥川龙之介与《车尘集》有何关联的。然而，如果将《悼亡诗》与之关联在一起却立时就会产生一种奇妙的阅读效应，即读者开始意识到，《悼亡诗》诗句中的“浊世”“真文章”等词汇并非仅仅指向诗集正文，它还指涉着已然死去的芥川龙之介所面临的世界及其他的作品。可以想象，基于这种导引，读者对于《悼亡诗》的追根溯源便应该是顺理成章之事，而如此一来，《悼亡诗》本身所蕴含的那种“死亡”“悼亡”气息也就得到了凸显。

在此，我们需要首先了解一下日本人独特的“死亡观”。与中国的“死亡等同于可怕、可悲”等观念不同，“死亡”在日本人的心目中是一种重要的审美元素，在其文化审美观念中占据特殊的位置。在他们看来，死亡非但不可怕，反而如同凋落的樱花一样，有着一种禅宗式的令人感叹的残缺美。尤其是当“死亡”在与“性”“爱”等特定的情感结合在一起时，那些在“性”和“爱”的过程所获得过的精神享受、感官之乐就会被认为因死亡的来临而得到了一种永固。于是，死亡那一瞬间所呈现出的残缺美便具有了夺人心魄的美感。正向克尔凯郭尔所说的：“……有一种昆虫会死于受精之时，这样它就拥有了全部的欢乐，因为它是在生命最极致、最辉煌的欢乐时刻死亡的。”① 更为直白地说，如这种昆虫那般携爱而死是日本人乐于接受，也是最为欣赏的一种美。而人们会在面对死亡之时生发

① ［丹麦］克尔凯郭尔：《颤栗与不安》，阎嘉等译，陕西师范大学出版社 2002 年版，第 4 页。

感伤、孤寂、虚幻等情绪，进而进入“物哀”的审美境界，体悟到“死亡美”的真谛。由此可知，日本人之所以将“死亡”纳入“审美”领域，归根结底仍然是其独特的审美观念使然。也就是说，“死亡”是激发日本人“物哀”审美意识的一条引线。反观芥川龙之介，才华横溢却英年早逝，唯有150余部不朽的书稿遗留于世，可以说，“死亡”之美在他的身上得到了绝佳的体现，这正是《悼亡诗》诗句所吟诵的“唯文章永存”的意境。两篇序文的结合则阐释出了《悼亡诗》的“死亡美”内蕴，而这一意蕴显然与《车尘集》诗歌正文中那种“四季轮回”“人生虚无”“传统的流逝”以及诗作者的“可怜美”是相互观照的。可以说，前两篇序文具有两个具体功用，第一，激发日本读者“死亡美”这一早已熟悉的审美经验，从而形成对作品正文特定的期待视阈。换言之，阅读这两篇序文，即是提前进入序文所营构的阅读空间和氛围中，在未阅读正文本之前，产生预定的“物哀”审美心理。第二，引导读者产生探寻书外副文本的欲望，从而使芥川龙之介及其作品能得到读者的永远缅怀。

《车尘集》第三篇序文为奥野信太郎撰写的他序。这篇序文中规中矩，符合成例规范，充分体现出副文本功用性的序文。主要包括以下几个层面：第一，对《车尘集》的特点进行评析。例如其文中写道：“《车尘集》中收录的六朝至明朝年间的数十篇女性作品并非是第一枝迎春花，将庭园装饰得多姿多彩。这些作品之花隐藏在叶间，就象小小的火烛微弱地照亮一隅，然后凋零，最终散落一地。”第二，给出了《车尘集》底本原典的大致范围。第三，也是该篇序文的重点是对原语篇作者身份的介绍及其诗作流传的因由。例如他说道：“鱼玄机、薛涛经常出现在后世男性诗人的诗歌、说话、小说中，杜秋娘曾在杜甫笔下出现，刘采春因元稹的《赠采春诗》而出名。但她们不过是花街柳巷的妓女而已。只是偶然与名流雅士有过交往，其作品被这些人记载了下来。如郑允端、黄氏女之辈，若与当时的文人诗人有往来的话，想必提供给我们的逸话要比流传下来的鱼玄机、杜秋娘的多得多。"[①] 他还重点对建昌妓女景翩翩、秦淮南院的妓女赵今燕、秦淮八艳之一马月娇等作者进行了记述。就内容而言，"他序"不仅对诗歌正文本进行了全面而充分的"呈现"，同时还延伸了正文本的意涵，为读者理解诗歌正文提供了相应的资料。可以说这篇"他序"是四篇序文中最为核心的完篇副文本[②]，对正文本的存在和解读具有决定性的意义。同时也是为读者由审美意识的觉醒进入到自觉阅读正文提供的缓冲平台。值得注意的是，这篇"他序"所处的位置很是特别：前有"致敬语"短句，后为苏小小的诗词节选，由此形成的三种截然不同的文体的续接，从理论上讲是极易导致读者阅读思维的跳跃度加大，并不利于其顺利获取有用的阅读信息。那么，佐藤春夫如此安排是出于什么目的呢？从"他序"内容来看，并没有直接与前文的"致敬语"发生关联，但其通篇都在褒扬《车尘集》原作作者的籍籍无名以及其作品的朴实无华。这种陈述一方面应和并释明了标题中的"车尘"二字，另一方面则与《悼亡诗》的起句"浊世何争顷刻光"保持了异曲同工之妙，是对该诗句的一种隐性解释。而如果再细细体味这篇"他序"我们即可以察觉，该序文中所列举的女性诗人都有着"青楼"背景

---

① ［日］奥野新太郎：『車塵集・序』，武藏書院1929年版，第14頁。

② 完篇副文本是基于副文本语篇功能划分的一种下位类型，指相对于整个文本来说，这一副文本属于不可缺失的一部分。

以及依傍男性得以作品留世的经历。也就是说，“他序”的内容中有着相当浓郁的“青楼”气息和男权意识。而青楼作为男权社会的衍生品，无论是在中国抑或日本，都是男性直接感受“性感官之乐”的绝佳去处。换言之，奥野的他序实质上是将前两篇序文所渲染的“死亡之美”由“情爱”“友爱”拓展到了“性”这一层面。无疑，这一拓展内隐了对“死亡之美”的一种强化，从而形成了与前两篇序文之间在情感上的递进关系。

最后，佐藤春夫以苏小小的《楚小志》节选作为序文收尾之作，可以看出这篇序文与诗歌正文、标题和其他三篇序文都有着紧密的关联性。一方面，以作者苏小小的名妓身份续接了他序所传递出的“青楼”信息，进一步明确强调了《车尘集》正文中所蕴含的“性”的内质，以此增加正文本以及其他三篇序文中的“死亡之美”的深度和广度，为读者生发“物哀”审美意识奠定坚实的基础；另一方面，以“化为车尘”与《悼亡诗》的“文章永存”进行首尾对应，着意刻画诗作者令人唏嘘的命运，强调诗歌正文中“可怜美”与“死亡美”之间的关联性，继续深化“死亡之美”的气韵，使读者理解和认同“唯文章永存”这一理念，进而实现促进读者关注芥川龙之介及其作品的意图。另外，这篇序文还起到了明确的“点题”作用，使读者通过阅读序文最终明了《车尘集》这一标题的出处、指涉以及诗化的标题意境之美。由此可以看出，貌似布置凌乱和毫无关联的四篇序文实际上组构了一个极为紧密的结构体，其主要结构可分为三个层次，第一个是放射性结构层次，即每一篇序文都分别与标题进行呼应，发挥明示其内涵的功用。第二个是递进结构层次，从《悼亡诗》开始一步步对“死亡之美”进行深化和拓展，明确昭示《车尘集》诗文正文的整体历史性和所蕴含的审美特质。第三个是跳跃性结构层次，其中可解构为第一篇《悼亡诗》与第三篇他序之间的延展性结构以及与第四篇苏小小诗句的首尾呼应结构，还有第三篇“致敬语”与第四篇苏小小的因果结构。据考，芥川龙之介在1921年游历中国时曾特地前往苏小小墓进行凭吊，而他在《中国游记》中的记述却是一片荒凉景象：“苏小小是钱塘名妓，她的名气之大以至于她的名字竟成了艺妓的代名词，所以她的墓历来也备受关注，可是去了一看，这个唐代美人的香冢只是一个盖着瓦片屋顶并涂了灰泥的，毫无诗意的土馒头，特别是坟墓周围，由于西泠桥的修缮，极尽荒凉，故而愈显寂寥，少时爱读的元代画家孙子潇诗中有这样一首：‘段家桥外易料晚，芳草凄迷绿似裙，吊罢岳王来吊汝，胜他多少达官坟。’可是如今哪里有什么似裙的草色呢?只见惨烈的阳光流泻在被翻过的泥土上。”① 由此可见芥川龙之介与苏小小之间颇有渊源。佐藤春夫也曾说：“他（芥川龙之介）去世之后，这一年的秋天和冬天，我都在整理余下的工作。而将其供在芥川灵前，以慰在天之灵。这就是《车尘集》的由来。”由此不难推断，苏小小及其诗句显然是因芥川龙之介而出现的。这也暗喻了芥川龙之介在《车尘集》成书过程中所起到的重要作用。

综上所述，尽管佐藤春夫对《车尘集》序文结构的编排有悖于成例，但他对这个序文整体的设计非常完美地发挥了“副文本实际上就是正文本周围的旁注或补充资料”② 的功能，从而为读者建构

---

① ［日］芥川龙之介：《中国游记》，秦刚译，中华书局2007年版，第71页 。

② Gerard Genette. *The Proustian Paratexte*. Yran. Amy G. McIntosh. Substance, 1988, p. 89.

了一个力度不断加大的情感激发前“视域区”，成功引导了读者对《车尘集》正文本的关注，甚至在某种程度上形成了对编译者整体编纂理念的“剧透”。

三 跋文——箜篌之音的传响

明代徐师曾指出：“按‘题跋’者，简编之后语也。凡经传子史，诗文图书之类，前有序引，后有后序，可谓尽矣；其后览者，或因人之请求，或因感而后得，则复撰词以缀于简末，而总谓之‘题跋’。”① “跋”亦可称为“后序”“践尾”，其源于唐代官方藏书的整理方式。唐代张彦远的《历代名画记·叙自古跋尾押署》中记载：“开元中，玄宗求购天下图书，亦命当时鉴识人押署跋尾。”②之后“跋”这一文体在北宋欧阳修的《集古录跋尾》问世后得以正式确立。作为“简编之后语”，“跋”与作品的“序”有着相似的体例和写作目的，二者因此被合称为“序跋文”，甚至还往往被并置进行研究。但“跋”与“序”还是有着以下几点不同：第一，文体不同。“序”一般为说明文，亦可是散文、叙事文，但“跋”则多为议论文。第二，位置不同。“序”最早出现时列于书末，如《史记太史公自序》等，后转而置于书前。“跋”则一直居于作品的结尾。第三，篇幅不同。序文一般较长，跋文较短，但如此之说也并非定

① 徐师曾：《文体明辨》，人民文学出版社 1962 年整理本，第 136 页。
② （唐）张彦远：《历代名画记》（第 3 卷），中华书局 1985 年整理本，第 97 页。

制。第四，作用不同。“序”通常为全文之引导，“跋”却是全文的总结和点评。换言之，相较于直接阐述作者的创作动机和意图的序文来说，跋文更为专注于对正文本内容进行全面的诠释，并以此来放大和外显作者的文学思想。

佐藤春夫为《车尘集》设计的跋文承继了古代跋文“短行小藻”的特征，只引用了芥川龙之介于1921年创作的一首题名为《修辞学》的诗作：

ひたぶるに耳傾けよ
空みつ大和言葉に
こもらへる箜篌の音ぞある

尽管如此简短，这篇跋文却不仅承担了对《车尘集》译诗文部分的总结和议论之功用，而且与序文相辅相成共同完成了对《车尘集》整体内容和结构的概括。

这首诗作翻译为中文，其大意是“用心倾听大和语言中所蕴含的箜篌之音”。从中文语义可以看出，诗歌的主体结构是由“用心倾听”“大和语言”“箜篌之音”三个词组元素架构而成的。其中“箜篌之音”中的“箜篌”指的是一种源自我国东晋的弹奏乐器，它在盛唐时期由朝鲜传入日本，因此也被称为“百济琴”。由于“箜篌”音域宽广、音色极为柔美清澈，因此在古代日本宫廷一般只用于演奏雅乐①。

① 雅乐特指宫廷音乐，是帝王朝贺、祭祀天地等大典所用的音乐。雅乐最初在奈良时代自中国及朝鲜传入日本，随后经模仿及融合而产生日本雅乐。不伴随舞蹈的乐器合奏称为管弦；伴随舞蹈的是舞乐；在神乐、东游、久米、催马等曲式中，还包含汉诗（中国诗）的吟诵，称为“朗咏”。

如此“箜篌之音”可作高雅、优美之音解释。而作为以“箜篌之音”为后缀的“大和语言”，其本质也同时被界定在这一可以参照的美感之中。但需要厘清的是，芥川龙之介所说的“大和语言”却并非泛指日本语，而是特指日本传统文化中的经典代表“和歌”。这是因为日语是由具有等时性发音特质的“单音”或“一个个音节”构成的，故而显得音域狭窄、声调平板，既无英语的重音和平滑感，又不具备汉语的平仄优势。如果以日语这种“一拍一音”式的点状节奏来对应天然具有韵律之美的诗歌，则根本无法呈现出诗歌特有的那种抑扬顿挫的、悠扬美妙的情感流动氛围。和歌则不同。和歌最早被称为YAMATO UTA，早期分为长歌、短歌、片歌及旋头歌等，到了平安时期，以五七音、七五音为主要节律的短歌成了和歌的主要表形式。短歌之所以脱颖而出，就在于它极大地克服了日语的不足，主要表现在以下几个层面：第一，短歌改变了日语的节拍，将“一拍一音”变为“一拍两音”或“一拍四音”，使原来的点状节奏转为线性节奏，成了具有时间跨度并富有弹性的流动音律，使短歌在被吟咏时刻意突显出一种余音袅袅的美妙乐感。第二，歌者在创作短歌时，一般会根据“意群”断裂或是断句的出现来确定是否使用“延音”，以此来改变日语单词发声的长短时间，使短歌体现出一种缓慢、细腻、飘逸的音律特点。概而言之，以短歌为代表的日本和歌是一种听觉上精致、优雅的艺术，具有高度的审美意义和价值。芥川龙之介也正是以其这首浅显易懂的诗作道出了和歌不同于普通日语的，犹如“箜篌之音”的高雅的美感。

应该说，佐藤春夫撷选这首诗作为《车尘集》的跋文，用意极为深刻。1937年，佐藤春夫为《朝日新闻》PR版诗歌品读专栏撰写的《爱的世界》一文曾对这首《修辞学》进行了如下评价：“这首诗歌表达了作者对母语的深沉之爱，并以精辟、细腻，韵味无穷的语句具体表现出了国语的美趣，我觉得针对诗歌而言，无论是创作抑或翻译，都应以对母语的爱为根本。”在这段话中可以看到，佐藤春夫将和歌视为“母语”，提出了“热爱母语”的倡导。显然，这是他高度热爱和推崇日本传统文化最为真实和贴切的一种表达。而《车尘集》之翻译无疑使他的这种民族文化意识得到了一次具体的践行。品读《车尘集》的译文，我们可以感受到和歌那种悠扬、委婉的音律，可以体认到佐藤春夫所说的那种源自俳句的短瞬之间的“风流”① ……可以说，《车尘集》中一切可以使读者生发“物哀”的设置，四季轮回的排序、幽玄和寂的描摹、虚无人生的刻画、死亡之美的渲染，最后都交融进了这一首首“箜篌之音”之中，如水一般流入读者的心田，静静地滋润出一朵美丽的“物哀”之花。因此，佐藤春夫以这首诗作作为跋文无疑是在明示《车尘集》译诗文中同样蕴含了这种浓郁的、代表着大和语言之美的和歌式的美感，而这种美是《车尘集》最为重要的看点，最需要读者用心去进行体味。从这一角度来说，这篇简短的诗歌文体的跋文实际上是完美地发挥了总结和述评《车尘集》译诗文翻译特征的功用。

此外，《车尘集》的跋文与序文之间也建构着一种极为亲密的，相互呼应的关系。首先，以《修辞学》和《悼亡诗》进行首尾诗作

---

① 1924 年，佐藤春夫发表《风流论》译文，文中他以日本只有三十一个音的“俳句”为例确证了“风流”蕴含的“物哀”之美：“我们对生的意志淡薄，这证明我们的意志达到了最小的限度，几乎处于人类意志脱落的瞬间，所以对于这样的人类来说绝不可能需要那么长的时间来表达自己的感受，这就是日本民族的诗歌短小的唯一理由。”见佐藤春夫「風流論」,『定本佐藤春夫全集』(第 19 卷)，臨川書店 1999 年版，第 97 頁。

呼应，由此形成互文关联，一方面，使《悼亡诗》的“真寿文章”与《修辞学》所意喻的“和歌”永存互相印证，明确序文《悼亡诗》“真文章”的指涉；另一方面，使《悼亡诗》的“死亡之美”意蕴与《修辞学》的“箜篌之音”相互阐发，为读者架构出一个统一的进出《车尘集》的审美路径，使读者在回顾历史光阴之时能携美而来，拥美而归。其次，以《修辞学》对“致敬语”进行应和，既阐释出《车尘集》因芥川龙之介而生，更因和歌而生的内质，又使芥川龙之介的死亡与“和歌”美妙的音律形成并置，共同渲染出一帧之于“物哀”的审美意境。另外，《修辞学》还与“他序”进行了呼应。例如奥野信太郎在他序中说：“……不是任何季节、任何时候，我们都可以听得到如此整齐严正、悲怆壮丽的大雅之音。”①正是这种呼应形成了对《车尘集》整体基调最为明确的阐释和说明，即季节在推移，光阴在流逝，人生慢慢走向死亡……唯有大和语言写就作品是不朽的，带着永生的美。

四 附录——终极的应和

在中国典籍编纂中，附录一般是指除正文、前言、后记、凡例、词目以外的各种参考资料、查检索引等内容。通常放于全书或每一章节的最后，是典籍框架组织系统中重要的有机组成部分，能对正

① ［日］奥野新太郎：『車塵集・序』，武藏書院1929年版，第18頁。

文起到延伸、补充、概括作用，亦可作为正文检索之用。

《车尘集》的附录位于《车尘集》尾部，题为《原作者的事情及其他》，是诗集副文本的最后一部分。其内容由佐藤春夫按正文诗文作者出现的先后顺序分条目撰写，一共31条（《车尘集》正文共收录32位诗人的作品，附录中缺失金陵妓一人，考虑可能是佐藤春夫遗漏所致）附录整体而言，具有内外两层结构。内部是基于诗人架构的三个层级结构：第一个层级收纳了杜秋娘、朱淑真、孟珠、子夜、赵莺莺、王氏女、鱼玄机七位诗文作者。佐藤春夫除了详细介绍其生平之外，还对其诗作进行了独具特色的点评，有的还对自己的翻译进行了说明。例如在杜秋娘条目下，他写道：“（杜秋娘）经常喜欢唱金缕曲——珍惜青春的歌曲，劝情人饮酒。这里翻译出来的是流传至今的版本，‘莫惜’‘须惜’‘堪折’‘须折’‘空折’等词，公认为押韵中透露出豪迈。”关于子夜，他说：“子夜歌流传至今的有四十二章，良莠各半。其中的佳作文体简古，情绪真挚，简直可以称为秀绝不朽之歌。”关于朱淑真，他则是借海涅的诗歌进行了点评：“海涅的诗歌里有‘胸中的恋情变成夜莺的声音’这种意思的诗句，这里出现的绝句与它简直是异曲同工。”① 第二层级为薛涛、黄氏女、景翩翩、纪映淮、赵今燕、沈满愿、郑允端、王微、丁渥妻、青溪小姑、七岁女子、刘采春、端淑卿、马月娇十四位作者。附录中未对他们的诗作进行点评，但在记录她们的身份、朝代之外，详细讲述了有关她们的逸话和传说。例如对薛涛，附录中是这样记述的：“薛涛，六世纪末，唐朝名妓。原长安良家女子。据说

① ［日］佐藤春夫：『車塵集・原作社解説』，武藏書院1929年版，第66—73頁。

薛涛八九岁时便通音律，一天，她的父亲指着井边的梧桐树，吟咏道：‘庭除一古桐，耸干入云中。’她随口续道：‘枝迎南北鸟，叶送往来风。’父亲感叹女儿的前途。几乎是同时代的擅长诗歌的女子李冶，六岁时被父亲抱着，咏蔷薇道：‘经时未架却，心绪乱纵横’，她父亲听到后认为她长大后一定会成为失行妇人而大为悲伤，最后竟被她父亲不幸言中。这都算是一种诗意的传说。薛涛的父亲是官员，客死于任职地成都。母亲成为遗孀，独自抚养女儿。由于薛涛擅长诗歌，眉目秀丽，被成都的地方长官召至官邸，虽然长官已换过 11 人，但她凭借诗歌受到宠爱，出席著名诗人众多的诗宴。到她以 75 岁的高龄辞世之前，她与元稹、白居易、杜牧、刘禹锡等名家都有和诗。她自己制作桃红色小笺用来写诗献给名士，后人称之为‘薛涛笺’。薛涛诗一卷流传世间。在今古奇观里有一篇有名的文章，写到薛涛之灵与一少年秀才的情事。小泉八云也翻译了那篇文章。”① 而对第三层级中的张文姬、夷陵女子、吕楚卿、贾蓬莱、李琐、陈真素、周文、李筠、俞汝州妻、媪婉十位作者，佐藤春夫则只记载了她们生活的朝代和身份。例如张文姬的条目内容为：“9 世纪末。唐朝的贵妇。鲍参军之妻。”周文的条目下写着：“明朝妓女，不详。”应该说，这种层级结构的形成不排除佐藤春夫借鉴原始资料不足的可能。但从是否进行诗歌点评这一点来说，这一结构仍然应该视为刻意的设置。首先看第一层级，佐藤春夫点评的诗作中有八首为五言诗，五首为七言诗，内容均有艰涩难译之处，例如《阳春歌》中的“香花”，《子夜歌·其十一》中的“欢的的”《酥乳》全

① ［日］佐藤春夫：『車塵集·原作社解説』，武藏書院 1929 年版，第 66—73 頁。

诗等等。尤其是七言诗因意涵丰富，若以和歌的韵律、结构等进行翻译则更为困难，极有可能大幅偏离原意。由于汉诗“训读”在日本属于普及的态势，因此，佐藤春夫认为这些诗人的作品意蕴需要重点进行解释，以免发生不必要的误读。为此，他甚至在《秋思》《愁怀·其二》两首诗中以当时日本知识分子非常熟悉的西方著名诗人海涅、亚瑟·西蒙斯的诗句来对诗作的意象进行解释，以提高读者对自己的译诗作的理解程度。[①] 由此，佐藤春夫通过副文本非常巧妙地宣告了自己的翻译态度，那就是对于涉及和歌的译作品，必须持有审慎推促的态度，绝不能因自己翻译的瑕疵为和歌之韵律美带来影响。而在对第二层级的作者进行介绍时佐藤春夫将重点转至到了与作者相关的传说和逸话方面。这给读者创造了对陌生的作者群体进行近距离审视的机会，无形之中便扩大了诗歌正文的广度，并在某种程度上增加了诗歌正文的阅读趣味性和新奇感。这与第一层级的理解助力功用形成了鲜明的对比，从而加大了诗歌正文对读者的吸引力。至于第三层级，除了资料不足的可能外，这一层级应该说具有一种“旁注留白”[②] 的作用。也就是说，它使读者在品味和理解诗集的意趣和文化内涵的同时，又平添了某种对诗文正文之外的某些副文本空间的探索渴望。总之，读者在阅读诗歌正文时，由于对汉诗的陌生，对其中所蕴含的

---

① 在《原作者其事及其他》中，佐藤春夫针对《愁怀其二》说道：“在海涅的小曲中，有这样一句诗‘而我的唉声叹气，变成夜莺的合唱’，表达的意义和这一绝句有异曲同工之妙。”另外，针对《秋思》说道：看“自叹多情是足愁”更添一份忧伤。这首诗感叹不堪青春的忧愁烦闷，想着不如满头白发更好。而现代英国狂诗人亚瑟·西蒙斯的作品中有和这首诗几乎同样的诗句，这也算得上是一奇了吧。

② 艺术角度上说，留白就是以“空白”为载体进而渲染出美的意境的艺术，予人以想象之余地，达到的是“此时无声胜有声”的目的。

“青楼气韵”以及“死亡之美”的认知和体验可能不会十分清晰，但进入附录后，这种模糊则会随着佐藤春夫的笔触消失殆尽，可以说这种对正文的延伸高度深化了正文的内涵。同时也帮助读者建构了一个更为宽阔的“后阅读期待视阈”，提高了《车尘集》整体的阅读价值和意义。

此外，值得一提的是，佐藤春夫并没有将这三个层次在附录中进行集中安置，而是沿袭了诗作正文的序列，这应该是为了便于读者比照正文进行查阅而为。这种设置虽然造成了这一结构框架的内隐，但其所呈现出的“你中有我，我中有你”的情形反而加强了这三个层次之间的紧密性和交融性，使读者的阅读思维自由地跳跃于三个架构之间，既消弭了连续解释的枯燥，也掌控了读者“猎奇”的节奏，很好地表现出了《车尘集》的整体品位。

再来看附录与外部之间的结构：首先，附录与《车尘集》的正标题、题词、他序之间均建构了互文结构。在附录的标题下，佐藤春夫誊录了法国中世纪诗人弗朗索瓦·维庸（Francois Villon）的诗作《古美人歌》的诗句“去岁的雪，今在何方”。以下为《古美人歌》全文：

英萝拉是罗马城的佳丽，
请告诉我，她在何处羁留？
阿基比达如今又在哪里，
还有泰伊丝，前者的女友？
还有厄科，话音掠过河流，
她的声音会在水上回荡，

人间无此绝色，天上才有？
去岁的雪，今在何方？

才女爱洛伊丝何处归依？
阿贝拉为爱她被阉以后，
当了修士，终生颠沛流离，
最后去圣德尼，吃尽苦头。
再说，何处又是这位王后，
她一声令下，就把布里当
捆在袋中往塞纳河里丢。
去岁的雪，今在何方？

白王后可和百合花相比，
她更有美人鱼般的歌喉，
大脚的贝特，艾丽斯，尤其
阿杭布吉握有曼恩在手，
还有贞德，这洛林的闺秀
被英军活活烧死在卢昂？
她们在哪里？圣母，请开口！
去岁的雪，今在何方？

君王啊，请不必问个不休，
究竟何处可求这些女郎，
纵然再问，我的回答依旧：

去岁的雪，今在何方？

不难看出，这首悲切的情诗与《车尘集》正标题、序文具有同样的“死亡之美”底蕴，尤其是诗歌中被反复吟唱的结句“去岁的雪，今在何方?”与苏小小的诗句“美人香骨，化作车尘”形成了极为对仗的同构诗想，极大地强化了整部诗集的主旨和基调。可见，为了达成引导读者根据自己的编纂意图阅读诗集的目的，佐藤春夫充分运用了“西学”这一工具，尽可能地以读者认同和熟悉的文学范式来宣示自己的文学主张。不得不说，佐藤春夫推促日本传统文化的良苦用心令人叹为观止。此外，奥野信太郎写的“他序”也是如此，如文中所提到的有关诗作者逸话的来源以及对作者的生平介绍等无一不与附录一一对应，互为补充、说明。由此，建构出了序文和附录之间东西方文本、历史和近代文本纵横两个方向上的互文关系。

另外，在附录中还有一个极易被忽视的细节：在杜秋娘、薛涛、鱼玄机和纪映淮四位作者的介绍中，佐藤春夫分别提到了其他几位作者的作品。比如，他在杜秋娘条目中写道：“正好杜牧来到金陵，可怜她一生坎坷不幸，写下了《杜秋娘诗》，收录在《樊川集》第一卷。”在鱼玄机条目下则是“森鸥外写有‘鱼玄机’一作，与其说是创作，不如说是对她的评传。详细内容可以一看”。介绍薛涛时说：“在今古奇观里有一篇有名的文章，写到薛涛之灵与一少年秀才的情事。小泉八云也翻译了那篇文章。”最后关于纪映淮是这样写的：“渔洋诗话中称赞其‘栖鸦流水点秋光’为佳句。”可以说，佐藤春夫特地记载这四部作品应该有着引导读者进一步阅读《车尘集》

之外有关典籍的意图，这一方面有益于读者对诗歌进行更好地理解，另一方面或许还在传递一个隐晦的信息，即提醒读者关注芥川龙之介的有关作品。当然，在编译者没有明示的前提下，这只是一种推断，但也只有这样，附录与跋文才会产生一种结构上的关联，而这一点对于《车尘集》的整体结构而言是不可或缺的。

五　小结

我们认为，基于副文本的角度来考察诗集（译诗集）作品是非常必要的，这种考察能使副文本与作品、作家之间的张力得以明确外显。而这种张力不但为深化诗集（译诗集）作品的研究带来契机，也为诗集（译诗集）的副文本研究提供了更为宽广的言说空间。副文本与正文本组构的是一种文本交际的场域，可以深化对正文本内质的探索，还可以昭示副文本存在的意义。此外，副文本的存在也为读者接受、认同、理解作品提供了一种良好的预设路径，而读者在阅读反响中所揭示出的读者与文本之间、读者与作者（译者）之间的复杂关联更为研究者提供了进入文本内部或作者（译者）文化思想的切口。从《车尘集》副文本中可以看出，作为编译者的佐藤春夫并没有特别突出其自身的主体性，但我们依然发现，实际上，所有的副文本都在竭尽全力展现着佐藤春夫的“原形”，如翻译观、文化观、审美观等。正如梵·第根（Paulvan Tieghem）在其专著《比较文学论》中针对译者序跋文的功用所阐述的那样：“序跋文可以告诉我们许多关于每个译者的个人思想以及他所采用（或自以为采用）的翻译体系等最可宝贵的资料。”① 此外，从《车尘集》的副文本中还折射出了彼时日本文化语境、社会语境复杂的意识形态，例如对汉诗的摒弃、对西学的追逐以及本国传统文化在回归与疏离之中的挣扎境遇等。Ay GenazKo G 就曾指出：“对于翻译文本的副文本的研究至关重要，因为副文本因素能够帮助我们了解译本在目的语历史和文化环境中的生产和接受机制。”② 也正基于此，副文本对于深入解读《车尘集》具有不可忽视的作用。

---

① 参见谢天振《翻译研究新视野》，青岛出版社 2003 年版，第 52 页。

② Ko G，Ay Genaz. “Analysis of the Paratexts of Simone de Beauvoir's Works in Turkish” . *Seminar*：*New Research in Translation and Interpreting Studies*. Semi－nar Organized by：Universitat I Rovira Virgili. Intercultural Studies Group. Tarragona，Spain. （2005－10－07）. [2010－06－05] http：//isg. urv. es/library/papers/Kos Para－texts. pdf.

第七章 《车尘集》成书与佐藤春夫的中国观

一 《车尘集》与文化民族主义

关于《车尘集》的成书原因，在既往研究中被归结为两点，其一是千代子论，其二是芥川龙之介论。这两点都是日本学者吉川发辉率先提出的，他指出："个人生活的痛苦和烦恼反而激发了他（指佐藤春夫）的创作热情，1923 年（大正十二年）2 月，31 岁的佐藤春夫在新潮社出版了诗集《我的一九二二年》。这一诗集可以说是基于对千代子的倾慕和想念而作，是对千代子'爱'的倾诉。但是，之后春夫还是觉得这一诗集没能充分表达出自己内心的情感，也没能消弭因思念千代子而生的郁结心绪，于是他将视线投向了中国历朝的名媛诗作，并开始积极进行翻译。""佐藤春夫从中国历朝女诗人作品中挑选翻译作品，这一想法得到了芥川的共鸣。这对佐藤春夫的翻译工作是一个非常大的激励。……而芥川毫无预兆的自杀虽然给了佐藤春夫极大的打击，却更加促使他提前完成《车尘集》。……另外他在《车尘集》开头部分写到‘献于芥川龙之介灵前’，这也意味着芥川在《车尘集》的成立中起到了一定影响，而献于芥川龙之介灵前则是表达对他的感谢。”① 应该说，针对这两点成因，吉川发辉显然更倾向于前者。因为，在他看来，《车尘集》中收录的诗作多数都蕴含着浓浓的相思之意，例如《子夜歌·其八》《阳春歌·其二》《金缕衣》《啰唝曲·其一》等。而且，佐藤春夫的翻译也同时表露出了这一气质，例如为《子夜歌·其八》增设诗题为“思ひあふれて”等，其实质都是在倾诉他对恋人千代子的思念。吉川发辉的这一论观无疑对后续研究产生了相当大的影响力，小林徹行、原田新贞、江新凤、齐珮、朱卫红、张競等学者均对此给予了高度认同。他提出中国古代女性作品对佐藤春夫产生巨大的吸引力主要原因是源于佐藤对千代子的爱恋。不能否认，诗歌确是佐藤春夫疏解其个人情感的一条路径，在《殉情诗集》的序中佐藤春夫就曾如是说：“陷入感情之人只有通过诗歌才能获得些许慰藉，就如病入膏肓的人只能通过呻吟方能减轻其病痛。悲伤之至时，我总是通过诗歌来安慰自己。”然而，我们却认为，如果仅以此将千代子视为《车尘集》成书最为主要的成因尚缺乏确凿的依据。首先，以这种论点无法释明佐藤春夫为何要大量选用有着“低贱妓女身份”的作者的作品。实际上，渲染“相思”的诗歌精品在中国数以万计的女性诗作中可

① ［日］吉川発輝：「佐藤春夫の『車塵集』——中国歴代名媛詩の比較研究（序）」，新典社1989年版，第15、18頁。

谓比比皆是，其中不乏皇亲贵胄、大家闺秀之作，普通良家妇女直抒情怀的作品也是数不胜数。从这一角度来说，佐藤春夫的“青楼”选材明显带有“刻意”倾向。那么，以妓女这种具有“玩物”性质的女性所作的诗歌来寄托自己的情思，显然令人难以理解。其次，这种论观亦与佐藤春夫在《车尘集》正副文本中袒露出的着力推促日本传统文化的翻译动机和目的以及为此竭尽心力的布局谋篇相悖。这种论观将佐藤春夫局限于“儿女情长”，然而《车尘集》却在鲜明地昭示佐藤春夫的“家国情怀”。因此，这种论观难逃“臆断”的结论。另外，佐藤春夫自己对《车尘集》成书原因曾进行过明确的解释：“……最初我把译好的十几篇闺阁汉诗拿给芥川看，他（指芥川龙之介）竟意外地感兴趣，并亲自翻译了十几篇，还说要与我一起编译（《车尘集》）。他建议说，我们可以在一起旅行时、在火车上、在旅馆中讨论汉诗，共同编译，这是他逝世前一年的秋天时说的话。……他（指芥川龙之介）去世之后，这一年的秋天和冬天，我都在整理余下的工作，将其供在芥川灵前，以慰在天之灵。这就是《车尘集》的由来。”[①] 由此可知，《车尘集》绝不是《殉情诗集》的延续，与千代子的情感亦不可能是其成书的根本原因。那么，佐藤春夫自承的芥川龙之介论是否就此成立呢？我们认为此说亦有不准确之处。因为根据佐藤春夫所述，他起意翻译中国古典女性诗歌是在与芥川龙之介商议共同翻译汉诗之前，也就是说，《车尘集》最初的创意是基于他自己的想法建构的，这个时间应该是在其第一

① ［日］佐藤春夫：「唐物因縁」，『定本佐藤春夫全集』（第 22 卷），臨川書店 1999 年版，第 182 頁。

次游历中国之后（见本书第三章第二节）。因此，就这一点而言，《车尘集》成书最为本质的原因是在于佐藤春夫在游历中国时得到了某种启发。那么，他得到的是一种什么性质的启发呢？

如前所述，大正时期，借着日本对华扩张政策的实施，大批日本文人得以有机会亲往中国游历，一睹“中华上国”之风采。然而，当这些日本文化精英们目睹到这个由众多经典文本及其构成的话语体系（汉诗）所形成的完美的、理想的国度的现状时，他们发现这个备受其推崇，甚至是敬仰的“精神家园”实际上具有双重的、令人纠结的影像。一方面，这里有着经典文本中所描述的旖旎的自然风光，这使他们终于领略到了那停留于憧憬层面上的，犹如桃花源一样的诗情画意，面对这一切，他们于这个熟悉又陌生的国度所能想象出的“异国趣味”都得到了充分的满足；另一方面，中国的现实社会在他们的视力所及之处，无不是极度的败落、肮脏、落后，尤其是这个国家的人民与这种令人艳羡无比的古典文化的刻意剥离以及这一文化的不断消逝，又使他们感到无比的错愕。于是，一种自甲午海战就已明显表露出来的“俯视”便借着这份错愕宣泄而出了。如小林爱雄说：“那是一个沉睡的国家，那里数亿的国民打着响亮的鼾声已酣睡了数年。古代，这个国家曾经出现过被誉为世界三圣人之一的伟人，曾建筑过长达万里的长城，曾出现过无数位英雄和诗人，但对于这些，现在的人们已毫不在意，只是沉醉在美酒和鸦片的香味中悠悠沉睡。”①

中国的这种双重影像同样震撼了始终视汉学为文化瑰宝的佐藤

① ［日］小林爱雄：《中国印象》，李炜译，中华书局2007年版，第16页。

春夫，他最初的反应亦与其他日本人保持了一致。1922 年（大正十一年），佐藤春夫的旅中游记《南方纪行——厦门采访册》得以出版。在这部记述其对中国南方沿海城市印象的游记中，佐藤春夫对中国的自然风光、传统的民俗人情、古典式的爱情等都进行了详细描写，并给予了极高的赞美，例如他对鹭江的描写："就我自身而言，在那日之前和之后，我都再也未见过如鹭江的黄昏般贴合自己趣味的自然了。……我开始相信公认的中国沿海地区中鹭江风光第一的社会评价，有人说西湖无法与之匹敌，我也表示信服。"（《鹭江的月明》）我们可以从中清晰地看到其作为浪漫主义唯美作家的特质及其对中国传统文化的向往和热爱。但是，细究其所有的记述就会发现，在这种赞美之下隐匿着一种对近代中国高度的贬仰。如文中有这样两段表述："那是一位身穿淡紫色上衣的支那少女……从蔓藤花纹的阳台上使劲俯下身去，用一只手逗弄正在地面上玩耍的猴子。——是猴子，我想，我觉得那是一只猴子，但究竟是什么我不晓得。""顺道而去的孔子庙，如今却一片荒废，现在这里有七八个人围坐在一起，在夕照中入迷地做着什么——可能是沉迷于赌博之中吧。"[①]"猴子"之说是鸦片战争之后日本人对中国人的贬称，以此用来塑造中国人野蛮未开化的形象。[②] 而破败的孔庙与赌徒同框，则更是为崇敬孔子的日本读者提供了一种强烈的对比，中国古典文化没落位相、近代中国的丑陋面目在这种对比下一览无余。因此，

① ［日］佐藤春夫：「南方紀行」，『定本佐藤春夫全集』（第 27 卷），臨川書店 1998 年版，第 13—63 頁。

② 参见董熠晶《猴子与近代欧洲文化视野中的中国人形象——从 18 世纪"中国热"到 20 世纪初》，硕士学位论文，北京大学，2000 年，第 13 页。

尽管佐藤春夫评价近代中国的文字非常委婉，但却实实在在地袒露出了在这次中国游历后，佐藤春夫源自“文本话语”的中国观已然出现变化。1939 年，他在《文化开发之路》一文中对自己的中国观曾进行过如此直陈：“诚然，作为古代文化之国支那确实给我国以莫大感化，但现代支那却是一个颓败之国，不值得我国民众尊重的苦力与娼妇之国。尽管如此，支那国民性中还存留有值得我们敬爱的深厚传统，这是应该让国民了解的事实。也就是说，这是一个令人绝望的国家，但却还有可怜可爱的国民，这就是我的支那观。”① 可以说，在一段短短的话中，大和民族的优越感、近代中国的可鄙性都被其淋漓尽致地进行了表达。虽然这一席话晚于佐藤春夫的中国游历近 20 年，但联系其《南方游记》中的种种言辞，这种中国观的确立与其首次游历中国有着莫大的关系。从这一角度来说，近代中国与如此美好的文化和资源之间的落差俨然成就了促动他进一步靠近中国古典文化的动力。更为直白地讲，对中国的重新认识使佐藤春夫深藏于内心的“文化民族主义”意识得到了一条彰显和实践的路径。

所谓“文化民族主义”（cultural nationalism）是指民族主义在文化领域的一种派生。日本社会学家吉野耕作指出：“‘民族主义’是一种信仰，具有明显的聚合性，即‘我们’这一群体是具有与他者不同的独特历史、文化特征的独特的共同体，是在自治国家的框架内实现、推进这种独特感与信仰、意志、感情、活动的总称。”② “文化民族主

① ［日］佐藤春夫：「文化開発の路」，『定本佐藤春夫全集』（第 22 卷），臨川書店 1998 年版，第 79 頁。

② ［日］吉野耕作：《文化民族主义的社会学——现代日本自我认同意识的走向》，刘克申译，商务印书馆 2004 年版，第 2 页。

义”则是指当民族文化的自我认同意识缺乏、不确定或受到威胁时，通过文化自我认同的创造、维持和强化，争取民族共同体再生的活动。它实际上是把民族作为独特的历史与文化的产物以及以其为基础的几何形连带关系来把握的。本尼迪克特·安德森则将“文化民族主义”视为国民国家制造出来的，在想象层面上的一种共同体，这种“想象上的共同体”是以“传统”为基础，由共有同质时间与空间的民族主义构成。也在发现“传统”的同时，进行了自我意识的创造和改良。[①]这就是说，时间维度上的“传统”可与“现在”出于某种需要连接在一起，此时的“传统”既可能是既存的传统，也可能是运用“传统”材料制作出新的传统，从而形成“国民文化”。

日本是最易衍生出“文化民族主义”的国家，这是由于这个国家及其族群具有以下几个方面的先决条件：首先，日本是一个孤立的岛国，与外界的闭塞、环境的恶劣造就了大和民族较内陆国家更为强大的对内的社会同质性。这使日本的社会结构表现出明显的社会共同体特征。这种共同体以“家”为基本单位，强调“家”的协同、团结、调和等集团意识，并以“亲”对“子”恩，“子”对“亲”忠的道德规范建立成员的归属感，最终呈现出一种“集团本位”社会结构和心理模式。其次，日本位于大陆文化辐射圈内，接受大陆文化是其唯一的发展路径，但其因特殊环境形成的民族独立意识又使其不甘于就此依附于大陆，逐渐形成了一种特殊的自傲与自卑并存的边缘文化心理。这一心理使大和族群不能容忍有比它更

① ［美］本尼迪克特·安德森：《想象的共同体：民族主义的起源与散布》，吴叡人译，上海人民出版社 2003 年版，第 74 页。

发达的文明和更强大的国家存在，对“他者”具有强烈的对抗意识。此外，日本的民族文化缘起于古老的宗教——神道教，它使大和族群自古就形成了对神权和皇权的崇拜。因此，民族文化就成为彰显大和民族归属感和优越感的象征。正如亨廷顿所说：“经济利益或政治意识形态并非是决定人行为的最根本因素，人们最有可能为之而战、而牺牲的是信仰和家庭，血统和理念。”①

如前所述，近代以降，日本迫于西方列强的威胁，开始实施明治维新。明治前、中期，“师夷长技以制夷”的希律主义成为日本抵抗西方文明东渐的重要国策方针，由此导致的欧化主义亦自此开始大肆泛滥：政府在积极演绎“鹿鸣馆舞会”，普通民众在津津乐道“栽西花、食西果”，文化人士则内外兼修地拓垦西方的各种近代文学理念。然而，后进国家，尤其是像日本这种有着“先天文化民族主义”倾向的国家之于“他者”的学习“不可能始终保持单向趋势，一定时期后其必然发生双向交织的转向，即文化主体对主客文化的重新审视和在往返比对中的多元选择”②。这个“一定时期”实际上就是指日本人面临民族和文化双重危机，必须以重建民族文化认同，即“我民族最优”这种意识形态进行抗击之时。事实上，这种反击自古至今在日本就不曾停止。例如江户时期，日本大化革新确立的皇权统治体制被幕府挟制，失去了统治权力，而汉学在这一时期开始走入鼎盛，日本国民自此也就失去了昭示归属感和优越感的路径。在这一背景下，以契冲（1640—1701）、贺茂真渊（1697—

① 参见王辑思《文明与国际政治：中国学者评亨廷顿的文明冲突论》，上海人民出版社 1995 年版，第 186—189 页。

② 郑师渠：《晚清国粹派》，北京师范大学出版社 1997 年版，第 31 页。

1769）、本居宣长（1730—1801）等为代表的日本学者开创并发展“国学”，以此论证汉学到来之前“日本文化”纯粹性，并推崇日本“和歌”式的唯意志论，就此反击汉学的一统天下，其实质就是以树立日本独特的民族文化来激发大和民族本性，并以此来重塑族群的民族归属感和优越感。由此我们可以看出，每当所谓的“这一时期”降临时，日本文化人士的“文化民族主义”总是最先觉醒。近代的日本也是如此。明治二十年前后，日本政府开始推动“王道复古”，即重拾被幕府摒弃的“天皇统治”，利用“传统”来激发国民民族意识，以抗衡外来文明的威胁和侵蚀。这一国策的实施使对“国民文化”的建构成为当时最为重要的任务。据此，1890 年，日本政府颁布教育敕令，向国民灌输儒学仁爱、感恩等价值观，以强化由宪法确立的天皇政权的正当性，并提出“历史主义”民族观。而日本文化人那来自“国学”铺陈的民族文化自觉性则很自然地被这种“国民文化”唤醒并再度强化。于是这一时期的日本文化人纷纷戴上“文化民族主义”的各种面具，如“国粹主义”“亚细亚主义”等对传统文化进行大力宣传，促使人们向其靠拢。进入大正时期后，加入协约国行列的日本终于由“俎上待宰之羔羊”摇身变为“庖丁”，国家的崛起迅速转化了既往的民族危机，此时，对于民族文化独立性的捍卫似乎也无须再持续下去，于是人们纷纷向前期加诸在自己身上的所谓“传统”发起挑战，“当遇到不公时甚至放弃传统家庭伦理道德所推崇的那种含蓄方式，转而采取了更加充满暴力的直接行动”①。自此，民主

① ［美］麦克莱恩：《日本史：1600—2000》，王翔译，海南出版社 2009 年版，第 346 页。

运动与政权的争斗此起彼伏，文学也因无所适从沦落为“苦闷的象征”（史家片冈良语）。显然，这一态势对于暂时退居幕后的“文化民族主义”者们来说是难以容忍的。在他们看来，“大陆扩张”政策使日本确立亚洲霸主地位成为可能，但与外部国家的矛盾也在日益加剧，此时彰显民族优越论，进而提升国民“爱国心”已迫在眉睫，然而文学作为文化的具体外显，却对此失去应有的支撑力，因此，高扬“国粹”必须成为当下文学的一种自觉。可以说，这一时期的文化民族主义者的文学意识实质上已然具有了自觉地依附于“政治”的意味。

佐藤春夫自幼接受国学熏陶，并沐浴着日本基于历史传统的“国民文化”的洗礼成长起来，因此他与这些文化民族主义先驱们有着相同的认知，极其自然地成了这一意识形态的积极倡导者。在《日本传统文学之我见》一文中，他即直陈：“……比起东张西望，向后看无疑对统一国民思想更为有效。回归历史、回归传统、回到建国时的精神，回归国粹、回归民族自豪、回到民族固有文化，回到从古至今的美风……我十分欣赏山川氏的这种见解。一切现象都不应该被从外部世界孤立起来。作为文艺精神就其本质来说，比起它的国际性，更应该关注其民族性……”① 但是，需要释明的是，佐藤春夫基于文化民族主义所提出的回归“民族性”并非只表现在对日本传统文化的承继之上，其更深一层的则是对“去中国化”的迫切期望。汉学等于日本母体文化是一个事实，这一事实使自恃优越的日本文化主义者们如鲠在喉。正如王升远所说：“……这一切很

① ［日］佐藤春夫：「日本伝統文学の私見」，『定本佐藤春夫全集』（第21卷），臨川書店2000年版，第293頁。

难说没有隐含着‘化着西洋妆，流着东方血’的日本面对中国文化传统这一巨大的‘他者’时内心存在的强烈劣等感、无力感和焦虑、沮丧感。”[①] 这种感觉使他们就此产生了“一旦本民族文化遭受外部文化可能或实际的侵袭而产生文化认同紧迫感时，民族成员便会自内心深处迸发出本民族‘最优’意识，并演化为对外部文化的抵触，甚至企图消灭之”[②] 的意念。因而“去中国化”从日本国学诞生直至近代从未停止过喧嚣，而近代则正是这一论调与日本“蚕食中国”之政治目的邂逅蜜月期，佐藤春夫等人终于等到了以“新东夷秩序覆盖华夷秩序”的机会。而这也正是这些文化民族主义者真正需要实现的目的。吉田精一曾在《佐藤春夫》一文中评价说：“……他的（指佐藤春夫）抒情，乍看下是流于伤感的产物，但内里却带着一种冷静的理智……”[③] 事实正如其所说，众多日本文人在经历真实面对中国导致精神偶像幻灭后止步于中国“非人”社会，与之相比，佐藤春夫显然更多了些对如何去中国化的思考。然而，他思考的最终结论并不是如本居宣长等人那般单纯地摒弃汉文化，相反，在日本优越论及东方的“东方主义”[④] 论的叠加影响下，他的视野

---

① 王升远：《“文明”的耻部——侵华时期日本文化人的北京天桥体验》，《外国文学评论》2014 年第 2 期，第 19 页。

② 杨思信：《近代文化民族主义论略》，《青海师范大学学报》（哲学社会科学版）2002 年第 2 期，第 51 页。

③ ［日］吉田精一：『日本近代詩鑑賞』，桜楓社 1980 年版，第 113 頁。

④ 日本学者今泽纪子翻译赛义德《东方主义》的后记中针对日本的“东方主义”说：“在作为观察者的西方与客体，即被观察者的非西方的相对立的东方主义构图前，日本是一个十分特别的存在，于西方立场，无论从地理抑或文化层面，它都隶属于非西方的，也就是说，日本在此角度是一个不折不扣的客体，是被观察者。但近代日本成了西方列强的一员，其为经营殖民地而积极学习西方思想，同时更撷取了西方的东方观，站到东方主义的主体地位上，即观察者那一边去了。”

开始转向对汉文化的隐形占有。在他看来，中国的传统文化只有在日本这个精英国家的培育下才能绽放华彩。正如其在《大陆与日本人》中所说："支那的文化在自己国家已完全枯死，而在我国正待开花。"① 从这一论观来看，我们有理由认为，游历中国南方之后的十年应该是佐藤春夫"文化民族主义"这种政治性文学意识的萌芽发展期。而他的这种思想意识显然是《车尘集》成书最为本质的缘由。由此显示的则是佐藤春夫希图尝试以日本传统文化吞噬中国古典文化的政治性意图。

二 《车尘集》成书与芥川龙之介

经过上述分析，我们得出了《车尘集》成书根本的原因源于佐藤春夫基于文化民族主义意识形成的中国观的结论。尽管如此，但不能否认的是，芥川龙之介在这部诗集的诞生过程中起到了极为重要的作用，是佐藤春夫文化民族主义得到深度外显的重要平台。而厘清这一问题，我们首先需要对芥川龙之介与汉文化乃至中国的关系进行一下简单的梳理。

芥川龙之介是日本大正时期著名的短篇小说家，对汉文化，尤其是汉诗具有浓厚的兴趣。东京日本近代文学馆《芥川龙之介文库》

① ［日］藤田梨那：《日本现代文学中的中国》，《社会科学辑刊》2012 年第 2 期，第 78 页。

建立有芥川龙之介藏书目录，据统计，其中汉诗典籍为67部，包括《唐诗百名家全集》《唐宋明清四朝诗话》《苏文忠公诗集择粹》《瓯北诗集》《温飞卿诗集》《王维诗集》《高青邱诗集》等，可以说几乎囊括了当时在日本流布的全部中国汉诗典籍，有的还是日本国内少见的稀有珍本。[①] 此外，芥川还很喜欢创作汉诗，身后共计留下34首诗作。虽然这一创作数量并不是很多，但从他的创作时间（见表7－1）可以看出，写作汉诗是他自20岁步入文坛开始至其35岁自杀前一直坚持的一件事，这在同一时期的作家中是极为少见的（自诩为有着最大汉文化情怀的佐藤春夫也仅作过一首汉诗，是在《女诫扇绮谭》中以人物世外民的身份创作的："登彼高闪空夕曛，天边孤雁叹离群。温盟何不必酒杯，君梦我时我梦君"）

表7－1　　　　芥川龙之介汉诗创作一览

时间（年）	年龄（岁）	数量（首）
1912	20	2
1913	21	1
1915	23	8
1917	25	4
1919	27	2
1920	28	10
1921	30	1
1922—1926	31—35	3

① 王书玮、庄凤英：《关于〈芥川龙之介全集〉中的汉诗研究——以大正4（1915）年为研究视角》，《北京科技大学学报》（社会科学版）2012年第1期，第70页。

对此，高桥睦郎曾评价道："年轻的时候写作汉诗的作家不少，但是终生都在写汉诗的作家除了作为诗人进入文坛的室生犀星之外，那实在是太少了。"① 芥川龙之介一直明确强调汉文化是日本文学持续发展的重要基础。他在《汉文汉诗的意趣》一文中说："我们所使用的日语，即便不似法语出自拉丁语的这种关系，也受到了汉语的极大恩惠。这并不仅仅是因为我们使用着汉字。汉字就算是变成罗马字，从久远的过去所积蓄的中国式的表达方式，也还是存在于日语之中。所以，读汉诗汉文既有益于日本古代文学的鉴赏，更有益于日本当代文学的创造。"② 此外，他还就芭蕉与汉诗的关系发表过大胆的言论，他说："白乐天的《长庆集》是芭蕉爱读的书籍之一，这在他的《峡峨日记》中曾经提到。芭蕉对白氏诗集中的表现手法进行脱胎换骨的改造现象，并不少见。比如，芭蕉的排谐在动词用法上，就运用了独特的技巧（中略），这些动词的用法，莫不是学了海对岸文学的字眼。所谓字眼，就是指因一字之工而使全句颖异的字。……可以说，芭蕉是非常热心地将大洋彼岸文学的表现手法收入了自家囊中。……因此必须说，芭蕉至少延宝天和年间的芭蕉曾在很大程度上醉心于大海彼岸的文学，再斗胆说句话，使得坠入谈林风气充斥的鬼窟里的芭蕉能够开启天才之光的，也或许就是大海彼岸的文学。"③ 将本国"诗圣"的诗学特征归结于受到汉文化

① 王书玮、庄凤英：《关于〈芥川龙之介全集〉中的汉诗研究——以大正 4（1915）年为研究视角》，《北京科技大学学报》（社会科学版）2012 年第 1 期，第 71 页。

② ［日］芥川龍之介：「漢文漢詩面白味」，『芥川龍之介』（第 4 卷），岩波書店 1997 年版，第 297—301 頁。

③ ［日］芥川龙之介：「芭蕉雜記」，『芥川龍之介全集』（第 6 卷），岩波書店 1977 年版，第 227—231 頁。

的影响，可以想见汉文化在这位日本作家心目中的重要的地位。但是，正如佐藤春夫一样，芥川龙之介对于中国及其古典文化的痴迷同样是源自由经典建构起的“文本中国”之上。而当他终于有机会面对真实的中国时，他同样发现自己那来自经典文本的美妙幻想与暴露在眼前的中国根本无法产生任何关联。这种突然出现的落差使他心中的中国幻象不断消亡，取而代之的则是对现实中国的极度失望。他甚至声称：“……我已经不爱中国，我即使想爱她也爱不成了。当目睹中国的全面败落之后，仍能爱上中国的人，恐怕要么是颓唐至极的感伤主义者，要么是憧憬中国趣味的浅薄之人……”①

从中国返回日本之后，芥川龙之介在《大阪每日新闻》上先后连载了《上海游记》（1921 年 8 月起）和《江南游记》（1922 年 1 月起），并于 1925 年 11 月，连同后来创作的《长江游记》（1924 年 9 月）、《北京日记抄》（1925 年 6 月），以及新作的《杂信一束》一起，出版了单行本的《中国游记》。在这些游记中，我们可以清晰地看到芥川龙之介对近代中国毫不留情地进行鞭挞，以下摘录几段记述：

“原本‘车夫’这个词留给日本人的印象绝不是脏兮兮的，反倒是那种威猛的气势，常给人一种仿佛回到了江户时代的心境。但是中国车夫，说其不洁本身就毫不夸张，而且放眼望去，无一不是面目古怪，他们从前后左右各个方向伸长脖子大声叫唤，不免让刚上岸的日本妇女感到畏惧，在被他们其中一个拉住衣袖时，

① ［日］芥川龙之介：《中国游记》，秦刚译，中华书局 2007 年版，第 136 页。

连我都情不自禁地往高个子的琼斯君身后退却了。”（摘自《上海游记》）①

“首先戏院的那个肮脏劲让人头疼。厉害起来，舞台上一跑一跳，就能扬起一面灰来，令四周朦胧一片，更有甚者，舞台上扮着俊男美女的演员，居然也能在台上又吐痰又擤鼻涕（就是交际花也能当着客人的面用手擤鼻涕）。穿着那一身漂亮的行头居然做出这种动作，实在让人不可思议。”（摘自《上海游记》）②

“不知何时起，我已对西湖起了反感……这位中国美人（指西湖）已被岸边那些随处修建的恶俗无比红、灰两色的砖瓦建筑植入了足以令其垂死的病根。其实，不只是西湖，这种双色的砖瓦建筑就像巨大的臭虫一般，在江南各处的名胜古迹中蔓延，将所有的景致破坏的惨不忍睹。……”（摘自《江南游记》）③

“……我们又参观了玄武观，观前广场上有许多露天的摊床，摆着花花绿绿的袜子，随处飘荡着韭菜味的热气。……尽头有一座大佛堂，走进去一看，满满挂着供贩卖的石版、木版或手绘的字画，呈现着浓艳恶俗的色彩，除了这些挂轴，不仅没有供佛的香花，就连佛像的影子也没有见到……”（摘自《江南游记》）④

“第二天早上起来一看，浔阳江无论怎么虚张声势，也不过是一条污秽不堪的发红的河沟，那里也看不到‘枫叶荻花秋瑟瑟’的景致。……江面上停着一艘木质的军舰，架着一门仿佛还是征讨西乡隆

① ［日］芥川龙之介：《中国游记》，秦刚译，中华书局2007年版，第5页。
② 同上书，第26页。
③ 同上书，第72页。
④ 同上书，第92页。

盛时用过的大炮，停泊在琵琶亭旁，且不说浔阳江上的猩猩是否会现身，本来以为里面会藏着浪里白条张顺或者黑旋风李逵一样的人物，却没想从眼前的船篷里伸出来一个丑陋至极的屁股，而且那只屁股竟然肆无忌惮、悠然地在江中大便。……”（摘自《长江游记》）①

从上文中不难看出，芥川龙之介对于近代中国的描述方式虽然与佐藤春夫含蓄而隐匿的贬低有着极大的差异，但其描述的核心仍然与其具有同质性，即近代中国已经败落得无以复加了，这个国家从上至下时时刻刻都在损毁着被他们日本人视为能够抵御“西方文明”侵袭的“精神享乐家园”。可以说，芥川龙之介的这种描述在佐藤春夫的眼中绝不单单只是发挥了宣泄其美好幻象被打破后愤怒情绪的作用，更为重要的是，《中国游记》的内容具有政治视野中极为重要的元素。也正由于此，尽管并非出自芥川龙之介本人的意愿，这部《中国游记》却成为了一种政治性的工具。

我们由此再回转至《车尘集》，分析佐藤春夫在《唐物因缘》之中的记述，他之所以认为芥川龙之介之是《车尘集》成书的原因，最主要的应该是芥川在加快他的翻译速度上发挥了较大的作用。也就是说，如果没有芥川龙之介的死，《车尘集》的出版或许还会被无限期地推迟。那么，为何芥川龙之介的死会使佐藤春夫产生如此之大的创作动力呢？这个问题的答案依然存在于《唐物因缘》之中，梳理一下大致可以分为两点。第一，芥川龙之介是《车尘集》翻译的积极响应者，因此，《车尘集》可以看作他的未竟之志，作为密友，佐藤春夫有责任尽快完成他的遗愿。第二，芥川龙之介的死以

① ［日］芥川龙之介：《中国游记》，秦刚译，中华书局 2007 年版，第 141 页。

及他的作品为佐藤春夫在《车尘集》中昭示自己的文化观、审美观以及推促日本传统文化回归给予了极大的支撑，佐藤春夫要以《车尘集》的出版表达他对芥川龙之介的感谢。可是，既然有着如此深厚的情感表达需求，为何佐藤春夫不在《车尘集》中以自序或者其他的形式对这一点进行袒露，使日本文化界乃至普通读者都能直观地了解他的情怀？芥川龙之介在日本几乎是家喻户晓的作家，声名远大于佐藤春夫，尤其是他的自杀在当时曾引起日本文坛的巨大震撼。如果佐藤春夫能够直抒其情，可以说无论于芥川龙之介还是他自己乃至《车尘集》都是极为有利的。可是，佐藤春夫却只是在《车尘集》中含蓄地表达了自己对芥川龙之介的哀悼，对其他问题丝毫没有进行说明，却在20年后强调芥川龙之介与《车尘集》成书的关系而非其在《车尘集》中发挥的作用。这不禁令人感到疑惑不解。

佐藤春夫在《曾游南京》一文中曾经记述了一段很重要的话："昭和二年是芥川去世的年份。我是在上海的旅馆中接到芥川自杀的这一噩耗的，我是永远不会忘记我是带着怎样一种悲痛之情迈上去南京的路途的。"① 这就是说，芥川龙之介自杀之时，佐藤春夫恰好正在中国。这是他受田汉之邀第二次到访中国。与首次的游历不同，这次佐藤春夫在上海通过郁达夫、田汉以及内山完造接触到了大量著名的中国文化界人士，包括欧阳予倩、王独清、唐林、谢六逸、郭沫若、傅彦长、徐志摩、胡适等。而这些中国文化人士对芥川龙

① ［日］吉川発輝：「佐藤春夫の『車塵集』——中国歴代名媛詩の比較研究」，新典社1989年版，第17頁。

之介都十分熟悉，原因有两点，其一是芥川龙之介的两篇优秀短篇小说《鼻子》和《罗生门》经由鲁迅的翻译进入中国，并受到了较大关注。其二就是芥川龙之介写的那部《中国游记》在中国文化界引起了大范围的诘责，当芥川龙之介的死讯传至中国时，震惊之余有的人不免“欢呼雀跃”。因此，如果站在日本人角度来说，中国文化人对芥川龙之介并不友好，甚至是“恶毒”。尽管现有资料中，佐藤春夫从未就中国文人针对芥川龙之介的态度发表任何明确的言论，但彼时其与郁达夫交好，而与郁达夫同为创造社成员的冯乃超、郭沫若等就是对芥川龙之介持强烈否定态度的代表人物。此外，唯一得到佐藤春夫赞誉过的作家周树人（鲁迅）也同样对芥川龙之介提出过批评，而鲁迅之弟周作人算是佐藤春夫接触较为密切的中国友人，他也对芥川龙之介颇有微词。他曾多次撰文纪念日本自杀的作家，却对芥川龙之介之死始终保持缄默。故而从这一点来看，佐藤春夫对中国文人之于芥川龙之介的态度非但知晓，而且应该是相当清楚的。但是，在他看来，芥川龙之介对中国的批评不仅是中肯的，而且是出于对中国古典文化的热爱，中国人却在反噬中伤。可以说，这在一定程度上应该加重了佐藤春夫对近代中国文化界的反感。基于此，我们可以大胆推断，当时正在中国的佐藤春夫极有可能会听闻到某些中国文人对芥川龙之介之死的负面评价，如果确实如此，那么芥川龙之介的死讯带给他的就不仅仅是悲伤，可能更多地会使他生发出一种对于“低贱的支那人”诽谤芥川龙之介的愤怒。因此，我们认为，也正是这种愤怒促使他加快了对《车尘集》的翻译，以期以这种“转化他者文化”的形式来实现对“支那人”指责芥川龙之介的反击。事实上，这一情绪在《车尘集》中是有所体现的。

《车尘集》序文中采用了薄少君的“浊世何争顷刻光，人间真寿有文章”以及苏小小的“美人香骨，化作车尘”，并将“车尘”作为了诗集的标题。这两首诗歌因何入选，佐藤春夫从未曾明示过。以诗歌的意蕴来说，与这两首诗歌相似的仅在《名媛诗归》之中就有很多，如赵金燕《寄陈八玉英时留姑苏》中的“一从南国香销后，谁复佳人字莫愁”；鱼玄机《代人悼亡》中的“西山日落东山月，恨想无因有了期”等等，但这些诗作均未能入选。因此，这两首诗歌的入选极有可能与佐藤春夫当时悲愤的心情有关。首先看《悼亡诗》，“浊世”显然有指涉近代中国的败落和凋零之意，而“何争顷刻光”则明确带有“无须理睬他人看法”的意蕴。如果结合《悼亡诗》与佐藤春夫致敬语的关系，但凡对中国人诘责芥川龙之介有所听闻的读者都会感到佐藤春夫是在回敬中国文化界。可以说，相较于诗作内隐的审美意蕴，这种感受是明显的，甚至是直观的。而第二句中的“真文章”我们认为其所指应该就是芥川龙之介的《中国游记》。事实上，彼时书写丑化中国之旅文章的日本文化人很多，但能够发行单行本游记的却是寥寥无几，因此，芥川龙之介的《中国游记》是旅中游记中的标志性作品。从这一角度来说，佐藤春夫选择薄少君的诗句显然还有一个更为重要的原因，即有着以薄少君诗句谋取“读者视线”向《中国游记》进行集聚，进而引导读者从这部游记中认知到“中国古典文化正在消亡”的意图。此外，再来看苏小小的《楚小志》。前文我们已经提到，苏小小在芥川龙之介的《中国游记》中有所呈现，而且，拜谒苏小小之墓时芥川龙之介的极度失望之情在其游记中是溢于言表的。他的失望显然不是单纯源于苏小小墓冢的凋败，而是对由苏小小墓塚所代表的中国古典汉文化在中国的颓败感到愤懑。故而苏小小及其所作的诗句出现于《车尘集》中也绝非单单出自其意蕴中的审美成分，关键还是这首诗歌的节选同样发挥着进一步接引读者的视线向《中国游记》进行汇集的作用。另外，从佐藤春夫翻译中国女性诗歌作品的发表时间来看，选择具有青楼意蕴的诗歌作品作为翻译原本以及确定以苏小小诗作作为《车尘集》标题和序文，应该都是佐藤春夫在芥川龙之介去世之后做出的决定，而促成他做出这一决定可能有两个方面的因素，第一是上述所说的对接外部副文本资料；第二是佐藤春夫曾在《文化开发之路》一文中将中国誉为“娼妓之国”，而他正是以这种具有特殊青楼意蕴的诗作与苏小小和芥川龙之介形成呼应，从而使读者从中体会到近代中国的特征以及颓败中国之状态。芥川龙之介也正是由于此成了佐藤春夫口中编译《车尘集》之原因。

三　小结

政治历来被视为利益争夺的过程，充满了阴暗和诡异。但颇为有趣的是，无论对政治本身如何诟病，人类却无法脱离政治。菲利普·布侯（Philippe Braud）解释说：“人通常在理想的驱使下对美好生活进行追求，而理想既能出现在宗教领域，也能出现在哲学、文学乃至政治领域，故政治就是关于人类美好生活的想象与实践，这是人类无法摆脱政治的直接原因。"① 而在刘锋杰看来，菲利普的观点实际上将政治分为了理念和行为两个层面，而行为展开的局限性会导致结局完美性出现缺失，因此，政治往往最终会失去人们的信任。但文学不同，文学有着与政治相同的关于人类美好生活的想象，但它无须向实践进行过渡，因而文学可以魅力永隽。② 也正是基于这一点，无论是政治的胁迫抑或文学的自觉，文学和政治的结合都是一种必然。

佐藤春夫具有深厚的"中国古典文化"趣味，从这一角度来阐释其编译《车尘集》的动机显然是无可厚非的。但是，理解佐藤春夫与中国古典诗歌之间的关系绝不能偏离和无视当时的历史背景。佐藤春夫在日本侵华时期成为"国策作家"不是一蹴而就的，更不是他突发奇想，其间必然与其原初的文学价值观有着紧密的关联。显而易见，佐藤春夫是一个彻头彻尾的文化民族主义者，设法将中国传统文化的精髓转化为日本所有是其终极目标，因此，对其偏爱中国古典文化绝不能单纯理解。王升远指出："……现代的知识分子的爱国主义还有另一个特征：即仇外。这是一种对外人（lehoreain）的仇恨，是对不'属于自己'的人的鄙视。"③ 而从这一观点延伸开来，当"外人"乃至"外物"被改造，被驯化，最终成为"自己的"，那么其关系便会演化为"默契的""联盟的"友好态势。不可

---

① ［美］菲利普·布侯：《政治生活》，张台麟译，远流出版事业股份有限公司 1994 年版，第 21、147 页。

② 刘锋杰：《文学想象中的"政治"及其超越性——关于"文学政治学"的思考之三》，《西北大学学报》（哲学社会科学版）2009 年第 6 期，第 108—113 页。

③ 王升远：《"文明"的耻部——侵华时期日本文化人的北京天桥体验》，《外国文学评论》2014 年第 2 期，第 23 页。

否认，促成《车尘集》成书的因素可能是多元化的，而芥川龙之介不过是因为可以完成佐藤春夫接引读者的视线向《中国游记》等一系列对中国进行贬损化论述的书外副文本信息群进行二度集聚，进而进入“汉文化在近代中国已然凋败，并以此作为新时期东亚精英的日本有义务去挽救它们”这样的“想象空间”，而成了20年后佐藤春夫口中唯一的成因。由此我们亦进一步确证了佐藤春夫的基于“日本俯视姿态”以及“文化民族主义”来“拯救”汉学的编译思想。

参考文献

一　中文文献

著作类

成春有：《日语汉字音读研究》，中国科学技术大学出版社 2002 年版。

方悟编著：《青楼韵语广集序》，明崇祯四年刊本。

胡文楷：《历代妇女著作考》，上海古籍出版社 1985 年版。

刘知己：《史通》卷四，上海古籍出版社 1987 年版。

罗新璋：《翻译论集》，商务印书馆 1984 年版。

孟庆枢：《二十世纪日本文学批评》，吉林人民出版社 2009 年版。

钱仲联：《人境庐诗草笺注》（下），上海古籍出版社 1981 年版。

实藤惠秀监修、载氏编：《中国译日本书综合目录》，香港中文大学出版社 1980 年版。

司空图：《司空表圣文集》，上海古籍出版社 1994 年版。

四库全书研究所整理：《钦定四库全书总目·总集类序》，中华书局 1997 年版。

谭汝谦：《中国译日本书综合目录》，香港中文大学出版社 1980 年版。

谭正璧：《中国女性文学史》，百花文艺出版社 2001 年版。

王辑思：《文明与国际政治——中国学者评亨廷顿的文明冲突论》，上海人民出版社 1995 年版。

王士祯：《池北偶谈》，中华书局 1987 年版。

王士祯：《池北偶谈》，齐鲁书社 2007 年版。

王士祯：《清诗话》，上海古籍出版社 1978 年版。

王晓平：《梅红樱粉——日本作家与中国文化》，宁夏人民出版社 2002 年版。

王应麟：《辞学指南》，《玉海》二百卷附《辞学指南》，文渊阁四库全书本。

魏征等：《隋书》，中华书局 1979 年版。

谢天振：《翻译研究新视野》，青岛出版社 2003 年版。

徐师曾：《文体明辨》，人民文学出版社 1962 年版。

严绍璗：《日本中国学史稿》，学苑出版社 2009 年版。

叶舒宪、李继凯：《太阳女神的沉浮——日本文学中的女性原型》，陕西人民教育出版社 1992 年版。

叶渭渠：《物哀与幽玄——日本人的美意识》，广西师范大学出版社 2002 年版。

尹世超：《标题语法》，商务印书馆 2005 年版。

张彦远：《历代名画记》（第 3 卷），中华书局 1985 年版。

赵世杰：《古今女史・序》，明崇祯元年戊辰刊本。

郑贵友：《汉语篇章语言学》，外文出版社 2002 年版。

郑师渠：《晚清国粹派文化思想研究》，北京师范大学出版社 1993 年版。

郑文昂：《古今名媛汇诗》，泰昌元年张正岳刻本影印本。

中国古拓善本书目编辑委员会编注：《中国古籍替木书目集部》，上海古籍出版社 1998 年版。

钟玲：《美国诗与中国梦——美国现代诗里的中国文化模式》，广西师范大学出版社 2003 年版。

钟惺：《名媛诗归》，上海有正印刷所排印，民国七年初版。

邹漪：《启祯野乘·钟学宪传》（第 8 卷），故宫博物院图书馆铅印本 1936 年版。

［丹麦］克尔凯郭尔：《颤栗与不安》，阎嘉等译，陕西师范大学出版社 2002 年。

［日］菊池桐孙：《五山堂诗话》卷二，［韩］赵钟业《日本诗话丛编》（第 7 册），韩国太学社 1992 年版。

［美］本尼迪克特·安德森：《想象的共同体——民族主义的起源与散布》，吴叡人译，上海人民出版社 2003 年版。

［美］菲利普·布侯：《政治生活》，张台麟译，远流出版事业股份有限公司 1994 年版。

［美］麦克莱恩：《日本史：1600—2000》，王翔译，海南出版社 2009 年版。

［南朝］刘勰：《文心雕龙》，范文澜注，人民文学出版社 1958 年版。

［日］佐藤春夫：《更生记》，吴树文，梁传宝译，福建人民出

版社 1989 年版。

［日］吉川幸次郎：《我的留学记》，钱婉约译，光明日报出版社 1999 年版。

［日］吉田兼好：《徒然草》，文东译，中国长安出版社 2009 年版。

［日］吉野耕作：《文化民族主义的社会学——现代日本自我认同意识的走向》，刘克申译，商务印书馆 2004 年版。

［日］芥川龙之介：《中国游记》，秦刚译，中华书局 2007 年版。

［日］松尾芭蕉：《奥州小道》，郑民钦译，河北教育出版社 2002 年版。

［日］西原大辅：《谷崎润一郎与东方主义——大正日本的中国幻想》，赵怡译，中华书局 2005 年版。

［日］小林爱雄：《中国印象》，李炜译，中华书局 2007 年版。

［日］佐藤春夫：《更生记》，吴树文等译，海峡文艺出版社 1983 年版。

论文类

陈书录：《士商契合与明清性灵思潮的演变》，《南京师范大学学报》（社会科学版）2004 年第 6 期。

陈友冰：《日本近百年来中国古典文学研究历程及相关特征》，《汕头大学学报》（人文社会科学版）2007 年第 3 期。

董波：《女性崇拜及其嬗变——日本古代史的一条根本线索》，《世界民族》2011 年第 4 期。

郭建中：《创造性翻译与创造性对等》，《中国翻译》2014 年第 4 期。

江新凤：《佐藤春夫与中国古典诗歌——论〈车尘集〉》，《解放军外语学院学报》1991 年第 3 期。

李红满：《解构主义对传统翻译理论的冲击》，《解放军外国语学院学报》2001 年第 3 期。

李圣华：《清初人论竟陵派平议》，《郑州大学学报》（哲学社会科学版）2007 年第 5 期。

李雁南：《大正日本文学中的“支那趣味”》，《国外文学》2005 年第 3 期。

李卓：《日本妇女社会地位的演变》，《日本研究》1998 年第 1 期。

梁青：《〈新撰万叶集〉中和歌与汉诗的对应——以主题文为中心》，《福建省外国语文学会 2008 年年会论文集》，2008 年 12 月。

刘锋杰：《文学想象中的“政治”及其超越性——关于“文学政治学”的思考之三》，《西北大学学报》（哲学社会科学版）2009 年第 6 期。

刘家坤：《三点导读》，《读写天地》2009 年第 12 期。

罗兴典：《日本现代诗歌的开端》，《日语学习与研究》1987 年第 6 期。

马歌东：《训读法：日本受容汉诗文之津桥》，《陕西师范大学学报》（哲学社会科学版）2002 年第 5 期。

齐珮：《日语中“风流”一词的语义溯源——以佐藤春夫的〈“风流”论〉为中心》，《日本问题研究》2010 年第 1 期。

齐珮：《佐藤春夫与中国古典闺秀诗——以〈车尘集〉的编选

为视点》，《日语学习与研究》2014 年第 3 期。

邱紫华、王文戈：《日本美学范畴的文化阐释》，《华中师范大学学报》（人文社会科学版）2001 年第 1 期。

邵杰：《略论〈青楼韵语〉的性质、成书于体例》，《兰台世界》2015 年第 1 期。

孙立：《面向中国的日本诗话》，《学术研究》2012 年第 1 期。

藤田梨那：《日本现代文学中的中国》，《社会科学辑刊》2012 年第 2 期。

王平：《语言重构的两种向度——日本言文一致运动与晚清白话文运动之比较》，《兰州大学学报》（社会科学版）2009 年第 2 期。

王升远：《“文明”的耻部——侵华时期日本文化人的北京天桥体验》，《外国文学评论》2014 年第 2 期。

王升远：《大正时期日本文化人的北京体验及其政治、文化心态》，《社会科学研究》2015 年第 3 期。

王升远：《关注侵华时期日本文化人的涉华创作》，《中国社会科学报》2013 年 10 月 18 日第 B01 版。

王书玮、庄凤英：《关于〈芥川龙之介全集〉中的汉诗研究——以大正四年（1915）为研究视角》，《北京科技大学学报》（社会科学版）2012 年第 1 期。

王向远：《感悟而哀——从比较诗学的视角看本居宣长的“物哀”论》，《文化与诗学》2011 年第 2 期。

王向远：《论“寂”之美——日本古典文艺美学关键词“寂”的内涵与构造》，《清华大学学报》（哲学社会科学版）2012 年第 2 期。

王向远：《日本古代文论的千年流变与五大论题》，《北京师范大学学报》（社会科学版）2014 年第 4 期。

王向远：《释“幽玄”——对日本古典文艺美学中的一个关键概念的解析》，《广东社会科学》2011 年第 6 期。

王玉樑：《论主体性的基本内涵和特点》，《天府新论》1995 年第 6 期。

魏育邻：《言文一致：日本近代文学的形式起源——从历史主义到历史化》，《解放军外国语学院学报》2003 年第 2 期。

武继平：《佐藤春夫的中国观论考》，《浙江学刊》2007 年第 5 期。

武继平：《佐藤春夫与田汉的情感错位——有关中日文人交往的个案考察》，《郭沫若学刊》2010 年第 3 期。

谢建明：《川端康成——女性美和爱的旋律》，《人大复印资料·外国文学研究》1992 年第 9 期。

杨思信：《近代文化民族主义论略》，《青海师范大学学报》（哲学社会科学版）2002 年第 2 期。

姚君喜：《崇高美的当代阐释》，《兰州商学院学报》2002 年第 5 期。

张伯伟：《明清时期女性诗文集在东亚的环流》，《复旦学报》（社会科学版）2014 年第 3 期。

张宏梁：《论“崇高美”的质的规定性》，《云南社会科学》1997 年第 6 期。

张少康：《〈文心雕龙〉的文体分类论——和〈昭明文选〉文体分类的比较》，《江苏大学学报》（社会科学版）2007 年第 1 期。

郑治国：《论魏仲恭序而不纂〈断肠诗集〉》，《中国韵文学刊》

2009 年第 3 期。

周建萍:《"幽玄"范畴的审美阐释》,《徐州师范大学学报》(哲学社会科学版)2005 年第 4 期。

朱桃香:《副文本对阐释复杂文本的叙事诗学价值》,《江西社会科学》2009 年第 4 期。

朱则杰:《关于清诗总集的分类》,《甘肃社会科学》2008 年第 1 期。

陈启明:《清代女性诗歌总集研究》,博士学位论文,复旦大学,2012 年。

程玲:《〈渔洋诗话〉神韵诗学研究》,硕士学位论文,广西民族大学,2014 年。

董熠晶:《猴子与近代欧洲文化视野中的中国人形象——从 18 世纪"中国热"到 20 世纪初》,硕士学位论文,北京大学,2000 年。

李雁南:《近代日本文学中的"中国形象"》,博士学位论文,暨南大学,2005 年。

刘士义:《狭邪、情欲与文人风骚——明代青楼文化与文学》,博士学位论文,南开大学,2013 年。

刘宇:《晚明竟陵派诗歌理论研究》,硕士学位论文,齐齐哈尔大学,2012 年。

齐珮:《日本唯美派文学研究》,博士学位论文,吉林大学,2007 年。

王艳红:《明代女性作品总集研究》,硕士学位论文,上海师范大学,2006 年。

张晓青:《中国古典诗歌中的季节表现以中古诗歌为中心》,博士学位论文，中国社会科学院，2012 年。

张羽：《诗歌总集编选与古今诗歌文化语境变迁》，博士学位论文，复旦大学，2012 年。

黄美慧：《佐藤春夫研究——日本近代文壇各界的評價及佐藤春夫中的「西洋」》，《东海大学日本语文学系纪要》，2011 年。

二　日文文献

著作类

佐藤春夫：『佐藤春夫全集』，講談社 1969 年版。

安田武：『日本の美学』，風濤社，1970 年。

奥野信太郎：『車塵集・序』，武藏書院，1929 年。

保田与重郎：『保田与重郎全集』（第 10 巻），講談社，1990 年。

保田与重郎：『事変と文学者』，弘文堂書房，1940 年。

半田美永：『佐藤春夫研究』，双文出版社，2002 年。

本多秋五：『物語戦後文学史』，新潮社，1979 年。

川本三郎：『佐藤春夫』，筑摩書房，1991 年。

大庭修：『江戸時代における唐船持渡書の研究』，関西大学東西学術研究所，1967 年。

徳岡孝夫訳：『日本文学史近代・現代篇』，中央公論社，1985 年。

富士川英郎等：『日本漢詩・梅墩詩抄』（第 11 巻），汲古書院，1987 年。

岡田章雄：『岡田章雄著作集』（第 3 巻），思文閣，1983 年。

高橋睦郎：「芥川龍之介全集月報」『芥川龍之介全集』第 17

卷，岩波書店，1997 年。

吉川発輝：「佐藤春夫の『車塵集』——中国歴代名媛詩の比較研究」，新典社，1989 年。

吉田精一：『日本近代詩鑑賞』，桜楓社，1980 年。

加藤良白：『日本詩話叢書』（第 6 卷），株式会社鳳出版社，1972 年。

芥川龍之介：『芥川龍之介全集』（第 3 卷），岩波書店，1977 年。

芥川龍之介：『芥川龍之介全集』（第 4 卷），岩波書店，1977 年。

芥川龍之介：『芥川龍之介全集』（第 6 卷），岩波書店，1977 年。

金子光晴：『佐藤春夫全集』（第 1 卷）附录，講談社，1966 年。

井上巽軒：『新体詩抄・初編』，丸善書店，1882 年。

朴羊信：『陸羯南：政治認識と対外論』，岩波書店，2008 年。

萩原朔太郎：『佐藤春夫全集』（第 11 卷），講談社，1969 年。

森春濤：『東京才人絶句・序』，額田正三郎，1875 年。

寺岡峰夫：『大正の作家たちⅡ』，英賓社，1955 年。

藤原暹：『漢字日本語』（漢字講座 3），明治書院，1989 年。

丸山昇：『近代文学における中国と日本——共同研究・日中文学關係史』，汲古書院，1986 年。

小島憲之、新井栄蔵：『新日本古典文学大系　古今和歌集』，岩波書店，1989 年。

小林秀雄：『小林秀雄全集』（第 4 卷），新潮社，1978 年。

須田千里：『佐藤春夫と中国文学』（上），岩波書店，2001 年。

遠藤郁子：『佐藤春夫作品研究——大正期さ中心とに』，専修大学出版局，2004 年。

伊東俊太郎:『日本人の自然觀——縄文から現代科学まで』,河出書房新社,1995 年。

增田涉:『佐藤春夫と魯迅』,岩波書店,1964 年。

竹内好:『竹内好全集』第 14 卷,筑摩書房,1981 年。

佐藤春夫:『車塵集・原作者解説』,武藏書院,1929 年。

佐藤春夫:『定本佐藤春夫全集』(第 11 卷),講談社,1969 年。

佐藤春夫:『定本佐藤春夫全集』(第 1 卷),臨川書店,1999 年。

佐藤春夫:『定本佐藤春夫全集』(第 10 卷),臨川書店,1999 年。

佐藤春夫:『定本佐藤春夫全集』(第 12 卷),臨川書店,1998 年。

佐藤春夫:『定本佐藤春夫全集』(第 19 卷),臨川書店,1998 年。

佐藤春夫:『定本佐藤春夫全集』(第 21 卷),臨川書店,1999 年。

佐藤春夫:『定本佐藤春夫全集』(第 22 卷),臨川書店,1999 年。

佐藤春夫:『定本佐藤春夫全集』(第 25 卷),臨川書店,1999 年。

佐藤春夫:『定本佐藤春夫全集』(第 26 卷),臨川書店,1999 年。

佐藤春夫:『定本佐藤春夫全集』(第 27 卷),臨川書店,1998 年。

佐藤春夫:『定本佐藤春夫全集』(第 34 卷),臨川书店,2001 年。

佐藤春夫:『定本佐藤春夫全集』(第 35 卷),臨川書店,1999 年。

佐藤春夫:『定本佐藤春夫全集』(別巻I),臨川書店,2001 年。

佐藤春夫:『近代日本文学の展望』,講談社,1950 年。

佐藤春夫:『私の履歴書』,日本經濟新聞社,1968 年。

论文类

高田瑞穗:「佐藤春夫——大正後半期文学の一標識」,『文学』,1964 年 11 月。

横田むつみ:「日本における薛濤詩の受容」,『日本漢学研究』2007年7月号。

荒正人、小田切秀雄等:「発刊のことば」,『文学時標』1946年1月創刊号。

吉田精一:「解释と鑑賞」,1959年12月。

井上正藏:「ハイネと日本近代詩——佐藤春夫を中心として」,『国文学』1961年14号。

铃木蓼処:「題風船図」,『新文体』(5),1876年。

日南田一男:「エズラ・パウンドと佐藤春夫——中国古典詩の翻訳をめぐって」,《武藏大学人文学会雑誌》(16),1984年12月。

杉山三郊:「春濤先生遊新序」,『新文体别集』(14),1881年。

松隈義勇:「国文学——解釈と教材の研究特集」,学燈社,1958年。

小林徹行:「『車塵集』原典考——訳詩集創作の意図」,『東洋文化』,1995年。

永末羲孝:「中国」,『熊本学園大学文学言語学論集』2006年6月号。

中村光夫:「佐藤春夫論」,『文学界』1961年2月号。

中島洋一:「日本近代詩におけろ中国文芸の受容——西脇順三郎の詩さ中心として」,『日本文芸研究』(49),1997年12月。

祖父江昭二、伊藤虎丸等:「共同研究:佐藤春夫と中国」,『和光大学人文学部紀要』,第12号,1977年。

佐藤春夫:「風流論」,『中央公論』1925年第4期。

朱衛紅:「佐藤春夫『車塵集』における古典和歌との交渉」,『文学研究論集』(19), 2001年3月。

三　英文文献

Fenollosa, Ernestand EzraPound, *The Chinese Written Characterasa Medium for Poetry*, San Francisco: City Lights Publishers, 2001.

Gerard Genette Paratexts. *Thresholds of Interpretation*. Trans. Jane E. Lewin. New York: Cambri - dge University Press, 1997.

KoG, AyGenaz. "Analysis of the Paratexts of Simonede Beauvoir's Works", in Turkish. Seminar: *New Researchin Translationand Interpreting Studies*. Semi - nar Organized by UniversitatI Rovira Virgili. Intercultural Studies Group. Tarragona, Spain. (2005 - 10 - 07). [2010 - 06 - 05] http: //isg. urv. es/library/papers/KosPara - texts. pdf.

Lawrence Venuti. "Strategies of translation". In Mona Baker (ed.) *Routledge Encyclopedia of Translation* Studies. London and New York: Routledge, 2001.

Bassnett, Susan and A. Lefevere. *Constructing Cultures*: *Essays in Literary Translation*. Clevedon: Multilingual Matters, 1998.

MarkShuttleworth and MoiraCowie, *Dictionary of Translation Studies*. Manchester: St. Jerome Publishing, 1997.

Neubert, Albrecht. *Postulates for a Theory of Translation*. in Danks&al., 1997.

后　　记

在拙著即将付梓之时，回顾自己的学术之路，感慨良多。2003年我从湖南大学毕业后进入湖南科技学院（当时称零陵学院），开始了我的教书生涯。工作中，我坚守“教书育人，不误人子弟”的信条，为上好每一堂课精心准备，耗费了大量的心血，同时作为高校教师开始踏入学术研究的殿堂，从事日本文学的研究。

一路走来，我品尝了酸、甜、苦、辣各种滋味，值得庆幸的是得到了诸多德高望重的恩师前辈的指导。首先，我要感谢硕士阶段的导师杨建教授。我在华中师范大学求学期间，幸蒙杨老师的悉心指教。杨老师朴素的生活方式，严谨的治学作风，于言传身教间，令我受益匪浅。我的每一点进步都凝聚了老师的心血。其次，我要感谢访学期间的导师李俄宪教授。李老师渊博的学识，严谨的治学精神，令我如沐春风。老师待我如同自己的博士生一般，生活上嘘寒问暖，学业上多方指导，使我收获颇丰。接下来，我要感谢王向远教授。王老师常常教导我“做学术要坐得住冷板凳”，我一直铭记这条教诲，静心研究。我目前的研究成果凝聚了王老师的智慧和心血，从选题到写作都离不开他的指点。作为我学术上的引路人，王老师总是苦口婆心，诲人不倦，每每思之，感激之情，难以言表。我还要感谢王志松教授。与王老师仅一面之缘，但对于我的请教，王老师有问必答。当我请求王老师为我的文稿作序时，他欣然答允，并对文稿提出了许多宝贵的修改意见。此外，还有王铁桥教授、张佩霞教授、张予娜教授、罗明辉副教授等恩师，太多感激无法言表，铭记于心。

我要感谢单位的领导和同事们。在湖南科技学院这个温暖的大集体中，我有幸得到欧华恩教授、姚灯镇教授、何建军教授、张京华教授、潘利锋教授、张能泉博士、周欣老师等众多老师的帮助和热心指导，促使我自觉追求进步。在此，一并致以深深的谢意。还有日语系的同仁们和郭莉芝、全春霞、盛荣等老师，在我忙乱时为我分忧，积极配合我的工作安排，给予我极大的支持，我要真诚地感谢他们。

我还要感谢我的家人。年迈的双亲为了照顾我的生活，离开了他们工作了几十年的单位和朝夕相处的同事，从遥远的湖北搬到了湖南落户。看着我熬夜爬格子，双亲那心疼的眼神，使我倍感家庭的温暖。感谢我的爱人，在我忙于繁重的教学和管理工作时，默默地承担了大量的家务，给予了我莫大的关心和支持。感谢我的爱女，虽然年幼，但是对于我因为忙于工作而无法陪伴她学习和玩耍表现出极大的宽容和理解，让我充满了愧疚而又倍感欣慰。我还要特别感谢为本书的出版付出了大量辛勤劳动的中国社会科学出版社的郭晓鸿主任和编辑老师们。

由于本人水平有限，拙著难免有错误和疏漏之处，敬请各位专家批评指正。

张剑

2016 年 12 月 15 日